DESVARIO

DAVID GROSSMAN

Desvario

Tradução do hebraico
George Schlesinger

Copyright © 2003 by David Grossman

Título original
Baguf Ani Meviná

Capa
warrakloureiro

Imagem de capa
@ Elliott Erwitt/Magnum Photos

Preparação
Márcia Copola

Revisão
Ana Maria Barbosa
Roberta Vaiano

Dados Internacionais de Catalogação na Publicação (CIP)
(Câmara Brasileira do Livro, SP, Brasil)

Grossman, David
    Desvario / David Grossman ; tradução George Schlesinger.
— São Paulo : Companhia das Letras, 2008.

    Título original: Baguf ani meviná.
    ISBN 978-85-359-1285-2

    1. Romance israelense I. Título.

08-06757	CDD-892.436

Índice para catálogo sistemático:
1. Romances : Literatura israelense 892.436

[2008]
Todos os direitos desta edição reservados à
EDITORA SCHWARCZ LTDA.
Rua Bandeira Paulista, 702, cj. 32
04532-002 — São Paulo — SP
Telefone: (11) 3707-3500
Fax: (11) 3707-3501
www.companhiadasletras.com.br

Sumário

Desvario, 7
No corpo eu entendo, 165

DESVARIO

Como ela agüenta isso?, pensa ele, todos esses rituais meticulosos que é obrigada a refazer, percorrendo nervosamente os quartos antes de sair, batendo as portas dos armários, abrindo e fechando gavetas, algo contrito e opaco toma conta de seu belo rosto nesses momentos, Deus a livre de esquecer algum detalhe, algum pente, livro, frasco de xampu — tudo poderia desmoronar. Ele senta à sua escrivaninha vazia com a cabeça apoiada entre as mãos, enquanto ela joga um aceno apressado da porta, e seu coração afunda, ela nem sequer chega perto para se despedir; hoje haverá algo especial lá, ela sai correndo para a rua, olhos baixos para evitar contato visual e alguma conversa supérflua. Como é que ela não desiste? De onde tira forças para passar por isso a cada dia de novo?

Em seguida, como que baixando a guarda, ele fecha os olhos e se apressa em acompanhá-la enquanto ela entra no carro, um minúsculo Polo verde-claro. Ele o comprou de surpresa para ela, que ficou horrorizada com a cor e reclamou que era muito extravagante. Mas ele queria que ela tivesse seu próprio carro, para se locomover livremente, para que não fiquemos brigando o tempo todo por causa do carro, disse. E quis que ela tivesse um carro muito verde. Na sua fantasia, era como se fosse um dispositivo eletrônico brilhante injetado na corrente sanguínea dela de modo a poder ser monitorado por uma câmera. Lentamente, ele vai apoiando a cabeça no encosto do assento, e ela dirige, a face tensa, próxima demais do pára-brisa. Ela vai levar cerca de oito a nove minutos para chegar, e é preciso acrescentar ainda um eventual atraso inesperado (um engarrafamento, algum farol quebrado, o homem que está à sua espera lá no apartamento não achar as chaves e demorar para abrir a porta), e lá se vão mais quatro ou cinco minutos preciosos. Elisheva, ele diz em voz alta, com vagar, pronunciando cada sílaba.

E diz mais uma vez, para aquele homem.

O homem que poupa cada instante necessário para se despir, que não perde tempo pois cada segundo é valioso, e, enquanto ela conduz o veículo por entre as ruelas estreitas que ligam uma casa à outra, ele já vai tirando a roupa, no quarto ou talvez perto da porta, desce as calças largas de veludo marrom, tira a folgada camisa de cor indefinida, que um dia também foi marrom, ou cor de laranja, ou talvez até mesmo rosa, ele é bem capaz de usar uma camisa rosa, que importa o que vão pensar?, é isso que é bonito nele, reflete Shaul, que ele não se importa com nada, nem com o que vão pensar nem com o que vão dizer, essa é a força dele, sua saudável integridade interior; aparentemente é isso que tanto a atrai.

Ela vai ao encontro dele, dispara ao encontro dele, olhos fixos no caminho, boca tensionada. Daí a pouco essa boca será beijada e há de relaxar, engolir, arder, os lábios deslizarão sobre aqueles outros lábios, de início apenas superficialmente, tocando sem tocar, então virá uma língua e desenhará seu contorno dando voltas e mais voltas, e os lábios tentarão não sorrir, e logo se ouvirá um murmúrio de prazer, não se mexa enquanto eu desenho, e de dentro dela sairá um grunhido de concordância, e aí os lábios dele se fixarão nos dela e, com toda a sua agressividade ríspida, masculina, vão sugá-los; depois se afastarão por um instante, deixando passar um suspiro quente. Por fim, os lábios vão se encontrar de novo, agora com a solenidade de um desejo realmente intenso, as línguas se entrelaçando como se fossem criaturas com vida própria, e os olhos dela se abrirão por um breve momento com um suspiro suave, os globos oculares se revirando um pouco para em seguida sumir. Sob as pálpebras semicerradas se revela uma brancura vazia, assustadora. Ela é uma mulher grande, Elisheva, generosa também de corpo. É até mesmo um pouco grande para um carro tão pequeno, e talvez por isso tenha achado ruim que ele tenha lhe comprado um Polo, e talvez também por isso ele tenha escolhido justamente o Polo, quem pode saber, é só agora que isso lhe ocorre, por causa da sensação de que ela está praticamente rompendo a concha a caminho de lá, quase explodindo ao encontro dele enquanto se esforça para se concentrar no caminho, deleitando-se com a suposição de que o homem à sua espera esteja neste instante pensando exatamente a mesma coisa, dessa forma ganhamos mais alguns momentos juntos, ela lhe dissera uma vez.

Ela avança, o carro verde circula dentro da rede de artérias que se estende daqui até ele, e, quando Shaul emerge da onda de dor, ela já está lá, com ele, Shaul pode vê-lo ligeiramente, uma mancha de calor grande e larga, braços sólidos, e o rápido gesto dela pondo a mão sobre seu ombro e se curvando para tirar os sapatos sem desafivelá-los, os dedos ansiosos e desejosos percorrendo o corpo dele nu, as roupas já espalhadas a seus pés, e as roupas dela caindo sobre as dele. Shaul fecha os olhos e absorve o golpe representado pela mistura de tecidos, e dói tanto que ele é obrigado a desviar o olhar das roupas para o homem, pois neste momento o homem em si é menos doloroso que as roupas jogadas umas sobre as outras, o homem que se antecipou e se despiu para ganhar alguns segundos preciosos, e esperou por ela ansiosamente, andando pela casa nu, ardendo de excitação, estimulando-se com pensamentos na mulher grande, bonita e determinada, que corre para se encontrar com ele no seu carrinho verde e *sexy* — foi a palavra usada pelo rapaz moreno que vendeu o carro a Shaul, e foi essa palavra que convenceu Shaul a comprá-lo —, e nu ele zanza rápido pelo apartamento, mesmo sendo um homem bastante lento por natureza. Shaul consegue de fato ver cada gesto seu, um por um, e seu jeito de andar e falar um tanto pesado, autoritário; mas, agora, ele está todo inquieto, pois os passos dela já sobem correndo as escadas, e pronto, eis que afinal ela chega mesmo, e ele já vai lhe abrir a porta, escolhendo bem a posição como a receberá, pois sua nudez, como dizer, talvez não agrade tanto a Elisheva, especialmente em pé, especialmente à luz do dia, que decerto não favorece as numerosas dobras que pontilham sua barriga e seu peito, nem os grandes e vigorosos músculos peitorais, nem os abundantes pêlos grisalhos; mas, hoje, ao ouvir os passos correndo escada acima, ele só abre um pouco a porta, e corre para a cama no quarto imerso na penumbra, e se deita numa posição provocativa, de bruços, um dos joelhos ligeiramente dobrado, como se tivesse dado um rápido e gostoso cochilo logo depois de ter lhe aberto a porta, dormitando com a tranqüilidade de um homem saudável sem problemas de digestão ou consciência, de modo que aos olhos dela, quando ela entra, revelam-se primeiro suas costas de aparência forte — e fortes de fato —, em seguida as nádegas e pernas que, nessa posição, têm um aspecto quase jovem; ela pára por um momento, dá uma olhada, sorri consigo mesma, então vai até a cama e, com calculada delicadeza, passa um dedo ao longo das costas dele, do pescoço até as nádegas, depois se curva e passa a língua vagarosamente, cuidadosamente, de um lado ao outro do pescoço, só a ponta da língua, só um ligeiro sinal da umidade de sua boca, e ele estremece e, com um grunhido, enfia a cabeça no travesseiro, como que decapitado —

Mais tarde, dois ou talvez três dias depois — quando Elisheva não está, o tempo se torna uma cela circular —, Shaul está estendido no banco traseiro de um enorme Volvo. A noite fria e nublada de outubro aparece e desaparece intermitentemente entre os movimentos dos limpadores de pára-brisa. A seu lado, no chão do carro, um par de muletas. Sua perna esquerda, quebrada entre o calcanhar e o joelho, repousava sobre uma velha almofada puída, e ele observa a brancura do gesso se mover de um lado para outro, esforçando-se para entender o que aquela coisa tinha a ver com ele. Ésti, a esposa do seu irmão Micha, dirigia o carro. Já estavam juntos havia quase meia hora, e ainda não tinham conseguido desenvolver uma conversa de verdade, cada palavra que diziam despertava nele um sentimento de depressão. Ela era cinco anos mais nova que ele, talvez seis, não lembrava direito, e, na presença dela, sempre se sentia ainda mais seco e retraído que de hábito; seus membros compridos e finos, seu rosto anguloso, até mesmo seu pomo-de-adão saliente, tudo parecia exagerado quando ela estava por perto, com seu corpo cheio e sua face larga e morena. Toda vez que ela o fitava pelo retrovisor, ele se recordava de uma daquelas antigas réguas de madeira de seu pai, um "metro" amarelo, sulcado, que podia ser dobrado em partes menores. Houve um momento, quando ela o ajudou a se instalar no banco de trás, que seu corpo quase inteiro ficou apoiado nos ombros dela, e ela não soltou um grunhido sequer. Sentindo todo aquele peso, certamente achou que era apenas por causa do gesso; ele sabia que aquilo nada significava para ela, e com toda a certeza fizera uma comparação entre seu peso e o do irmão. Ela espiou pelo retrovisor, espantada: jamais o ouvira gemer desse jeito.

Era seu irmão quem deveria tê-lo levado, mas na última hora ele fora chamado para cuidar do derramamento de uma carga de acetona na rodovia litorânea, e Ésti havia aparecido na sua casa em lugar dele. Ficou ali parada na porta, braços estendidos ao longo do corpo, pedindo desculpas por não ser Micha, incomodada por uma sensação de que ela e Shaul estavam se olhando como através de um espelho distorcido, que mostrava imagens corporais invertidas. Respirou fundo, retesando inconscientemente os ombros, como que se preparando para a tormenta que seria obrigada a enfrentar. No primeiro momento, ele não entendeu bem quem era ela, depois vacilou, não, não, que é isso, muito obrigado mas eu preciso do Micha, tem de ser ele. Mas ao mesmo tempo deu um passo para a frente, como que puxado para fora, e mais uma vez retrocedeu, agarrando a maçaneta da porta, cabeça baixa, tentando se lembrar de algo.

Mas onde está Elisheva?, explodiu a pergunta tensa, como se ela perguntasse onde está a mamãe que não cuida do filho, que sempre lhe parecia perdido sem ela, sobretudo agora, com a face cheia de hematomas e a perna engessada. Ele não respondeu, apenas ficou olhando para ela, para seus traços nômades, de repente aguçados; fora exatamente nessa posição que ela havia sido apresentada à família muitos anos antes, parada ao lado de Micha com essa mesma expressão selvagem e assustada. "É uma favelada", decretou a mãe; e Ésti sabia muito bem o que ele estava vendo agora, e plantou com firmeza os pés no chão, buscando fervorosamente em seu íntimo a antiga e valiosa jazida da qual pudesse extrair sua capacidade de absorver os golpes, a capacidade de absorção de uma menina não amada porém teimosa que sabe muito bem se transformar, quando necessário, num minúsculo punho humano, cerrado e ágil, que vem e se instala justamente onde não é desejado, capaz de ali permanecer e reduzir suas pulsações a zero, até que de alguma maneira se acostumem com sua presença e com as pequenas vantagens que oferece, e por fim já não consigam existir sem ele —

E foi desse lugarzinho que ela se ergueu, ao longo de todos esses anos, com seus filhos e Micha e sua exuberância de carne, e cruzou os braços sob o busto, dizendo que talvez não seria bom ele viajar naquelas condições, poucas horas depois de um acidente tão grave, e perguntou com cautela como foi exatamente que aconteceu, e ele retrocedeu mais uma vez, recuando para dentro da casa, quase levando um tombo, pouco acostumado com as muletas, como se não a tivesse absolutamente ouvido. Seus olhos estavam vermelhos, de chorar ou de falta de sono, ou de alguma outra coisa que neles ardia e que ela não identificou, e ele sussurrou com voz rouca que era obrigado a ir e que não entrava em cogitação que ela o levasse. Ela não considerou sua visível aversão em ser conduzido por ela, e perguntou aonde exatamente ele tinha de ir, e ele disse, para o sul. Erguendo de súbito uma das muletas com um gesto ridículo que lembrava um pássaro, ele disse, bem, vamos lá, tentando simular uma risada alegre, e anunciou que toda a situação era uma loucura total, mas que ele precisava estar lá naquela noite, *por motivo de força maior*, declarou, com uma entonação que naquelas circunstâncias soava como o ruído de um robe de seda rasgado de um nobre arruinado. E explicou o que já era óbvio desde o começo, que simplesmente não conseguiria chegar lá sozinho, naquele estado, e por isso pediu a Micha que o levasse. Ela tentou entender para onde exatamente ele esperava que ela o levasse no meio da noite, tão de repente, e ele não respondeu. Ela ferveu de íntima irritação, com ele e mais ainda com Micha, que a enviara a tal missão para agradar ao irmão, o qual jamais faria algo assim por Micha, e muito menos por ela. Shaul refletiu por um momento, como se a silenciosa raiva dela tivesse conseguido penetrar sob sua confusão mental, e lançou-lhe um olhar tão miserável que quase partiu seu coração, e disse, sei que é difícil para você, mas não tenho mesmo alternativa. Ela assentiu, confusa e ligeiramente assustada com o que via, e ele completou, no caminho, no caminho eu explico.

Ali eles têm, às vezes, dias tranqüilos, realmente sossegados, Shaul se recorda, deitado febrilmente no banco traseiro do velho Volvo, esforçando-se o máximo possível para eliminar a presença da motorista silenciosa, bem como as picadas das formigas invisíveis que se arrastam ao longo da sua perna sob o gesso; um dia como anteontem, por exemplo — ou, quem sabe, já quatro dias atrás? —, quando Elisheva vai para aquele apartamento e, pela porta deixada entreaberta especialmente para ela, insinua-se casa adentro com uma sutil inclinação de corpo e um erguer de ombros, quem diria que ela ainda possui tal espírito de travessura?, e sorri aliviada por estar de novo aqui, no local onde está livre de toda a falsidade e hipocrisia, de todo o infinito esforço de sua outra vida; e pára por um instante para recuperar o fôlego, e indaga a si mesma por quantos anos ainda poderá subir os quatro andares assim, correndo, e talvez não esteja longe o dia em que precisem de novo procurar outra casa, já tiveram de trocar de apartamento seis ou sete vezes, não têm sorte com as casas que escolhem, mas talvez seja impossível ter sorte em tudo; e deposita no chão a sacola azul, a sacola da piscina, e fecha silenciosamente a porta de entrada; um sorriso novo, interno, passa por seu rosto, pois ela sabe que até mesmo esse ruído débil ele consegue ouvir, ele, o homem dela, cujos olhos estão tão apertados que parecem não conseguir absorver mais nada, e cuja carne já se projeta na direção dela como a agulha de uma bússola, mas hoje ela tem outros planos, e ele ainda não sabe disso.

Lentamente ela caminha pelo corredor, pensando em como hoje o convencerá a desistir, e ignora que justamente seu lento caminhar dá a ele a impressão de passos deliberadamente felinos, capazes de distender os tendões de seu desejo a ponto de doer; e eis que ela já está na porta do quarto, recostando-se no batente e encarando-o com seu olhar mole, aqui estou, ela diz em silêncio, e ele, como que surpreso com sua presença, vira-se bem devagar, ajeitando o abdome, aí está você, diz sem conseguir ocultar a alegria, sua face realmente se abre, radiante, e ela continua sem se mexer, absorvendo a cena, trazendo-o para dentro de si e repartindo-o pelas células de seu corpo, cada uma delas, uma provisão que deverá satisfazê-la por bastante tempo, por um dia inteiro de fome e sede; ela o envolve por completo com o olhar, desde as plantas dos pés enormes, com seus artelhos de aparência patriarcal, até a face luminosa, e repete com um sorriso sussurrado, aqui estou. O homem não vê aí nada de supérfluo, ao contrário, abre o peito para captar tudo o que possa estar oculto nessas duas palavras, aqui estou, aqui estou toda para você, aqui estou como sou de verdade, aqui estou para você tirar minha casca, e a fisionomia dele diz sim, e o corpo dele diz sim, e o coração, os olhos, a respiração dele, tudo diz sim, e pela milésima vez ele fica surpreso que também quando ela diz coisas simples e óbvias, como faz com freqüência, sempre são acompanhadas de uma sensação de surpresa. E é exatamente isso que acontece, pensa Shaul: que cada coisa que ela diz ali é, de alguma forma, composta desses dois fatores fundamentais, o óbvio e o surpreendente. Nos cantos de seu sorriso cansado brota agora um revigorado frescor, e também o homem sorri, todo o seu rosto se transforma ao sorrir para ela, e o rosto de Shaul é tomado involuntariamente pelo mesmo sorriso. Ésti, incomodada pelo seu silêncio prolongado, vira por um momento a cabeça para trás, e desvia o olhar como se tivesse aberto uma carta não endereçada a ela, voltando a fixar na estrada os olhos grandes e escuros, pensando que era exatamente desse jeito que ele costumava olhar para Elisheva, muitos anos antes, e, quase sem perceber, ajusta um pouco o retrovisor de modo a enquadrar o rosto de olhos fechados, ainda dotado da mesma expressão hipnótica, uma mistura de felicidade, solidão e súplica.

Ele teve tanta pressa em pegar a estrada, Shaul, que se esqueceu de trancar a porta, e só se deu conta disso quando já estavam perto do carro. Ésti disse, espere aqui, deixe que eu vou. Mas, antes de trancar a porta, entrou no apartamento e passou rapidamente pelos quartos, como se procurasse algo. Havia já três ou quatro anos que não os visitava, e tinha até dificuldade de lembrar quando fora a última vez que convidaram sua família, talvez Elisheva tivesse desejado mas Shaul por certo se opusera. Percebeu o quanto a casa mudara — os vazios entre os objetos pareciam muito maiores, e a mobília estava arrumada com uma precisão violenta —, e o pensamento retardou seus movimentos, fazendo-a caminhar com cuidado, virando esporadicamente a cabeça com uma sensação estranha, como se um momento antes alguém tivesse brandido no ar um chicote e cada móvel houvesse saltado para seu lugar ficando impecavelmente parado. É isso, pensou, sem dúvida não é ela, pois Elisheva sempre teve um agradável desleixo, e, por todo lugar que passava, deixava uma trilha de objetos esquecidos, chaves, carteira, pente, cachecol, e, em cada sala onde ficava algum tempo, deixava alguma assinatura delicada de sua distração; onde está você, pensou Ésti, você se distanciou tanto —

Trancou a porta e caminhou um tanto aflita através do jardim, que no escuro lhe pareceu negligenciado, espantosamente maltratado. Viu Shaul esperando-a, ao lado do carro, falando sozinho enquanto se apóia nervosamente numa das muletas, sem desconfiar da pequena invasão. A luz do poste parecia cobri-lo de uma camada de cera, e todo o seu ser estava imerso em algo que escapava a ela. Ésti ainda achava que ele não devia ser transportado naquela condição, e não conseguia imaginar o que haveria de tão urgente para obrigá-lo a viajar, e ele próprio sabia que não deveria ir, e muito menos com ela, afinal, o que ele e ela tinham a ver?, e o que dizer a ela?, que história inventar?, fazia anos que não trocavam mais que breves frases educadas, em eventos familiares, havia nela alguma coisa que sempre o incomodou um pouquinho, e ele não sabia o que era, talvez porque ela sempre tivesse se recusado totalmente a tomar conhecimento do seu status, da sua reputação, da admiração profissional que ele despertava em toda parte, como se sempre estivesse exigindo dele uma confirmação de outra espécie, que ele não era capaz de dar —

Shaul, disse ela com voz macia, num tom que jamais existira entre os dois, como se declarasse uma trégua total e imediata. Mas ele balançou a cabeça, zangado. Vamos logo, exigiu, ajude-me a entrar.

Elisheva ainda está parada no lugar em que ele a deixara por um momento, o olhar envolvendo o rosto do homem deitado na cama, e, sem perceber, ela morde levemente o lábio inferior. Antigamente ela costumava fazer esse ligeiro movimento inconsciente, logo no início, quando Shaul a conheceu. Depois deixou de morder o lábio na presença dele. Sem se mover do lugar, ela sussurra, eu amo tanto o seu rosto, e ele faz uma careta: eu? a minha cara de sapo? Ela se aproxima da cama lentamente, com seu andar magnífico, os quadris murmurando, senta-se num canto, estende a mão e alisa o braço que estremece, desde o ombro até a ponta do polegar. O seu rosto, exatamente como é, ela diz com súbita tristeza, o corpo se curvando e deslizando para o lado dele, sem tocá-lo ainda, e ele resmunga que ela está vestida demais para o seu gosto. Ela fecha os olhos e diz, hoje não, vamos simplesmente ficar deitados assim e fazer carinho um no outro, devagarinho, ele fica decepcionado, pois, afinal de contas, já fizera suas fantasias e injetara sangue quente pelo corpo, despira-se e se deitara numa posição sedutora. Mas, como sempre, obedece; qualquer vontade dela se torna imediatamente uma vontade sua. Mesmo nesse momento, com todo o seu desejo e excitação, ele obedece e se admira com o poder mágico que ela tem sobre ele, e, por algum motivo, sente satisfação em se sentir fraco a seu lado, sem vontade própria, e até mesmo essa fraqueza lhe dá prazer. Fecha os olhos e sente sua vontade própria se escoando sutilmente e a correnteza da vontade dela fluindo para dentro, traçando um novo contorno para sua alma, um contorno desconhecido. Ele se vira preguiçosamente, pois, para ficar simplesmente se acariciando, não é necessária uma pose sensual, e expõe os pêlos de urso que cobrem seu peito. Ela se vira casualmente de costas para ele, enrolando seu corpo e apertando-o contra a barriga dele num ponto de interrogação, em contraste com o ponto de exclamação que a carne dele forma ao se enrijecer e tocar seu traseiro por sobre a saia. Ela pega a mão dele, enorme e quente, e a esfrega sobre sua face, num gesto lento e sonhador, e mais uma vez, e mais outra, esfrega a face na mão dele, afagando, esvaziando a face na sua mão, e agora ele afinal sente o que Shaul já percebeu há tempo, muito antes dele: que ela está lhe dando algo que até agora não tiveram, criando uma nova combinação com base em sinais corporais já conhecidos. E de repente sua alma se enche de gratidão e júbilo, e seu corpo obviamente também, e apenas a própria Elisheva não parece feliz, a expressão tensa e dolorida, e ela se gruda na sua palma numa espécie de devoção desesperada, como para uma lembrança, como se sua face fosse uma carta de despedida endereçada unicamente à palma de sua mão, como quando às vezes ela escreve uma linha comprida e sinuosa nas suas costas com a língua molhada, ou com o dedo molhado ali, naquele lugar, e se recusa a dizer o que escreveu — leia através da sua pele. Agora ela segura seus dedos com as duas mãos, conduzindo-os ardorosamente até sua testa arqueada, em seguida sobre as sobrancelhas quase transparentes e uma finíssima pálpebra, e ao longo do rosto comprido e bem-conformado, e, daí, rapidamente para a boca, sua boca larga, para dentro da boca, e ela morde seus dedos com força. Ele se contém e não solta um suspiro sequer, tem uma tolerância brutal ao sofrimento, e sabe muito bem que é exatamente isso que ela está testando, verificando se ele agüenta; ela põe seus dedos sobre os dentes inferiores e pressiona, morde e aperta com uma intensidade que ele não entende. Ele pensa, ela está retorcendo o rosto, está me oferecendo seu rosto deformado, e é tomado de um medo incompreensível, um daqueles temores vagos que ela provoca com freqüência e que deixam resíduos nas paredes internas de seu corpo. E no fim das contas, pensa Shaul, talvez ele também não a compreenda sempre até o final, mas, apesar disso, ele sabe, em momentos como esse, expandir a palma de sua mão de modo a abarcar por completo sua face conflituosa, e, com calma e discernimento, vai reduzindo os movimentos assustados até que ela sossegue, soprando um sopro morno em sua mão, e então, bem vagarosamente, ele começa a lhe devolver o rosto, colocando cada traço no lugar, desenhando de novo seus contornos, alisando-o e sentindo seu corpo comprimido se soltar e relaxar; e seu coração se preenche, o que aconteceu com ela? para onde ela o conduziu sem que ele percebesse? e como, toda vez, ela consegue surpreendê-lo e excitá-lo, como se uma asa nervosa estivesse constantemente se agitando dentro dela? E também, após tantos anos juntos, ele não entende como uma asa tão delicada consegue movê-lo por inteiro, erguer e balançar todos os seus noventa quilos, e dissolver sua cínica compostura, Shaul pensa e engole em seco. Abre os olhos, que havia fechado com força, como se para expulsar violentamente as gotas dessas cenas, e agora permanece deitado, exaurido.

Só mais um instante, ainda não, é difícil se soltar: agora ela, Elisheva, vira-se, encara-o, enrola-se no peito dele, exausta por ter se sentido sacudida um momento atrás; seus olhos se fecham, ela quase adormece, mas o homem não permite que ela durma, ergue-se sobre ela, apoiando-se sobre o cotovelo, e exige saber o que foi que aconteceu, o que foi que a assustou tanto. Não sei o que foi, só sei que de repente fiquei assustada, ela diz. E ele, com ligeiro sarcasmo, mas por quê? E ela, cansada, realmente não sei. E ele, quase ofendido, então por que você não disse alguma coisa, por que sempre entra dentro de si desse jeito e não diz o que eu posso fazer para ajudar? Ela sussurra sorrindo, e diz que ele sabe muito bem como ajudar, ninguém no mundo sabe tão bem quanto ele, e ela simplesmente não estava em condições de falar. Você sabe, ela diz depois, é como às vezes, na hora do amor, quando há uma situação que é simplesmente impossível agüentar. Que não dá para dizer mais nada. Então, foi isso que eu senti, agora, mas de tristeza, não sei, alguma coisa de repente me deu muito medo, fez que eu me recolhesse, não sei. E o homem assente com a cabeça, espantado, acreditando que ela não saiba e que neste momento é impossível obter uma explicação mais detalhada, e isso o leva a sentir por ela um amor ainda maior, sua incapacidade de articular em momentos como esse, e de novo ela descansa a cabeça no peito dele, mais leve agora, ela sofreu e se desligou, e agora já ronrona com um leve prazer, pensa Shaul e diz a si mesmo com cuidado, como que recitando: esse é um prazer que eu não conheço, um prazer que desperta dentro dela só quando está com ele, alguma substância injetada no coração só na presença de um determinado homem e jamais na presença de algum outro homem, pensa ele, e os olhos de Elisheva ainda estão fechados, ela respira com leveza, está lembrado que eu viajo amanhã?, ela murmura no peito dele, drogada de tanta doçura.

Hã-hã, ele admite.

Silêncio.

Quatro dias?, ele se certifica outra vez. É muito tempo.

Para ficar sozinha, ela devaneia, quatro dias totalmente só.

Você não gostaria que eu fosse junto?

Os olhos dela se abrem. Ele sente o movimento das pálpebras nos pêlos do peito e, mesmo sem ver, já conhece o olhar.

Ele suspira, e ambos se recolhem em si mesmos, carregando juntos por um momento o fardo da complicação impossível que é a vida dela. A duplicidade que a divide em duas. O barulho incessante na sua cabeça. Um enxame de mentiras e segredos. Às vezes ela não entende como consegue sentir alguma coisa, em relação a um ou outro.

Ele sorri: talvez lá você venha a conhecer alguém, quem sabe?

Ela esfrega o nariz no ombro dele. Agora você também?

O homem franze a testa: ele já está perturbado?

Está completamente fora de si, diz ela, todo ano eu penso,

basta, desta vez ele vai manter a calma, vai se habituar, afinal são só quatro dias, qual o quê...

Ele a aperta contra a lateral do corpo, consertando, consertando com a palma da mão enorme, aquilo que Shaul quebra. Dá um suspiro do fundo do coração. Ela luta consigo mesma para não lhe contar tudo. Tenta respeitar a dignidade de Shaul. Dentro dela, sente esquentar o fio interior que estica sempre de novo e de novo a linha divisória entre seus dois homens. O homem escuta de olhos fechados. De vez em quando, mexe a cabeça, pesaroso.

Esta manhã, quando comecei a arrumar as malas, ela finalmente extravasa, ele veio, chegou perto, assim — hesita por mais um momento, e em seguida encosta os lábios na sua orelha grande, e cochicha, Shaul não pode ouvir, mas sabe muito bem o que aconteceu esta manhã e o que jogou na mala dela aberta, mas a alma dele está na ponta dos dedos, esforçando-se para escutar o que exatamente está se sussurrando a seu respeito, como e com que palavras ele está sendo descrito ali, o que se passa entre sua boca e o ouvido dele. Silêncio. Os olhos calmos do homem se enchem de violentas trevas. Elisheva pousa uma tranqüilizadora mão sobre seu peito.

Eles já deixaram a estrada de Tel Aviv e seguiram para o sul. Shaul hesitava em lhe contar para onde ela o estava levando. Cada momento lhe parecia inadequado, e, quando pensava no que dizer e como explicar, tudo para ele parecia sem sentido, um grande engano. Finalmente, apoiou a cabeça na janela e fechou os olhos em total abandono, num ato de rendição como um animal capturado numa armadilha. Mas, toda vez que os abria, via diante de si o perfil, e se lembrava, e a imagem penetrava como se fosse a primeira vez. E o silêncio de ambos já significava uma explícita declaração de animosidade, quase beligerância, e inconscientemente tentavam fingir que pertenciam a duas espécies de animais diferentes, sem afinidade alguma, nem de sexo nem de caça. E após meia hora de viagem estavam exaustos.

O maxilar dela doía com a irritação que ia aumentando, irritação contra ele, e contra Micha, sua submissão a Shaul, em virtude da qual ela se achava agora nessa situação, "mas, se uma vez na vida ele me pede alguma coisa...", resmungara Micha, quase paralisado pelo simples fato de Shaul ter recorrido a ele, pelo simples fato de ter telefonado, pelo simples fato de saber seu número; Ésti, que estendia roupas na varanda, ouvira apenas o lado de Micha na conversa, suas exclamações de tristeza e pesar por algo terrível que havia acontecido com Shaul na véspera (mas sempre ouvimos um lado só, pensou); e Micha fazia perguntas o tempo todo, interrompendo, como de hábito, a história que lhe era contada com uma série de indagações cujo objetivo era assegurar seu nível de interesse e solidariedade, e especialmente sua fidelidade sem limites, ao narrador. Mas Shaul jamais permitia que o interrompessem, e, também naquela noite, com duas frases curtas conteve a corrente emocional que fluía em sua direção; ela vira Micha tolhido, amordaçado, reduzido a nada, e já se sentira ofendida por ele, e com raiva de Shaul, e involuntariamente um pouco aflita pela sua capacidade de ser tão destrutivo. Dois minutos depois de Micha ter desligado o telefone, ligaram do Controle Ambiental convocando-o para a tarefa.

Ela inspirou o ar denso sob seus lábios tensos. Como terá forças para continuar dirigindo depois desse dia tão longo? e quem sabe até onde isso vai prosseguir? e depois, aparentemente, também precisará trazê-lo de volta de sabe-deus-onde até Jerusalém e, de lá, retornar para casa em Kfar Saba. E, afinal, por que está concordando em participar desse mistério idiota? Ela se pergunta, confusa, se por acaso passarão por Beersheva, sua cidade natal; Shaul respira pesadamente, absorvendo o efeito de uma nova onda de dor e esperando que lhe aconteça alguma coisa, que desmaie, perca a consciência antes de chegarem ao fim do caminho.

Mas não ousa nem adormecer ao lado dela, e no instante seguinte volta a espiar seu perfil tipo indiano, com o queixo proeminente e o cabelo preto volumoso; certa vez, ela lhes trouxera um desenho, quando Tom nasceu — ele não sabia dizer se ela o desenhara, cozinhara ou assara: era feito de páprica, cominho e curry, sobre um papel grosseiro reciclado, o desenho de uma mãe com o filho, que eram muito mais parecidos com ela do que com Elisheva e Tom. Lembrava também que durante anos o cheiro dela emanava do desenho toda vez que ele aproximava o nariz do papel, pois ela às vezes tinha — não esta noite — um cheiro corporal forte e definido, que ela não se preocupava em disfarçar. Shaul se perguntava como esse cheiro não incomodava o irmão, lembrando-se do que dissera sua mãe quando Micha informou que se casaria com ela — até falou sobre seu cheiro, chegou a esse nível de detalhes! E nesse momento sente ainda mais raiva de Ésti, por causa das bobagens que ficam saltando no cérebro dele e atrapalham sua concentração. E Ésti murmura baixinho consigo, em rápidas palavras, a farda de Shira está esperando em cima da tábua de passar, e é preciso costurar os emblemas de cabo em três camisas e os uniformes de jardim-de-infância dos gêmeos para amanhã; ainda não assimilou direito o fato de que à sua frente está uma estrada longa e aberta, cujo destino ela ainda nem sequer sabe. Ainda não sentiu sob a pilha de colchões a pequena ervilha, a ervilha da menininha morena que inventava histórias para manter sua alma dentro de si, ou, às vezes, para fazê-la voar; histórias cujo elemento mais excitante era a palavra *subitamente*, no iní-

26

cio de cada frase ou antes de cada descrição, *subitamente*, subitamente, seu coração pulava quando ela sussurrava consigo, subitamente.

E onde está Elisheva?, pensou, por que ele não diz onde ela está? Talvez tenha feito alguma coisa a ela. Lançou um rápido olhar pelo retrovisor, viu na penumbra a mancha vermelha sob o olho direito dele, e, como toda vez que seus olhares se encontravam no espelho, desviaram-se um do outro como ao toque de uma unha estranha; ele realmente está com a aparência de quem matou alguém, pensou ela. Tal pensamento já tinha lhe passado pela cabeça quando estava na casa deles. Foi isso que provocou sua pequena invasão dos quartos. Pois, se não, ela ergueu uma sobrancelha, que tanto ele tem a esconder? Esticou um pouco o corpo e estalou a língua na boca. Deu uma longa olhada na direção dele. Ainda anteontem o vira por acaso na televisão, dando uma entrevista sobre o corte no orçamento para ciências nas escolas, e ele fora absolutamente ácido e sarcástico, além de convincente em extremo em sua crítica, arrasando completamente os homens do Tesouro; o assunto em si não a havia interessado, mas, como sempre que o via na tela, ela acompanhou atenta suas expressões faciais, buscando exatamente aquilo que ele era tão eficaz em ocultar em público; acalme-se, pensou, esfregando o pescoço tenso, ele não matou Elisheva. Não consegue dar um passo sem ela. Além disso, é covarde demais. Suas pupilas se alongaram felinamente com a luz esverdeada irradiando do painel. Ela adorava fantasiar assassinatos entre casais, um pequeno truque que usava para despertar sua curiosidade, e até mesmo simpatia, por casais que não conseguiam interessá-la de outra maneira: imaginava um dos dois se movendo sorrateiramente na direção do outro, deitado em silêncio à espera da vítima, espreitando por entre os esconderijos de sua savana doméstica. Às vezes, quando a noite na casa de amigos estava monótona, ficava sentada e, com a viperina meticulosidade de um verme numa maçã suculenta, corria lentamente os olhos vislumbrando possíveis armas de assassinato: uma pesada fruteira feita de murano, uma faca de queijo com cabo de porcelana de Delfet, quebra-nozes, abridores de garrafas... Shaul viu o sorriso estranho, um tanto intrigante. Seu olhar dispersivo se fixou por um instante nele, e entre os dois surgiu um contato claro, cristalino, que eles desconheciam; imediatamente, como se houvesse desperdiçado seu tempo, fechou os olhos e apagou tudo o que acabara de acontecer, desligando-se e mergulhando em si mesmo numa névoa obscura, e, na janela escura na frente dele, sua face se refletiu, revelando uma trêmula imagem de Elisheva

Ela corria sobre um rochedo branco, corria muito depressa, seus movimentos bem definidos cortando a escuridão, as calças claras rasgadas na barra, talvez tivessem ficado presas em espinhos, e ele quase grita de espanto ao vê-la, mas com enorme esforço permanece calado, para que o motorista não a veja.

Porque agora existe um motorista. À meia-noite o telefone tocou, e uma voz o informou de que sua esposa sumira. Havia saído. Ninguém sabia para onde. Não estava claro o motivo. A voz no telefone tinha inclusive um leve tom de acusação, como se Shaul tivesse culpa por ela ter saído. Ele ficou quieto, escutando. O homem disse que enviariam alguém para buscá-lo. Ele nem mesmo perguntou para onde o levariam. Ao que parece, estão organizando uma busca, pensou nebulosamente. Esticou sonolento o braço para o lado dela na cama e o encontrou vazio. Só então pareceu entender e rapidamente sentou. O homem dissera, esteja pronto, e desligara. Ele pensou, perplexo: desde quando a polícia avisa a família que alguém sumiu? Geralmente é o contrário, não? E após um instante alguém bateu à porta, um homem gordo, grande, com mãos de golfinho, curtas e lisas. Como as mãos do homem que havia consertado o interfone que conectava o jardim-de-infância de Elisheva, no andar térreo, ao escritório dele. E ele seguiu o homem em silêncio, até um Subaru imundo e maltratado, não era sequer uma viatura policial, entrou e sentou no banco traseiro, e se encolheu ali sem dizer uma palavra. E assim viajaram uma hora inteira rumo ao sul, até que de repente a viu correndo na colina à sua frente, nítida, tragada pelas trevas e um instante depois se revelando noutra colina, tão rápida, deslizando com movimentos curtos e ágeis, qual um peixinho num oceano noturno, e ao seu redor dezenas de olhos que ela não percebe, olhos vermelhos, piscando, acendendo-se à sua passagem. Agora, sua fina blusa se prende ao galho de uma árvore baixa, rasga-se e é arrancada, e ela fica apenas com seu tão querido sutiã branco, de que ele tanto gosta, de onde ela sabe tirar, com um gesto sedutor, o seio puro e quente, ávido por ser sugado pela sua boca. Por que ela não vira a cabeça e o vê, permitindo-se ser salva? Tudo o que ela precisa fazer é apenas olhar para ele, e ele estenderá o braço e a salvará. Mas ela não quer, aparentemente não quer, deseja continuar correndo, isso está claro, nem sente que precisa ser salva de alguma coisa, tem prazer em estar sozinha, nesse movimento rápido... suas pernas sobem e descem, o rosto se inclina para a frente, o corpo subitamente tão forte, quem poderia adivinhar que ela tem tanta força, correndo quase nua, livre de sua casca, daqui a pouco o sutiã também, mas ela não pára, não se cansa, reluz em meio às sombras que a cercam, como se as pontas de seus nervos expostos gerassem eletricidade, flutua com incompreensível leveza, leveza corporal mas também uma certa leveza mental, e então, nesse exato momento, uma nova sombra, alongada, silenciosamente se destaca de uma das rochas, e um corpo grande, ágil e forte começa a correr atrás dela

Shaul deixou escapar um gemido de espanto e balançou a cabeça, ainda não, ainda há tempo para isso, fuja disso, rápido, e deu uma espiada em Ésti, perguntando-se se teria emitido algum som capaz de despertar nela alguma suspeita. Mas ela estava dirigindo imersa em si mesma, movendo de leve a cabeça enquanto refletia, e lhe ocorreu, distraidamente, que daqui, deste ângulo, ela tem um rosto realmente marcante, não bonito mas muito forte, um rosto endurecido pela luta diária, e acabou descobrindo um pequeno brinco, redondo, que não havia notado antes, um brinco barato de menina, pensou vagamente, uma menina brincando sozinha na calçada; e continuou observando o brilho dourado no lóbulo da orelha, atraído por ele com uma esquisita sensação de esvaziamento, e lentamente foi se acalmando.

Agora, sem nenhum motivo, alguns momentos de conversa fácil. Shaul lhe perguntou sobre os filhos. Disse os nomes de Shira e Eran, e acrescentou com ligeiro esforço o nome de Na'ama. Ésti pensou, ele não se lembra do nome dos gêmeos, sabendo que para ele cinco filhos era certamente sinal de vulgaridade, uma espécie de mau gosto, como se ela pusesse cinco colherzinhas de açúcar no café. Mas o pensamento de que ele não se lembrava dos nomes dos filhos do irmão despertou nela também um laivo de compaixão por ele, e ela decidiu que tentaria parar de brigar com ele, ao menos durante a viagem, e que deixaria de ficar fazendo incessantes cobranças a ele em seu coração e de se sentir ofendida pelo seu desligamento da família.

Esta noite de todo modo já está perdida, pensou, por que não tirar disso algo de bom? Assim, respondeu às suas perguntas hesitantes, e ampliou o assunto, contando sobre as crianças, repetindo diversas vezes os nomes para ajudá-lo a estabelecer relação entre os nomes e os filhos, destacando algum aspecto da personalidade de cada um, detendo-se um pouco mais em Ido, o gêmeo menor, talvez porque ele às vezes lembrasse Shaul, mesmo que fisicamente não se parecesse nada com ele — e também é o único que herdou um pouco da cor dela —, ainda assim, na fragilidade, no distanciamento, no fio de alheamento depressivo que o envolvia, os quais às vezes cutucavam seu coração com um vago sentimento de culpa.

E ela perguntou sobre Tom, sempre tivera a sensação de que algo de ruim poderia irromper algum dia daquele garoto, e Shaul contou dos estudos de matemática na Sorbonne e da bolsa que ele conseguira lá, excluindo da voz qualquer tom de orgulho ou satisfação; e, enquanto ele falava, ela via Tom sentado em alguma biblioteca sombria, a cabeça grande demais pendendo do pescoço fino, e quis perguntar algo mas achou melhor calar.

E Eran, já tem namorada?, interessou-se Shaul; e Ésti, mesmo desconfiando de que ele está tentando desviar sua atenção de Tom, ou que está com pressa de mergulhar novamente nas suas aflições internas, ficou feliz em contar sobre a pequena e doce garota de Eran, achando graça por eles já terem montado um quartinho de família dentro da casa, no sótão, e que Micha havia ficado nervoso com aquilo, achando que dezessete anos ainda é cedo demais, mas hoje todo mundo começa tudo cedo. Aí ela se controlou e disse: bem, claro que nem todo mundo, cada um com seu ritmo. Shaul assentiu, comovido com a compreensão dela, e disse que tem esperança de que sejam apenas os genes estragados da sua longa demora em se casar, e que no fim alguém também se juntasse a Tom, como Elisheva se juntara a ele, e Ésti sorriu e disse que na verdade também tinha esses mesmos genes, e Shaul disse, o que está querendo dizer, que no final é alguém como Micha que vai se juntar a ele? E foi uma piada, mas também não foi, pois ambos sabiam que no caso de Tom também havia essa possibilidade, e seus olhares se cruzaram no retrovisor, expondo numa fração de segundo possibilidades, dele e também dela, e desejos, anseios e complicações que havia muito tinham sido cobertos por grossas camadas de poeira da vida. Ésti piscou primeiro e desviou o olhar, teve a impressão de que, justamente por causa da sua situação, ele era capaz de ver mais, inclusive ver demais, e, pelo pequeno espelho, insinuou um breve e enganador sorriso, os dentes brilhando. Shaul de novo se recordou da primeira vez que o irmão a apresentara a ele, já faz muito tempo, certo? Vinte anos, respondeu ela com exatidão, eu estava com quase vinte e nove quando nos conhecemos. Shaul se espantou e disse em tom suave que ela quase não tinha mudado, e ela jogou a cabeça para trás e deu uma risada do fundo do coração, sabendo que ele de fato acreditava com toda a sinceridade que ela passara todos esses anos, todos esses filhos, sem mudar. Ele só enxerga formas gerais, ela explicara certa vez a Micha, apenas silhuetas, mas agora, que seu olhar se enganara quanto a ela, teve a impressão de que ele desistira por inteiro da possibilidade de romper sua casca e conhecer realmente qualquer coisa fora dele; mas na época você usava uma trança, certo?, exclamou de súbito, e ela ficou comovida com sua recordação. Minha linda trança, disse tocando o pescoço e correndo a mão pelo ombro. Shaul observou fascinado o delicado gesto e, como acontecia toda vez que se lembrava de algum detalhe concreto do passado longínquo, foi inundado por uma estranha sensação de plenitude, de gratificação, como se tivesse o poder de fornecer uma nova evidência capaz de ajudá-lo algum dia, em algum futuro debate, quando lhe fosse exigido provar que haviam existido momentos de fertilização entre ele e a própria vida. E repetiu, é claro, você tinha uma trança comprida, grossa; e se agarrou à lembrança, recusando-se a soltá-la. E Ésti adivinhou o que se passava dentro dele — ela, que era incapaz de esquecer qualquer coisa, que se lembrava de cada palavra que lhe era dita, e de cada movimento corporal, de cada voz, de cada cheiro —, puxou-o para dentro da conversa e o fez lembrar como Micha estava nervoso naquele primeiro encontro, como estava com medo do seu julgamento severo, como se estivesse me conduzindo a um juiz da Suprema Corte. E, de repente, ficou séria, saiba que para mim a casa dos seus pais era um verdadeiro refúgio, um abrigo seguro, hesitando se poderia lhe contar que só quando chegara à casa dos pais dele é que compreendera o que é de fato uma casa e uma família. E Shaul estava justamente pensando na reação de sua mãe, misturando gritos e sussurros, quando ficou claro que Micha estava excepcionalmente determinado a se casar com "aquela mulher". Por um momento, espantou-se de como Ésti na verdade conseguira superar a animosidade quase pagã de sua mãe, e, se não estivesse constrangido, teria lhe perguntado que mágica fizera para que a mãe fosse tão dedicada a ela atualmente. Ésti sorriu consigo mesma, achando que talvez, apesar de tudo, havia sido muito bom que ela tivesse concordado em trazê-lo.

E continuaram conversando, com o renovado prazer de duas pessoas que de alguma maneira conseguiram evitar um confronto desagradável, embora Ésti tenha notado que Shaul, mesmo rindo com ela e aparentemente embalado pelas memórias da casa de seus pais, apesar de tudo impedia que ambos se entregassem totalmente à doçura dos detalhes, tomando cuidado para que a conversa não seja mais que um papo leve de dois amigos que um dia estiveram juntos, digamos, num acampamento de verão. Ou num campo de concentração, pensou Shaul, e Ésti viu no espelho a face alongada e atormentada. Por um momento não conseguiu afastar os olhos daquela face, e dos lábios que se movem incessantemente, como se ele estivesse mantendo uma tempestuosa conversa interna, sem conexão alguma com a conversa externa. De repente, sente o coração tomado de um profundo pesar, e se pergunta se ele tem realmente alguém próximo de verdade, uma única pessoa no mundo que se encontre em algum ponto com sua reta paralela. Exceto Elisheva, obviamente, pensou depois, com um leve esforço. Esticou o braço e afobadamente enfiou a mão na enorme bolsa que estava no banco a seu lado. Ofereceu a Shaul os sanduíches que havia preparado e embrulhado antes de sair, e trouxera também frutas, verduras, ovos cozidos duros, dois Danones e uma embalagem de camembert numa geladeirinha de isopor, e uma caixa cheia de seus biscoitos de gergelim; Shaul observou atônito como ela remexia a bolsa e ia tirando comida atrás de comida, continuando a dirigir em linha absolutamente reta. Lembrou-se então do momento do acidente na véspera, queixando-se de não ter fome para nada. Ésti usou os dentes para desembrulhar um sanduíche para si e teve um momento de hesitação, sabendo como se sentiria quando seu ruído de mastigar fosse amplificado provocando nele irritação e nervosismo. Apesar disso, deu de ombros e comeu com prazer, pegando também algumas azeitonas pretas e tomando café da garrafa térmica. Ele farejou o cheiro da comida e o aroma do café e, embora tivesse sentido o apetite despertar, resolveu que não pediria, impondo a si mesmo uma pequena punição por não ter aceitado quando lhe fora oferecido; Ésti limpou os lábios e lhe perguntou pela terceira ou quarta vez como conseguia viajar com uma contusão tão recente, e ele garantiu que o analgésico que havia tomado já estava fazendo efeito, era só a coceira que o estava deixando louco, as formigas. E sibilou que toda a dor do mundo não era castigo bastante para um acidente tão idiota, e ela perguntou de novo onde exatamente o acidente tinha ocorrido, e ele disse, eu mal me lembro, estava indo, voltando, subi numa calçada — e ela se sentiu compelida a ligar o rádio, só para aliviar o peso da mentira.

Escutaram em silêncio o noticiário das nove, e no final Shaul ouviu perplexo a locutora adotar um tom de voz bem-humorado, que em geral significava a narrativa de fatos leves ou pequenas desgraças em outros países, para falar sobre um velho oficial de polícia na Espanha, homem conhecido e respeitado que, só depois de sua morte, ocorrida no início da semana, descobriram ter duas famílias morando em dois subúrbios diferentes de Madri, sem que uma soubesse da outra. Ele tinha duas esposas, disse jocosamente a locutora, e cada uma tinha seis filhos; e todos os filhos, paralelamente, tinham os mesmos nomes. Ah!, Ésti disse, rindo, dois ambientes idênticos, imagine só, e Shaul logo em seguida disse, imaginar o quê?, e sua fala foi rápida demais, como uma picada. Ela, com uma leve hesitação, disse: imagine só uma coisa dessas. E ele respondeu com ar soturno, posso perfeitamente imaginar uma coisa dessas. Ela se calou por um momento, depois perguntou cautelosa, aconteceu alguma coisa, Shaul? Ele ergueu pesadamente os olhos e a encarou com um olhar dilacerado, e de súbito soltou tal gemido de dor que Ésti freou de imediato, saiu da estrada e parou o carro. Shaul murmurou, não, não, vá em frente, foi só a perna; mas ela não se moveu, ficou sentada, muito ereta, esperando; Shaul permaneceu deitado, encolhido. Uma conhecida tormenta começou a se formar dentro dele, um misto de lamúria e queixa amarga, revirando suas entranhas e prometendo retorcê-lo e pressioná-lo contra a parede, contra qualquer parede — afinal, deve haver alguma parede em algum canto —, ou o fundo de algum poço subterrâneo, e será um prazer terrível quando as raízes forem arrancadas uma a uma, diante dos olhos dela, pensou, zombando amargamente de sua desgraça, bem diante dos olhos dela, é melhor que seja na frente dela, rejubilou-se, e então a coisa foi cortada e selada, e ele puxou a perna sadia para perto da barriga, e pensou, é isso, isso é que foi decretado.

No nosso escritório, disse após algum tempo, em tom vazio, há uma história parecida.

Parecida com quê?, ela perguntou.

Com essa de Madri, do oficial de polícia.

Não entendi, disse ela, alguém que é casado com duas mulheres?

Algo assim, disse ele, mais ou menos assim. Um dia ele descobriu que sua esposa — ela tem alguém.

Tudo bem, ela disse, isso acontece o tempo todo. Mas algum instinto feminino oculto havia despertado dentro dela e começara a se manifestar.

Não, explicou ele, não simplesmente uma pessoa qualquer, nem a história de sempre, sabe. Ele se perguntou se ela seria uma dessas pessoas que dizem "foder" com facilidade. Algo muito mais sério. Na verdade — ele sorriu, e ela ouviu o sorriso e seu complexo e meticuloso processo de produção — durou anos, dura até hoje.

A gente sempre ouve coisas assim, disse ela, confusa. Havia uma brisa leve e estranha na voz dele, uma displicência deslizando sorrateiramente pela sua espinha com suaves passadas.

Em seguida se fez silêncio. Um longo silêncio cheio de ruídos. Uma chuva leve os envolvia numa fina tela. Vez ou outra, passava um carro ou caminhão, e o Volvo tremia. Ésti diminuiu os faróis do carro e observou as margens da estrada. Viu arbustos sofridos, e uma velha placa de trânsito caída. Dois copos de

36

plástico branco esvoaçavam de um lado para outro carregados pelo vento suave. Shaul ainda tentava a salvação, buscando imaginar o que aconteceria depois, o que seria amanhã de manhã, o que ela faria com aquilo que ele lhe contara, e como poderia alguma vez tornar a mostrar a cara diante da família, e como ela própria olharia para ele. Voltava sempre a tentar deixar ereto seu corpo que insistia em tombar, e quis pedir a ela que o levasse de volta para casa agora, antes que ocorresse alguma desgraça, e não conseguiu proferir as palavras, tão obrigado se sentia a prosseguir a viagem. O fim da estrada o sugava para longe da contemplação de sua vida como se suga o conteúdo de um ovo cru por um minúsculo furo na casca. E disse consigo mesmo que sua desgraça já começara desde o momento em que pedira que alguém o levasse para lá, como foi que ousou pedir que o levassem? o que foi que lhe passou pela cabeça ao telefonar para Micha? como achou que poderia explicar a alguém essa viagem? Ele sabia que não havia achado nada, e que não tinha força de adiar o que estava por vir, e que na verdade a presa era ele.

Mas nesse caso, com esse casal, não pergunte... Ele riu baixinho, e ela reconheceu essa sua risada, uma ponta aguda de amargura, de autodepreciação, de maus presságios: é uma coisa que já dura oito, nove, talvez dez anos...

E ele não sentia nada, o marido?, ela perguntou. E Shaul disse que ele sabe, o marido, aliás, já sabe há muito, muito tempo. Aparentemente, desde o primeiro momento.

Ela se mexeu no banco, sentiu que devia dizer alguma coisa, só para romper o silêncio que se instala após cada frase dele. Sim, absolutamente, disse ele — Ésti estava segura de que não conseguira perguntar nada —, ele concorda, o marido, e no caso deles é ainda mais complicado — e dessa vez ela realmente sentiu as familiares unhas se revelando, uma após a outra, saindo das extremidades da pata delicada, ficou hipnotizada pelo seu movimento e perguntou debilmente, o que pode ser mais complicado que isso?, e ele não respondeu. Ela teve a impressão de que entre uma frase e outra ele mergulha dentro si mesmo como se precisasse procurar ali a resposta adequada, capaz de revelar e ao mesmo tempo ocultar alguma coisa na proporção correta.

Eu não entendo, sussurrou ela, conte-me.

Então tudo dentro dele ficou mais lento, seus globos oculares ficaram pesados, quase cessaram de se mover. É isso, vou contar, pensou com estranha calma, com a tranqüilidade do inevitável, e vou contar justamente a ela, justamente a ela entre todas as pessoas. O terrível erro se espalhou como um doce sonífero pelos circuitos tortuosos de seus pensamentos, ele fixou o olhar no teto do automóvel e, por um longo tempo, reteve a respiração, até sentir um leve tremor pelo corpo todo, do topo da cabeça até a ponta dos dedos dos pés, e apoiou a cabeça no vidro frio da janela, fechou os olhos, e lentamente sua face se descontraiu e ele se voltou para dentro, como que na expectativa do prazer da nudez.

Ele até mesmo sabe, murmurou, toda vez que ela vai se encontrar com o outro. Até mesmo quer saber. E deu um suspiro: ele — como posso dizer — tem a necessidade de saber, tudo.

Ela engoliu em seco. Perguntou baixinho se ele queria beber algo. Ele não respondeu, e ela não ousou se virar para ele.

Ficaram assim um bom tempo, imersos em si mesmos, um pouco transtornados, como no intervalo de tempo entre o golpe e a dor, até que Shaul virou a cabeça com um extremo cansaço e, pelo espelho, encontrou seus grandes olhos negros, que sempre pareciam envoltos em sombras, e sussurrou que seria bom ela voltar a dirigir, que não havia tempo a perder.

Um calor irradiou dele, envolveu o pescoço dela e fluiu para debaixo de sua saia. Mesmo o gesso subitamente exalava frescas vibrações de odor. Ela pôs o Volvo de volta na estrada, e dirigiu lentamente, aturdida, sentindo que estava sendo preenchida por uma poeira de estupidez farinhenta e era incapaz de pensar, tendo apenas uma vaga intuição de que o fato de ele lhe contar essas coisas está de alguma forma ligado à sua contusão, seu jeito de falar a fez recordar o jeito das crianças quando se machucam, quando deixam escapar uma torrente de falação histérica, e lembrou que Micha havia contado que Shaul jamais batera em ninguém nem apanhara, nem mesmo quando criança, que nunca tinha entrado numa briga, nem tinha quebrado o braço ou torcido alguma parte do corpo. Micha contara isso em tom de admiração e maravilhamento, como se Shaul fosse uma peça rara de museu. Agora Ésti imaginava como num único momento sua pele e sua carne haviam se rasgado e seus ossos se quebraram, talvez agora ele não tenha um domínio tão bom sobre si mesmo, pensou ela, e teve vontade de lhe dizer que tomasse cuidado, que não dissesse coisas das quais pudesse se arrepender amanhã, e esperava paralisada pelo que poderia surgir dele, ao mesmo tempo atraída e repelida por isso, como o olhar é atraído e repelido por uma desgraça.

Ele fica sentado em casa, esperando por ela, prossegue ele com a mesma aparente serenidade com que tendões se tornam proeminentes; ele sabe exatamente quanto tempo ela demora para ir até a casa do outro, sabe com toda a precisão, e fica lá sentado, acompanhando a ida dela até que ela chegue, sabe onde estaciona o carro diante daquela casa, como ela sobe as escadas, e sabe exatamente quantos andares são, quatro, e quantos degraus...

Ésti aguardou um instante, presa de expectativa. Ele não disse a quantidade de degraus, e somente graças a isso ela pode respirar novamente. Pois, se ele tivesse dito o número de degraus, ela teria gritado.

Então, ele... a segue?, perguntou, quando se tornou impossível permanecer nesse distorcido silêncio entre ambos, e não era essa a pergunta que queria fazer a Shaul, outras coisas se revolviam dentro dela; de algum ponto lateral em seu corpo, do cotovelo, ou talvez do tornozelo, emergiu também um leve suspiro de alívio por Elisheva, por ter uma história dessas em sua vida, e que não está doente como todos já haviam começado a recear. E Shaul disse, o quê?, não, ele não a segue, que absurdo! Ésti teve a impressão de que ele ficara zangado com a pergunta, talvez não com a pergunta em si, mas por outra voz ter se intrometido e atrapalhado seu lento mergulho no relato. Ele não precisa seguir ninguém, murmurou: ele sabe. Disse essas palavras com delicadeza, mas também com segurança e determinação, como quem coloca uma carta vencedora sobre o feltro vermelho-escuro da mesa. Mas como... sussurrou ela, espiando por cima do ombro e espantada de ver na escuridão a transformação que ele sofrera nos últimos minutos: a face branca, de olhos fechados, estava espichada para a frente, esticada, como que puxada por dedos grosseiros, sem compaixão.

Isso não está certo, pensou ela, não é possível, não Elisheva, ele não está contando nada sobre si próprio nem sobre ela, de jeito nenhum, é só a sua imaginação desgraçada. Mas por que não?, argumentou, existe alguém imune a isso? Talvez seja por isso que ela viva sempre tão triste e calada, já faz anos, dez anos, ele disse, quem sabe ela não esteja escondendo de todo mundo esse imenso segredo? Fungou, e Shaul franziu o cenho ao ouvir o som, e suplicou a si mesmo, como que implorando a um tirano cruel: cale a boca!, por favor, cale a boca, você já causou danos suficientes, aquilo que você fez já não tem conserto.

E o mais impressionante, prosseguiu ele, é que eles têm muito pouco tempo para ficar juntos, o outro casal, pois ela sai todo dia por uma hora, uma hora e dez minutos, não mais que isso, mas todo dia, como se fosse à piscina, essa é a versão oficial, sete dias por semana, trezentos e sessenta e cinco dias por ano — A piscina, ela pensou, a sagrada natação diária de Elisheva. Por que ele está me contando isso? por que nunca contou a Micha? Será que contaria a Micha se quem estivesse aqui fosse ele? Abriu uma fresta da janela, respirou o ar úmido e depressa voltou a fechá-la, como se tivesse feito algo proibido. Perguntou a si mesma se ele não estaria flertando um pouco com ela, pois também era uma estranha possibilidade que agora pairava sobre eles em meio aos círculos de calor; e lhe ocorreu que, entre todas as confusas possibilidades dele, esta sempre também se incluíra, com insinuações mínimas, evasivas, olhares furtivos, úmidos e levemente submissos, não para ela, obviamente — ela soltou o ar com delicadeza, erguendo o lábio superior em direção ao nariz: para descobri-la, era necessário um homem bem mais sábio e sagaz do que ele —, porém com toda a certeza para outras mulheres; mas, apesar de tudo, parecia-lhe que nesses momentos recentes ele esticara uma nova corda entre os dois, e passou por sua cabeça a imagem de dois animais que sempre haviam sido estranhos e indiferentes um ao outro, e de súbito começavam a se sacudir, bater as patas e aspirar o ar, como se algo tivesse se acendido, algo que estivera completamente apagado.

E escute uma coisa engraçada — ele se inclinou um pouco para a frente, até onde as dores e o gesso lhe permitiram, e não havia sorriso algum na sua face trêmula —, se você descontar dessa hora e pouco o tempo que ela leva para ir e voltar de carro, mesmo que ele não more longe, bem perto até, e procurar uma vaga para estacionar, e subir até o andar dele, tudo o que gira em torno do encontro, antes e depois, quanto tempo sobra? Quarenta minutos? Cinqüenta?

Ela o examinou por um momento, concentrou-se nele, e reconheceu que ele não estava flertando com ela. Sua pele não estava reagindo da maneira conhecida. No entanto, apesar de tudo, está ocorrendo, sim, uma espécie de flerte, insinuando-se feito uma cascavel, mas não com ela, mas então com quem?, ela estremece, com quem ele está flertando assim? ou com o quê? E seguiu dirigindo sem ver a estrada, e de vez em quando abria a boca para perguntar algo e fechava outra vez, engolindo a pergunta. De repente, como que atingida por um arpão lançado contra ela de uma distância enorme muitos e muitos anos antes, ela soltou um grunhido agudo de dor, e por um ou dois segundos agarrou o volante com as duas mãos para conseguir se manter na estrada, para em seguida sentir como a dor e a saudade se espalhavam em seu interior. Mas e Shaul?, pensou aflita, como se o tivesse abandonado; espiou e o viu imerso em si mesmo, recurvado e torto como um hieróglifo retorcido ou um cromossomo danificado —

Ela ama os dois, ele prosseguiu, mas aparentemente... — hesitou, procurando as palavras —, apesar de tudo existe uma diferença entre a maneira como ama o marido e o amor que sente pelo outro, difícil explicar, deu um suspiro, é outra coisa, duas dimensões completamente distintas, ela parece precisar das duas, juntas, mas justamente com o marido é mais complicado para ela, com ele, de certo modo, não é algo tão garantido... Sua boca estava seca e a testa ardia, e, pela primeira vez desde que haviam iniciado a viagem, sentiu que conseguira pegar o tão ansiado fio de emoção, e sabia que deveria se empenhar com toda a sua força para cuidar de sua pureza, de sua pura opacidade, e agarrou o fio e se prendeu a ele, como às vezes costumava se agarrar — deitado com Elisheva — a um fenecente e evasivo laivo de desejo.

Ésti ainda não dissera uma única palavra, como ele está falando de repente, pensou ela, o jeito de falar, como se estivesse lendo num livro escondido, quem acreditaria que ele é capaz de articular todas essas palavras, ou sequer pensar nelas? Sentiu o cheiro de seu suor, e inspirou profundamente, com curiosidade, pois, mesmo conhecendo-o por tantos anos, sempre evitara imaginar seu corpo inteiro, como se a simples idéia de que ele tivesse um corpo já fosse uma insuportável invasão de sua privacidade, e, agora, justamente seu cheiro forte suavizou algo nela em relação a ele, e obviamente ela pensou em Micha, que tinha um corpo, um corpo de peso, pois, como todos os homens da família Krauss, havia engordado muito jovem, logo depois do casamento, e, a cada gravidez dela, engordava mais um pouco, além de ficar careca rapidamente, e seu rosto e seu corpo se cobriram de sardas, muito grandes e redondas, como mamilos estourando por toda parte. E algo lhe ocorreu num lampejo, como nas raras reuniões familiares impostas a Shaul sua canela ficava exposta entre a meia e a calça, uma canela branca, lisa, e Ésti espiava disfarçadamente e estremecia.

O prolongado silêncio dela lhe deu uma impressão errônea. Por um instante acreditou que conseguira, de alguma maneira, derreter sua presença resoluta, cheia de curiosidade, na expectativa de que poderia continuar falando assim, descarregar num único vômito toda a história enterrada viva dentro dele, exatamente como necessitava, sem interrupções, até chegarem —

O que você... o que você disse, Ésti soltou com esforço, não... por acaso não está se referindo a você e Elisheva?

Sim, respondeu de imediato, surpreso como um sonâmbulo a quem subitamente despertam e que se descobre em cima do telhado. Para sua perplexidade, sentiu um imenso alívio, como se houvesse conseguido se livrar de uma multa pesada e cruzar uma difícil fronteira, e de repente está lá, do outro lado, mas como... perguntou com absoluta ingenuidade, como você soube?

Não estivesse tão aflita, teria rido de tão comovente espanto, da sua total inocência das coisas da vida: ora, Shaul, realmente...

Então, é isso, disse ele, e soltou o corpo dolorido, fechando os olhos. Basta, pensou, você destruiu tudo. Desmoralizou Elisheva e a si próprio, agora pode dizer a ela que volte.

Eu realmente não consigo imaginar..., disse Ésti baixinho, não, não, não.

De fato, é difícil acreditar, sussurrou ele.

Ela se calou. Fixou os olhos na linha amarela na lateral da estrada, deixando que a puxasse para dentro da escuridão. Aos poucos foi endireitando o corpo, crescendo sem perceber. Sua língua correu em torno dos lábios, havia ali algo se abrindo para ela.

E eu preciso muito pedir, Shaul disse em voz baixa.

Ela assentiu, ainda distraída. Ecos demais se quebravam em sua cabeça.

Nem a Micha, ele disse.

Eu não conto tudo a Micha.

Ela teve a impressão de que ele balançava a cabeça, em dúvida. Nós não somos irmãos siameses, disse, surpresa com a veemência e a agressividade no seu tom de voz.

Veja, a voz dele quase se despedaçando, eu lhe contei porque simplesmente — e se calou, e ela completou mentalmente a frase, simplesmente porque explodi, simplesmente ficaria maluco se não falasse com alguém agora, neste exato momento. E não podia ser qualquer pessoa. Que sorte você estar aqui.

Que bom que você me contou, ela disse.

E completou, um instante depois, como se falasse consigo mesma: obrigada.

E sabia que levaria semanas para se acostumar com o que estava acontecendo, e com a estranha sensação de que ele a estava sugando à força para fora de si mesma, e também para fora dos limites da família, e na névoa dentro de sua cabeça uiva um lobo enfermo, faminto, certamente buscando atrair para si uma cadela domesticada, pesada, exausta e um tanto arranhada. E vez ou outra lhe ocorriam fragmentos de como Elisheva tivera a coragem de se apaixonar a ponto de não conseguir esconder, obrigando Shaul a compartilhar da situação, e devia ser de fato um amor imenso, para que ela brigasse por ele dessa maneira e mantivesse essa relação durante tantos anos, apesar da dor que causava a Shaul. E como ele agüenta isso, e para onde está conduzindo sua terrível solidão? E pensou nos seios de Elisheva, talvez os mais bonitos que ela já tinha visto, e nas poucas vezes que lhe foram mostrados, ela chegara a perder o fôlego, e uma vez chegou a dizer a um desconcertado Micha que eles eram a grande esperança de Shaul, e que, se ele mamasse naqueles seios, talvez suas toxinas evaporassem um pouco. Mas agora estava pensando na dor que a visão dos seios devia simplesmente lhe causar, e Elisheva, como é que ela consegue suportar a ansiedade ininterrupta de uma vida dessas, assim rasgada? Suspirou delicadamente, e sentiu sob a língua uma estranha doçura.

E, como sempre acontecia quando lhe contavam algo novo, permaneceu um longo tempo quieta; ela até preferia que não dessem muitos detalhes nesse primeiro momento, apenas tentando enxergar a situação com seu olho interior — às vezes penetrava assim em si mesma até depois de lhe contarem uma piada, tentando imaginar o que faziam as pessoas que participavam da piada quando a piada acabava, depois das risadas externas. Tentou adivinhar como se tornara possível essa conversa tão aberta e ansiada entre Elisheva e Shaul, sobre tudo o que ela faz com o outro homem, o seu amado, o namorado dela...

O namorado dela —

Isso doía. Mais do que "amante".

Talvez ele a tenha obrigado a contar, pensou Ésti, e dentro dela se formou outra bolha de rancor contra Shaul, sim, isso também é possível. Muito mais lógico do que a absurda idéia anterior que ela concebera, de que Elisheva, com absoluta sinceridade, simplesmente havia lhe contado tudo; e sem demora inverteu o quadro e mudou a figura: agora Elisheva estava sentada numa cadeira, uma cadeira qualquer com espaldar alto, Shaul debruçado sobre ela sacudindo o dedo indicador para cima e para baixo. Não será esse o tributo que ele cobra dela em troca de seu consentimento? Sim, isso lhe parece muito mais condizente com ele, torturar a ela e a si mesmo, dia após dia, exigindo descrições precisas e detalhadas. Ela apertou os lábios, exatamente desse jeito é que uma vez ele a interrogara, muitos anos antes, sobre a escola religiosa onde ela estudara em Beersheva — era capaz de apostar como ele já se esquecera daquele encontro —, naquela época ele estava travando uma dura batalha particular contra a educação religiosa, uma daquelas batalhas de princípios que de vez em quando travava em nome da ciência, e necessitava a máxima informação possível acerca da relação com as alunas, e ela caíra do céu exatamente em suas mãos, nas próprias palavras dele; Micha insistira para que Ésti se encontrasse com Shaul, e ela concordara, de coração aberto, e já no primeiro momento, ao ver que ele viera equipado com um pequeno gravador preto, e com um bloco de papel amarelo, quis se levantar e ir embora, mas não queria desapontar Micha, e no instante seguinte já não conseguiu escapar: ele não se limitava a fazer perguntas, ele a atacava e bombardeava com questões de todo tipo, arrancando dela coisas que ela teria preferido enterrar, e ficou ali sentada respondendo com os lábios cerrados a todas as suas perguntas, paralisada em virtude de algo primal, humilhante, relativo ao status dos dois, algo que crescia dentro dela e a arrastava, como uma nuvem tóxica. E, quando, na sua inocência, revelou uma antiga e supérflua história sobre algo de ruim causado pelas professoras e pela diretora, ele se deteve com avidez nesse detalhe trivial e quis saber exatamente como, o quê, e por quê, e quem determinara, e quem confirmara, e ela ficou toda confusa, gaguejou — nem mesmo Micha sabia daquele assunto —, e, por mais que ela se debatesse e protestasse, ele não desistia de saber, abrindo feridas e chafurdando na vergonha que elas segregavam. E, toda vez que buscava seus olhos, encontrava uma lente de aumento. Agora, tentava imaginar como tudo teria acontecido entre ele e Elisheva, como Elisheva tinha sentado e lhe relatado, na cozinha, digamos, ou em qualquer outro cômodo daquela casa, assolada por uma ordem brutal, e quais teriam sido as palavras empregadas por ela para descrever, e se teria vez ou outra passado os dedos pelo cabelo acinzentado, apoiando-se naquele seu gesto embaraçado e comovente. E não conseguia visualizar a imagem; e até mesmo pensar naquilo era intolerável, de modo que fugiu desse pensamento tentando imaginar como seria o namorado de Elisheva, adivinhar se era moreno ou claro, mais jovem ou mais velho que Elisheva, e não conseguiu, pois outro homem insistia em surgir na frente dela; em algum bolso lateral de sua alma, também estava aborrecida por não ter lhe ocorrido que um fato tão excitante estava acontecendo bem debaixo de seu nariz, com duas pessoas que ela conhecia, e estava ainda mais surpresa por ter se enganado tanto em relação a essas pessoas, pois as duas lhe pareciam desprovidas de qualquer gota de vibração, sobretudo nos últimos anos. E sabia muito bem por que havia falhado em enxergar tudo isso, e obviamente não se poupou da conclusão, inclusive ficou imersa nela por um longo tempo — afinal, o pecado já fora cometido, então ela podia desfrutar o castigo o máximo possível —, pois em algum lugar, quem sabe onde e quando isso aconteceu, ela desistira inclusive da vontade de imaginar coisas assim, a imaginação em si já lhe doía, e doía a região do cérebro onde algum dia ela já elaborara incansavelmente pequenas e travessas fantasias, da mesma forma como todo o corpo pode doer pela falta de um abraço, especialmente de manhã, no instante em que os olhos se abrem. Especialmente à noite, no último momento de devaneios de sono. E talvez por isso, sem que ela sentisse, praticamente parou de se debater e começou a aceitar a simples constatação da realidade, sem tentar salvá-la um pouco de si mesma. Agora, olhava para a estrada correndo sob o carro, e seus ombros caíram um pouco, e logo em seguida os cantos da boca e dos olhos.

O silêncio estava insuportável, e Ésti perguntou, hesitante, se ele jamais tinha pedido a Elisheva que rompesse com aquele homem, embora não fosse essa a pergunta que desejasse fazer. Sentiu um amargor rançoso na boca, e disse consigo, pronto, já estava submersa naquele óleo viscoso — o colesterol da alma, fora o nome que ouvira algum dia de alguém, um homem que conhecia havia muito tempo —, e logo sentiu como o óleo envolvia concretamente o coração dela, preenchendo suas câmaras com espessas e viscosas camadas.

Se eu tivesse pedido, suspirou Shaul, ou mesmo, digamos, se eu tivesse lhe dado um ultimato, ela teria deixado de amá-lo?

Ela vira para ele quase o rosto todo, quis ver sua expressão, e não pelo espelho, sua face alongada, seus cinqüenta e cinco anos estampados, as rugas de palhaço triste em torno da boca, o espaço vazio, grande demais, entre o nariz e o lábio superior, e sua pele não muito boa, um pouco seca e translúcida, que sempre lhe deu a impressão de uma pele de cobra prestes a ser trocada, uma espécie de membrana seca dentro da qual ele armazena todo o seu conhecimento teórico; e mais uma vez pensou que muito tempo se passaria até que ela conseguisse absorver a verdade, pois com ela é assim, lentamente, em ondas, até que de repente... Como o rosto de sua mãe que, anos depois de sua morte, de súbito apareceu numa omelete que ela fritava na frigideira, com sua boca exata, como se realmente estivesse lhe mandando um beijo, o beijo que não havia dado a vida inteira; ou o rapaz corcunda que a molestara uma vez no pátio nos fundos do boliche e veio se desculpar trinta e cinco anos depois, não num sonho mas numa salada — um Quasímodo se revelando numa pimenta retorcida; até mesmo as crianças zombavam de suas súbitas e inquietas ausências — *sentido! aterrissar!*, costumava brincar Shira em seu jargão do exército; *Esteronauta*, escrevera Eran num versinho para o aniversário dela —, e como conseguiria chegar a entender que Elisheva tinha uma vida oculta tão plena? E o que querem esses intensos repuxões na base da barriga? Já dura tanto tempo, uns dez anos mais ou menos, uma década inteira de amor, de vida sem concessões, de honestidade absoluta, sem esconder nada, e como é que Shaul consegue conviver com isso?, ela mais uma vez se surpreende, como é grande o amor que ele tem por Elisheva! De repente, no mesmo movimento, ela inverteu o giro e pensou, talvez ele esteja mentindo, simplesmente mentindo, pois é praticamente implausível pensar na transparente e ingênua Elisheva como alguém capaz de suportar um dia sequer complicações desse tipo, ou capaz de impor a qualquer pessoa — sobretudo Shaul — um sofrimento desses. Por um momento vagou entre as possibilidades, mas então se fixou no fato, por causa da explicação que ele lhe dera, e a forma como explicara, "se eu tivesse pedido, ela teria deixado de amá-lo?", com absoluta simplicidade e com uma sabedoria que ela não imaginava que ele pudesse ter. Pois ele às vezes lhe parecia tão obtuso no que se referia a seres humanos, todos os seus títulos e os artigos que publicara, sobre física e também sobre educação, e todos os cargos superiores que exercera no passado na universidade, e agora no Ministério da Educação, jamais a tinham impressionado. Que me importa se ele tem uma cultura tão grande quanto a cauda de um pavão, ela dizia provocativamente a Micha quando este tentava defendê-lo, se ele se relaciona desse jeito com você e com os pais? Enquanto revivia essa irritação por um instante, chegando mesmo a considerar a interrupção do contato, Shaul enterrou a cabeça nos ombros e todo encolhido murmurou, que posso fazer?, afinal, não tenho posse dos sentimentos dela, e ela tem o direito de amar quem ela quiser, não é?

Ela umedeceu os lábios secos e respirou fundo. De um instante para outro, pareceu-lhe que no corpo dele se abria um espaço novo, mais amplo, como se até o momento ela não tivesse compreendido e conhecido nada a respeito de Shaul e agora precisasse recriá-lo por inteiro, desde o início. Quando ele tivera tempo de aprender essas coisas?, refletiu. Talvez tivesse sido realmente obrigado a se afastar de todo mundo, da família, pensou de modo afetuoso, pois precisava se proteger, e não podia, de forma nenhuma, permitir que olhassem dentro dele. Ela sabia muito bem como seria contada a história por todos eles, caso ficassem sabendo, como teria sido mastigada, engolida, digerida e ruminada. Com lúcida clareza viu a troca de olhares em torno da mesa, e o balançar de cabeça da avó Hava, sogra dela, com sua face cautelosa, cheia de suspeitas, amarga, e com seu olhar, um feixe azul que queimava, classificava, definia e julgava com a velocidade da luz — e com o poder de um feitiço, como Ésti às vezes sentia, ou até mesmo de uma mutilação.

Ela já estava alerta e angustiada, e sabia, como sempre, que tudo eram sinais, tudo eram pistas e prenúncios de raras preciosidades, e desejava que essa noite não terminasse demasiadamente depressa, essa noite era muito importante para ela. Inspirou até um ponto bem profundo dentro de si, um ponto reluzente, cuidadosamente coberto com camadas de cinzas frias, sentindo a brasa reviver e se transformar numa débil chama. Olhou no espelho e mais uma vez o ajustou de modo a ver os olhos dele, e disse: conte-me, Shaul.

Ele deu uma risada sem graça, surpreso; mas como, perguntou, como é possível contar uma coisa assim a alguém, acrescentando que no fim das contas o ser humano sempre está sozinho numa situação como essa. É possível, sim, ela disse com estranha segurança, e, ao dizer isso, lembrou-se de si mesma, de que com ela tudo era de fato possível, tudo. E fique sabendo, acrescentou animada, que tudo fica aqui, só entre nós, aconteça o que acontecer, isto não tem nada a ver com ninguém nem com nada mais, só comigo e com você, só aqui. Mas espere, ele interrompeu bruscamente, surpreso com a forma como ela extravasara, eu ainda tenho de entender que eu... E ela se recostou e apoiou a nuca no banco, e em sua cabeça pulsavam idéias de subitamente, *subitamente*.

E ficaram quietos por outros longos minutos, respirando, sem acreditar que apesar de tudo..., e o silêncio toma conta. Shaul disse, escute, Ester, mesmo assim vou tentar dormir um pouco, desde ontem de manhã não prego os olhos. Ésti responde, claro, durma, sim, um tanto frustrada, mas também um tanto comovida com o modo como ele dissera seu nome, ele sempre evitara dizê-lo, de qualquer forma que fosse, e dessa vez escolheu, é óbvio, justamente o nome pelo qual ninguém a chamava fazia anos, que lhe era mais precioso do que qualquer apelido. E desacelerou o carro para que não chegassem, e passou por uma avenida com árvores espalhadas, e seus olhos depararam com uma grande placa indicando o caminho para Beersheva, e, como acontecia toda vez que se aproximava de sua cidade, sentiu uma menininha escurecendo dentro de si. Shaul disse, se eu não acordar até Kiryat Gat, me acorde. Entrelaçou fortemente os dedos e fechou os olhos. Sua cabeça se moveu um pouco, como se ele procurasse um ponto invisível no espaço

No mesmo instante surge nas colinas nuas à sua frente, correndo, despida de quase todas as roupas, de novo flutuando com uma estranha leveza, desafiadora, e a mesma sombra grande se destaca atrás de um dos rochedos, e ela logo ouve a batida rápida e brusca de grandes pés, ou sente o perseguidor, captando seu pulsar nos poros da pele abertos para ele, e nos tremores que percorrem seu corpo, como é possível que ela o sinta dessa maneira, afinal ele ainda está tão longe dela, mas o branco de seus olhos subitamente começa a brilhar muito, quem poderia adivinhar que ela ainda tem dentro de si um brilho tão impertinente?, e por que ele tem a impressão de que nessa corrida os dois parecem falar entre si, ela e o perseguidor, estabelecendo uma completa e complexa conversa, com linguagem e gramática próprias, da qual ele não participa e que ninguém no mundo, exceto os dois, consegue entender? Basta, ela já não é minha, ele admite com rápida aquiescência, quase excitação, ela agora pertence a esse perseguidor, ao caçador, à lei do predador e da presa, e, se ele ao menos conseguisse ver o perseguidor, uma vez finalmente ver sua face, mas o perseguidor se oculta dele, é sempre assim, e só é possível adivinhá-lo por Elisheva, pelos arrepios de sua pele e por suas pupilas dilatadas, o tamanho impressionante dos braços dele e a pegada de seu pé descalço na terra, e os polegares longos e carnudos, e adivinhar também como esses polegares se dobram para agarrar as rochas com uma espécie de habilidade natural, como as garras de uma fera selvagem; e, diante de seus olhos dilacerados, Elisheva, enquanto corre, vai se despindo de todos os invólucros da vida deles em comum, vinte e cinco anos largados no chão, ano após ano, pairando um instante no ar para tombar em seguida, e agora ela está totalmente nua, o corpo de sua mulher nu na noite, sobre as colinas ao longo de uma estrada desconhecida, o corpo magnífico de sua esposa se move na escuridão da noite com um espírito ousado e selvagem que ele jamais conhecera, mas ela não tem chance, ele imediatamente conclui, seus passos são pequenos demais, e ela é pesada demais, está claro, ela está perdida, acabada, e os seios também pesam muito, é claro, balançando, golpeando as costelas com batidas surdas, e agora, pronto, é o fim, uma sombra alcança seus tornozelos, uma sombra sobre suas coxas, sua pele clara, sua carne macia, sua carne que já foi tão bem contida na concha de casa, por que você saiu da concha? por que inventou de sair? e a sombra já paira sobre suas costas, uma cabeça enorme e cacheada se delineia sobre suas costas, e dois braços enormes, esqueléticos, estendem-se durante a corrida buscando sua cintura, e somente agora ela vira o rosto para Shaul, e todas as suas expressões se revelam a ele, salve-me, ela implora com os olhos, e esse é o último momento em que ele pode salvá-la, mas ele não o faz, não agora, não com o pranto que explode dentro dele e lhe rasga as entranhas enquanto os dois braços gigantescos e retorcidos agarram os quadris dela por trás, envolvendo, esmagando e jogando no ar, uma carne estranha agora conhece o toque macio e arredondado, uma carne estranha a conhece agora, e a carne dela é puxada para ele por um instante roubado, infinito, e uma força desconhecida a joga ao chão — como deve ser, rejubila-se uma voz com seco desespero, estourando dentro de sua cabeça —, uma força tão intensa que ela jamais imaginaria existir num homem, e um rugido duplo, rouco, parte o deserto em dois, o rugido de duas feras, macho e fêmea

Como é possível, Ésti pensou, que esteja sentindo a mesma correnteza que flui por dentro dele, extravasando sobre o leito e arrastando-a junto? Ela jamais sentira com tanta intensidade o interior de outra pessoa, e foi acometida de um novo temor, que ele estivesse viajando para ferir Elisheva. Ou ferir o outro homem. Imediatamente, antes de hesitar, perguntou se ela estava lá, Elisheva, com aquele homem, lá no lugar para onde estavam indo.

Com ele? Não, não com ele, disse arrancando sua imagem do retrovisor com o que lhe restava de energia; enfiou o rosto entre as mãos e apertou com força os globos oculares, o que estaria acontecendo com ele?, é cedo demais para ver coisas desse tipo, e há ainda quase duas horas de viagem pela frente, e ele perderá o juízo se já se entregar a tais coisas agora: não acho que ela esteja lá com ele, ela vai para lá para ficar sozinha.

Sozinha? Sua voz foi sumindo no final da frase, o coração se encolheu novamente, como já tinha acontecido quando pensara no "namorado dela". Shaul tomou sua ansiedade por surpresa. Sim, ele disse, qual é o problema? Ela tem o direito de ficar sozinha uma vez por ano, não tem?

Na verdade, ele estava citando Elisheva, que todo ano saía para umas férias de quatro dias, cada vez num lugar diferente em Israel, e de maneira nenhuma estava disposta a abdicar desses dias, que lhe eram tão essenciais quanto o próprio ar que respirava, dizia ela com toda a calma e com inquestionável firmeza. E todo ano era obrigada a enfrentar a discussão com Shaul, a quem a simples idéia dessas férias, já dois meses antes, deixava transtornado; mas agora falava como se Micha estivesse na sua frente, ou seus pais, sabendo perfeitamente qual era a opinião deles, com sua mentalidade mesquinha, provinciana e ignorante, sobre essas férias e sobre o que se passava durante esses dias; e, com arrogância, dispôs-se a demonstrar a Ésti como concordava sinceramente com Elisheva e como era capaz de entender a necessidade dela de ficar sozinha alguns dias por ano, e assim parecia decretar uma superioridade moral, uma escala de desenvolvimento emocional e esclarecimento em relação a Micha, seus pais, e toda a tribo dos Krauss. Pois ainda, em tudo o que ele fazia e pensava, nas coisas maiores e nas mais insignificantes, dentro de si não conseguia deixar de brigar com eles e questioná-los de toda forma possível. E então, acrescentou generosamente, você não tem às vezes vontade de ficar sozinha? Só consigo mesma, sem Micha e as crianças? Ela ouviu todas as diferentes nuances que sua voz ia assumindo, e dessa vez não foi tomada de surpresa. E, com uma sensação de urgência, de súbito estendeu a mão e acendeu a pequena lâmpada interna no teto do carro; o espaço se encheu de luz, e ambos piscaram. Shaul não protestou e tampouco perguntou por que ela havia feito isso, e ela deparou com o olhar dele, retorcido, conflituoso, e apagou a luz. Seus olhos se acostumaram de novo às trevas do caminho, e por um instante não conseguiu entender por que ela e ele tinham se evitado e excluído mutuamente todos esses anos, quase desde o primeiro momento, e também se agredido continuamente, sem que nenhuma outra pessoa exceto os dois percebesse, por meio de um olhar que só eles sabiam invocar e exatamente para onde dirigir.

Eu fico muito sozinha, ela disse, e, ao erguer os olhos, ouviu o eco que rodeava a palavra; imediatamente lançou para ele mais um de seus leves, brilhantes e enganosos sorrisos. Escute, quando se trabalha em casa, fica-se muito tempo sozinha.

Mas sabia muito bem que não era a esse tipo de sozinha que ele se referia, não aquela sozinha atulhada até as bordas, sem espaço algum, imersa num constante zumbido sonoro que a perturba por dentro até mesmo durante a noite. Não o tipo de sozinha que está sempre na expectativa, espremida entre as varas de junco para assegurar, por exemplo, a rotina de uma geladeira cheia que vai se esvaziando com respirações grandes e rápidas — ainda que ela jamais reconheça o prazer quase corporal que lhe proporciona a ressurreição e o ruído da respiração regular dele: eles comem bem, estão crescendo direito —, e não o tipo de sozinha do qual ela escapa num piscar de olhos, com ridículo fervor, ela bem sabe, para achar um pé de meia perdido, ou um boné esportivo, ou uma bomba de bicicleta, ou o boletim do ano passado, ou uma carteira de identidade, ou chaves, ou molho de soja, ou um pente para piolhos. O tipo de sozinha dela era um estado de alerta, do qual ela escapa ao som de vozes que a chamam uma centena de vezes por dia, pois sem ela jamais vão achar nada, nem lembrar onde guardaram, nem saber em quanta água diluir os antibióticos, nem como cobrir a bacia de peixes com o filó de náilon, nem que quantidade de amaciante adicionar à lavadora; mas tampouco poderiam imaginar o pequeno prazer que existe no ciclo rítmico de vida, até mesmo nas pequenas coisas como os cálculos do imposto de renda, as restituições, o pagamento de prestações e o depósito mensal na caderneta de poupança, os cuidados de manutenção ocasionais nos dois carros, a substituição dos filtros de água duas vezes por ano, a troca das roupas de verão pelas roupas de inverno e vice-versa, a lista das visitas regulares de cada um da família ao dentista, e até mesmo as injeções diárias de insulina em Ido com todo o tumulto inerente a elas. E tudo isso, que não haja engano, ela odeia de todo o coração, e não tem o menor jeito para a coisa; e, ainda assim, só mesmo ela. E aspirou saudosa os odores de amamentação que preenchiam o ar sempre que terminava uma sessão de aconselhamento, as gotas de leite materno azedo que ficavam nas cadeiras depois que as mãezinhas inexperientes iam embora, e o ar fresco do grande jardim verde, as árvores frutíferas, os canteiros de verduras, flores e ervas, e a casa dos pais de Micha no quintal dos fundos, pela qual também era responsável, e também os sete cômodos de sua própria casa, e em cada um — psiu! silêncio! — uma criança tocando um instrumento ou jogando no computador ou sonhando ou fazendo a lição, ou emburrada, e há Ido, o chocolatinho dela, o gêmeo pequeno, e é preciso escutar muito bem as coisas que ele cala; e sobre a cama dela e de Micha sempre há ao menos uma criança estendida a qualquer hora do dia e da noite, e sempre há alguém precisando de ajuda para estudar para uma prova sobre a República de Weimar, ou para explicar um sonho esquisito, e Yoav, o gêmeo grande, grande demais, que tem de ser levado duas vezes por semana a um nutricionista e com quem é preciso brigar em toda refeição, e entre as refeições, e Na'ama, para quem tudo é ruivo e incessante e agitado, que a convoca agora, já, imediatamente, à sua cabana na árvore para escutar trechos selecionados de seu diário absolutamente particular; e no último meio ano um cabo telefônico ficou estendido num dos cinco cordões umbilicais, através do qual telefona, praticamente a cada hora, uma menina que está no exército, contando como estava o curso de preparação e a vigília, e para reclamar, vangloriar-se e ser mimada; e pelo menos uma vez por semana alguém desce da estrada principal para o pátio, um rapaz ou uma moça que vem passar a noite, ou duas semanas, amigos, amigos de amigos, dormem no porão ou no gramado ou nos colchonetes da varanda, ou simplesmente na sala de estar, atacam a geladeira à noite, tocam música, fumam, deuses gregos bronzeados e seminus entram por engano no chuveiro dela, envergonhando sua carne exatamente com o mesmo olhar de suspeita com que examinam a data de validade de um queijo ou de um iogurte; e, dentro de tudo isso, Micha, que liga do trabalho cinco ou dez vezes por dia para bater papo com ela, para passar o tempo durante suas longas viagens, entrando em assuntos afetivos, nunca dele mesmo, irradiando narrativas ao vivo sobre o que está se passando na estrada, levando-a junto aos locais onde combate nuvens de gases, bacias de água poluídas, reservatórios com produtos tóxicos que, por alguma razão, sempre vazam nos lugares teoricamente mais seguros; há anos ele a faz participar de seus relatórios diários, espalhando enormes pilhas de migalhas cotidianas a seus pés, acumulando-as ao redor dela, cobrindo-a delicadamente, afetuosamente, meticulosamente, relatando o que acabaram de dizer no rádio, e qual é o último rumor sobre sua possível promoção, ou lhe conta do acidente que acabou de ver na rodovia, e a discussão da turma da repartição a respeito do filme que passou na TV; e relata nos mínimos detalhes, com extrema precisão e estranho senso de fidelidade cada refeição que faz, e, com seu jeito modesto, dedicado e carinhoso, desenha o tempo todo imagens de si mesmo com milhares de leves traços, oferecendo-lhe os fatos de sua vida para que sejam guardados e lembrados, e dessa forma também se libera de qualquer responsabilidade por eles, esquece tudo, de imediato, rostos, nomes, histórias, como se já tivesse resolvido intimamente que é apenas um canal pelo qual sua vida flui para ela, e que apenas ao chegar a ela é que sua vida adquire realidade — até as memórias de sua infância ela já sabe melhor que ele —, e ela, apesar de resistir, acaba se rendendo às suas abrangentes e transparentes minúcias, ao calor que ele acumula todo dia de novo entre suas mãos como uma enorme bola de massa, um homem delicado, sempre quente e excitado, fervendo na expectativa de estar com ela.

Às vezes, à noite, antes de dormir, ela fica alguns minutos na varanda, as mãos na cerca de proteção, a capitã exausta de um grande navio que ruge atrás dela, e é bom, é pleno de vida, e uma felicidade salgada lhe arde na garganta, e é mais maravilhoso do que jamais ousara sonhar no miserável nada do qual viera, e então ela é inteiramente o coração da fruta, e não há nada melhor que isso, sentir o sangue pulsar e saber que ela, somente ela, é a força que, com seu calor e persistência, permite que os milhões de moléculas da casa e da família se grudem uns aos outros, que ela luta totalmente sozinha contra as imensas forças da destruição que estão sempre à espreita e à espera de alguma distração ou negligência sua (mas esta semana, no parque, quando brincava com os gêmeos, uma babá russa se dirigiu a ela perguntando ingenuamente se lhe pagavam o dobro, e então tudo ruiu de novo).

E não poucas vezes ela surpreende a si mesma fazendo cálculos mesquinhos: os gêmeos vão sair de casa para o exército só daqui a treze anos, mas até então já terão chegado, oxalá, os netos, filhos dos filhos maiores, e ela jamais deixará de ficar correndo pelo quintal, subindo e descendo as escadas, pegando do chão brinquedos e papéis e tintas e pãezinhos pela metade e pêssegos mordidos e mata-pulgas e partituras e figurinhas de Pokémon e pés de meia sem par e fraldas pesadas e receitas e curativos para machucados e tampinhas de garrafas para juntar e ganhar prêmios e fivelas de cabelos e moedas e bolas de poeira e pequenos sutiãs, e cem vezes por dia ela fará um pequeno sinal ao lado do item de sua lista já executado — "dê-me um sinal, só um pequeno sinal", costumava brincar Hagai, aquele sujeito que um dia tinha conhecido —, e o zumbido que ela própria produz jamais cessará, e Deus me livre que um dia cesse, pensou, e no sossego temporário em seu interior ouviu o que jamais esqueceria, que, desde que nascera, desde que se conhecia por si, estava perseguindo de olhos arregalados a espécie humana, e que Micha e as crianças era o mais perto que jamais conseguiria chegar, e que nenhum mortal jamais estaria disposto a desistir de uma empreitada dessas.

Ela sabe que, se adivinhassem apenas uma mínima fração desses pensamentos — Micha talvez sinta alguma coisa, mas jamais diria uma palavra, nem a si mesmo —, ficariam não só estarrecidos e magoados, mas iriam ruir por terra, sumir, estourar feito bolhas de sabão. As crianças que ela fizera para si mesma furtivamente, que roubara ou furtara do nada, e que ela defende como um animal selvagem, levando-as a reviver a cada instante com uma infinidade de ações e pensamentos e intenções e feitos, enfim, a lista inteira de verbos maternais. E cada vez de novo os mobiliza contra a traiçoeira urgência de desintegração que sente neles constantemente, à espreita sob a pele deles aguardando o momento exato em que ela se canse, mas ela jamais, nunca na vida, jamais há de se cansar, mas também jamais conseguirá se desfazer desse pensamento amargo; e lhe parecia que isso ele, Shaul, era capaz de entender, e deu uma espiada para descobrir, surpresa, que ele a estava observando profundamente, como se por um longo tempo estivesse acompanhando as mudanças de sua expressão facial. E lhe disse logo, sem pensar, sabe, às vezes, depois que todo mundo já está em casa, eu fico um pouco no jardim, sob os ramos do salgueiro, e, se estiver precisando de algo mais consistente, entro dentro dos galhos do alecrim, e de lá fico alguns momentos olhando a casa, com as janelas acesas, as silhuetas do Micha e das crianças, e sinto um negócio que me faz andar para trás, até desaparecer.

Ele ficou calado, olhar melancólico nos olhos dela. Depois disse: está muito apertado dentro do alecrim. E, de algum lugar distante, lançou-lhe um sorriso tímido, trêmulo.

Então afundou no assento e se espremeu em si mesmo, tentando vencer as ondas de dor que voltaram a dominar sua perna, como se ela fosse explodir; hesitou em tomar mais um comprimido, e decidiu que ainda não era hora, melhor esperar mais um pouco; em vez disso, lentamente foi fundindo sua dor numa dor completamente distinta, uma dor aguda e sem nome, que ele acompanha com cuidado e atenção, seguindo um plano preciso, muito bem conhecido, por todo o seu corpo e sua alma, até dentro de seus olhos ardentes e agora, aqui

* * *

Ele está noutro lugar, um lugar novo, uma planície aberta aos pés de maciços rochosos, cercada de deserto e montanhas. Espinheiros arranham suas pernas. Ao seu redor, uma grande agitação. Está cercado de gente, dezenas, talvez centenas de voluntários que vieram para cá a fim de procurar sua Elisheva. Eles vêm todo ano, todo ano na época em que Elisheva viaja; ele tenta seguir uma dessas pessoas, mas aparentemente é mais fácil seguir uma formiga num formigueiro; ele persiste e localiza um rapaz corpulento de macacão azul, e se gruda a ele. Parece-lhe ligeiramente familiar, assemelha-se a um jovem que certa vez ajudou a ele e a Elisheva quando o carro quebrou na rodovia para o norte; fez o conserto com rapidez, dando todas as explicações com um sorriso no rosto; depois, ainda ajudou a tirar uma fita que ficara presa no gravador e ajeitou um dos limpadores de pára-brisa que havia entortado; só quando o deixaram foi que descobriram que ele tinha criado um probleminha para eles, pois puxara o banco do motorista para trás, por causa das suas pernas compridas, e não conseguiram puxá-lo de volta, de modo que Shaul foi obrigado a dirigir o caminho todo com a ponta dos pés. Aquele rapaz de macacão azul corre para um dos caminhões ali estacionados, sobe na traseira e desce em seguida com uma enorme sacola cheia de utensílios, e corre para um riacho ao lado de uma acácia, a cabeça inclinada para a frente, dando a impressão de já estar em meio à busca meticulosa, só faltando deixar a língua para fora da boca; ele passa correndo por outro homem, mais gordo e lento, o qual tem algo que talvez lembre o jovem árabe que trabalha na rotisseria do supermercado, aquele que Elisheva adora citar referindo-se aos jogos de palavras de duplo sentido que ele faz quando oferece alguma iguaria para ser provada, sobretudo com as mulheres, é óbvio, mas também com Shaul faz gracejos num hebraico incrível, sobre a lingüiça e os ovos de codorna; e ele também está aqui, correndo com uma sacola de utensílios — interessante que até mesmo os árabes vêm ajudar a procurar —, e pára ao lado de outro caminhão, e alguém lhe entrega um fuzil, o que é um pouco surpreendente, afinal, apesar de tudo ele é árabe, mas, ao que parece, essa busca transcende qualquer conflito nacional, trata-se de uma clara questão humanitária que une todos os povos, ainda que não esteja muito claro para que o rapaz vai precisar de uma arma, contra quem vão combater, pelo quê, ou por quem. E, não longe dele, alguns homens desenrolam rapidamente rolos enormes de arame farpado, formando uma cerca e convertendo o local num pequeno campo de defesa — mas contra quem? Dois homens passam a seu lado carregando um longo e pontudo poste de madeira, gritando entre si de uma extremidade à outra do poste: de onde você é? De Natânia. Eu sou de Metula, estava dormindo, diz o primeiro, e eu estava no meio do jantar, comendo omelete, e, do jeito que estava, saí. De repente você é agarrado, reclama o primeiro, de repente tudo cai na sua cabeça; eles diminuem o ritmo, param por um momento, como se tivessem esquecido para onde deviam ir, e baixam a cabeça, e são envolvidos por um estranho silêncio, um silêncio lúgubre e íntimo, como aquele que toma conta do coração durante o crepúsculo, quando a noite se torna subitamente inevitável.

Ele observa, e uma leve preocupação, leve como pluma, insinua-se nele, e ele a expulsa: afinal, eles vieram ajudar, ajudar a encontrá-la... ainda que obviamente, ele sorri, no fim das contas haverá um, um entre todos esses homens, que a achará, que chegará a ela primeiro, que ficará diante dela sozinho e absorverá sua gratidão abundante, a visão de seu busto, protuberante de excitação, estendendo-se para ele, e então o que acontecerá? e o que ele fará com esse homem? Mas é cedo demais para se preocupar, pensa, e, até chegarmos a esse homem, há necessidade de muitos, de multidões. É preciso filtrá-los lentamente, movimentá-los em suas almas como mil grãos de areia passando por uma fina peneira, para enfim descobrir entre eles o grão de ouro único, para o qual Elisheva brilhará, quase por compulsão

Há alguma incoerência, os fatos se contradizem, ela sentia, e nos dias que se sucederam não conseguiu parar de pensar no quanto quis segui-lo para dentro da história, e aparentemente por isso não lhe perguntou como as coisas se conciliavam, o desejo explícito de Elisheva de ficar sozinha e o fato de ele correr para ela. Shaul abriu seus olhos vermelhos e turvos, como se sentisse de imediato a dúvida que nela despertara outra vez, e resmungou que esse era um assunto entre ele e Elisheva; ela perguntou se Elisheva sabia que ele estava indo visitá-la, e ele disse que não; ela observou cautelosa que Elisheva poderia morrer de susto com uma visita dessas, no meio da noite, e ele coçou em torno do gesso dizendo, por favor, não me pressione, vamos com calma; em seguida, despejou: bem, já está começando a ficar ridículo você não saber nem aonde estamos indo, e justamente nesse instante ela quase o interrompeu para lhe pedir que ainda não dissesse, que ela podia muito bem prosseguir assim mais um pouco, viajar sem fronteiras nem objetivos. Ele disse: já ouviu falar de um local chamado Orcha, ao lado da cratera de Ramon? Ela respirou fundo, despediu-se da doce ignorância, e contou que um dia já sonhara em chegar até lá, sozinha, morar lá alguns dias numa cabana, limpar-se de todo e qualquer contato humano. Ele disse, ela sempre consegue achar buracos como esse, e ela ouviu algo na sua voz que a fez lembrar que, apesar de tudo, ele era um Krauss — vingativo, calculista e mesquinho —, e pensou em Elisheva, agora numa cabana só dela no coração do deserto, longe e isolada das outras cabanas, e a preocupação voltou: o que vai acontecer quando ele entrar na cabana dela? o que poderá encontrar lá? e o que pretende fazer? E Shaul parecia incapaz de resistir aos pensamentos dela, e imediatamente afundou no banco, virou o rosto e ficou resmungando para o estofamento. Diga-me, ela pediu depressa, antes que ele se distanciasse de novo, o que há para dizer? Conte-me. Contar o quê? Sobre eles, ela ousou, surpresa com a força que a impulsionava sem bloqueios na direção dele. Ele sentiu o tremor na voz dela, um tremor que lhe era familiar, pois sorriu internamente, cansado e infeliz, o sorriso de um homem perdido, impuro, que corrompeu uma criança.

Os momentos mais bonitos dos dois são justamente aqueles em que ambos estão tranqüilos, ele pensa, e sente uma pontada no coração. De repente quase se sente compelido a demonstrá-los a ela, na plenitude de sua beleza, a descrever esses momentos de tal maneira que ela não consiga resistir — pois são de fato irresistíveis, repete consigo —, mas como é possível lhe contar?

Durante os momentos de calma, ele bem sabe, ambos podem imaginar que têm tempo, que não precisam se curvar à urgência, a urgência tão humana e compreensível, ele pensa com os lábios apertados, de apertar um corpo contra o outro, um corpo dentro do outro, cavar e se entocar um no outro, subindo e descendo, arfando, como fazem quase todo dia, já há anos, dez anos, com desesperado torpor, obrigados a espremer até a última gota os preciosos momentos de intimidade que possuem, em que cada célula do corpo é uma boca aberta para beijar e chupar e lamber e mamar e morder.

Ele fecha os olhos e, como se estivesse puxando um livro de uma estante atulhada, escolhe um desses dias, em que os dois estão totalmente tranqüilos. Ele prende esse dia em sua mão e o abre. Pensa nos dois sossegados, desarmados. São tão diferentes quando têm tempo, quando não ficam tensos nem decepcionados de antemão por causa da necessidade de se apressar. Os movimentos são diferentes, a respiração, inclusive as expressões. Como contar isso a ela? Como se esgueirar fronteira afora?

A mão dele pousa com delicadeza sobre a barriga dela, a barriga que, para Shaul, é o reator de sua feminilidade, e ele não tem idéia do que possa representar para aquele outro homem. Ele vê: a mão. Os dedos. O anel. A barriga. Ele necessita que a imagem seja lenta e precisa. E quer vê-la com os olhos de Elisheva, de dentro dela e com as palavras dela. *Permanência*, por exemplo, é uma palavra sua que cabe perfeitamente aqui. Antigamente ela sabia permanecer, ela se queixa bastante disso. Tinha grande paciência e calma para observar. Depois, acabou ficando sobrecarregada de pesos e preocupações, e agora é como Shaul, como todo mundo, em constante correria, seu tempo roubado; mas, quando está lá, de súbito tudo se acalma, contrai-se. O tempo — os mesmos cinqüenta e poucos minutos — vai desdobrando mais e mais pregas ocultas, o mesmo tempo que então congela nas veias de Shaul.

E é preciso ver onde cada um dos dedos está colocado, ele pensa, como o dedo mínimo gordinho repousa sobre a linha fugaz entre o quadril e a coxa. E outro dedo toca a borda da linha dos pêlos. É um lugar que, ao ser tocado, sempre a excita, e ele também, aquele homem dela, por certo já sabe disso e conhece esse ponto, apesar de que, obviamente, é provável que ele a excite com um toque totalmente diverso, e em pontos que ou-

65

tro homem não consegue sequer imaginar, e com atos que outro homem não ousaria, ainda que quisesse muito, como, por exemplo, descer com beijinhos por todo o seu corpo, até as plantas dos pés, e envolver com os lábios os dedos dos pés brancos e rechonchudos, um depois do outro, e, lentamente, fechar os lábios sobre cada um deles e chupá-los com calma e suavidade, passar a língua entre eles e em torno de cada dedo, mordê-los com delicadeza e sentir a fina penugem se arrepiar, algo que Shaul há anos deseja ardentemente fazer mas não ousa, pois não é algo seu, é dela e do homem dela, e, bem no fundo de seu coração, ele sabe que isso combina muito mais com eles dois do que com Shaul e Elisheva. Ele já nem se pergunta por que isso é assim e quando se decidiu que seria assim, não há sentido em ficar se preocupando com isso, decidiu-se, e pronto, em algum lugar distante da maneira como essas coisas são irremediavelmente decididas e seladas: o homem simplesmente sabe o que é seu e o que não é, e descer beijando devagar e lamber os dedos dos pés não lhe pertence, ponto final. E tampouco a viagem no sentido inverso, em que é possível morder fina e delicadamente seus tornozelos, ainda estreitos e bonitos, e dali ir subindo com as mesmas mordidinhas suaves até a barriga da perna, e lamber com movimentos circulares as sardas rosadas atrás dos joelhos, mas ele prefere não pensar nisso agora, hoje não, hoje eles estão sossegados, ela e ele, totalmente serenos, e apenas um dos dedos dele traçou pequenos círculos em volta do seu queixo trêmulo, o dedo com o anel de prata que ela lhe comprou, comprou para comemorar o quinto aniversário de amor, comprou dois anéis iguais, e ela o usa apenas ali, no apartamento. Como contar tudo isso?

Ésti o procura pelo espelho e não acha. Por um instante está sozinha no carro, noutro tempo, e há um silêncio estranho e tranqüilidade, uma porta oculta que se abre um pouquinho.

Ela tira da sacola uma garrafa de água e gira a tampa com os dentes, e nesse momento a voz dele volta a soar atrás dela. Ele está aqui. Resmungando consigo com sua cabeça baixa balançando um pouco. Mas ela não escuta. Delicadamente se desliga dele, da mesma forma como desenlaça seus dedos dos dedos de uma criança que acabou de adormecer. Pequenos prazeres se agitam no interior dela, seus sentidos de refugiada captam calor, e o cheiro de um corpo amado, uma voz grave e chamuscada, e fortes batidas de coração que ela ainda ouve, às vezes, mesmo depois de vinte anos, até mesmo numa rua movimentada, como uma rápida batida de tambor ao longe, e começa a procurar fervorosamente ao redor, mal conseguindo evitar de chamar o nome.

O dedo dele acaricia agora o umbigo, Shaul pode ver, e o grosso polegar afunda de leve na almofada macia que é sua barriga, e esses toques sutis despertam nela sussurros e correntes acima e abaixo da pele, e ela os mantém dentro de si sem se mover, olhos fechados e pupilas grudadas nas pálpebras transparentes. Afinal, basta que ele deslize suavemente o dedo do umbigo para a linha dos pêlos, tocando sem tocar, para que num piscar de olhos o fogo comece a arder, e talvez assim ele se torne realmente o homem dela, pois em seu coração, até agora, ainda não se conformou com o fato de hoje ela querer ficar apenas deitada, quieta, um ao lado do outro, simplesmente ficar juntos, Elisheva diz sem abrir os olhos. Apenas restaurar energias, ela murmura, imaginando um soro intravenoso de quietude e conforto. *Conforto*, como essa palavra é bonita dita por ela, pensa Shaul — bonita para os dois, ele depressa se corrige —, e que felicidade sentir a plenitude juntos, apenas por força da nossa proximidade, simplesmente por saber que estou deitada ao lado dele, que meu corpo está satisfeito, mas não por causa do sexo concretizado, porém só pela doçura de saber que ele está comigo em silêncio, por bastante tempo, pertencentes um ao outro, com um prazer tal que borbulha do coração, ferve e extravasa sobre os lençóis, quase sem tocar, sem mobilizar o corpo, na silenciosa consciência de que somos homem e mulher maduros, plenos de amor, Shaul grunhe consigo mesmo, e Ésti ouve o grunhido, e sem demora retorna e se reconecta.

Ele se espreguiça, o rosto enfiado no estofamento áspero, um tanto empoeirado, o peito subindo e descendo rápido. Anos de prospecção mental foram necessários para ele chegar até esse estágio — esse nível — em que é capaz de mantê-los juntos dessa maneira, quase uma hora inteira, um encontro inteiro, sem que um avance sobre o outro. E então compreendeu também que a havia perdido para sempre. E para ele foi difícil explicar isso, até a si próprio, mas sentiu vagamente que, se ela e ele também conseguem ficar em absoluta tranqüilidade, sem logo um investir sexualmente sobre o outro — ele, Shaul, aparentemente a perdeu. E a dor não se afasta nem agora, ao vê-los juntos, agarrados — mas não como uma seta num arco —, flutuando no morno líquido da ilusão, como se tivessem tempo de sobra para si mesmos, como se após esses cinqüenta minutos virá, de forma simples e natural, mais uma eternidade de longas horas, virão mais dias e noites, sim, por que não?, mais uma noite inteira juntos, algo que, segundo sabe, jamais tiveram por quase toda a existência do seu amor.

Talvez no começo sim, ele sussurra para o assento, talvez no começo o quê?, ela pergunta depressa, talvez — no começo — tivessem — uma noite. Ele dá um salto suicida para dentro dos braços dela, que se abrem imediatamente para recebê-lo. Uma noite — inteira — juntos, ele recita, agitado por ouvir pela primeira vez essas palavras ditas em voz alta, e as observa, estarrecido, flutuando como cintilantes bolhas de veneno. Talvez quando começaram, quando eu ainda estava servindo como reservista em Julis, diz ele, esperando que seu coração se acalme, e tem a impressão de que não conseguirá suportar isso. Apesar de que quase sempre eu conseguia fugir de lá e voltar para casa à noite, ele engasga nessa frase, e Ésti morde os lábios, receosa até de olhar para ele e assim romper a fina teia. Só para dormir, três ou quatro horas em casa, ao lado dela, ele murmura com o coração pesado, ficar deitado ao lado do corpo dela e ficar preenchido com sua respiração. Os olhos dele se fecham, e ele se apega todo à sua carne feminina, que até mesmo em pleno sono lhe promete que amanhã, como que saindo diretamente do corpo dela, o sol vai brilhar; e não se esqueça do Tom, ele lembra a Ésti com voz rouca, afinal ela não podia deixá-lo sozinho uma noite inteira, você sabe muito bem que mãe maluca ela é, não, ele gesticula com a mão, é totalmente contrário à sua natureza fazer uma coisa dessas. Quero dizer — esperar até Tom dormir para depois sair de casa, não, isso ela não faria, ele afirma. Se bem que, por outro lado, ela também podia esperar até o menino dormir e então ligar para que Paul viesse —

Paul?, Ésti pergunta baixinho. Sim, esse é o nome dele. Ele não é israelense? Não, na verdade não, é uma longa história, ele é russo, mas a família é francesa. Continue, desculpe interrompê-lo —

De novo ele se cala tentando entender como aconteceu de ele dizer todas essas coisas, de suas palavras sombrias terem vindo à luz e ele ainda estar vivo, e de súbito contempla mais uma vez a tempestuosa porta que se abriu de repente para ele no corredor infinito em que ele vaga há anos; e dali espirram palavras, fragmentadas, confusas, envergonhadas, forçadas. Mas isso não combina nada com Elisheva, murmura de novo, fazer uma coisa dessas, quer dizer, trazer Paul para a nossa casa, pois o que aconteceria se Tom acordasse de repente e viesse correndo para o nosso quarto?, não, disso ele a absolve quase totalmente, sempre, e é importante que Ésti saiba que, mesmo no caos de suas vidas reveladas e ocultas, ele sabe que Elisheva é uma pessoa honesta, a pessoa mais honesta que ele conhece, e que é até mesmo fiel, a seu próprio modo, e isso é realmente difícil de explicar, e lhe causa estranheza que agora Ésti fique calada sem perguntar a ele nada a respeito, como se entendesse por si só a possibilidade de uma contradição dessas; e para mim está absolutamente claro, ele diz, que uma pessoa menos honesta que Elisheva não ficaria tão atormentada com essas transições —

Que transições?, ela pergunta, confusa.

As transições, sabe, de mim para ele, quando ela vem, vai, volta...

Sim, Ésti percebe, é o mais difícil, as transições...

Esse é o paradoxo, ele prossegue, que, justamente por causa da absoluta honestidade dela, ao que parece ela se sente obrigada a manter uma situação complicada como essa, pois, dentro de si, simplesmente não consegue mentir, entende, abdicar de seu grande amor... Ele pára e engasga nas palavras. Veja, para mim não é fácil conviver com isso, é difícil até pensar nisso, mas pelo jeito esse tal amor vale todo o sofrimento. Não é sofrimento, diz Ésti baixinho, é uma tortura, pense no quanto ela está dilacerada; sinceramente, não entendo como ela agüenta isso. É exatamente o que estou dizendo, que, pelo jeito, o que ela tem lá vale todo o sofrimento, e talvez seja eu o dispensável, ele murmura consigo, mas você a conhece, acrescenta, ela jamais daria um passo drástico capaz de me magoar, que magoar que nada, ele dá um sorriso amargo, um sabor ácido na boca, isso me destruiria, me arrasaria completamente até eu virar pó.

Sim, ela deixa escapar de súbito, você quase sufocou de repente, é isso mesmo, sem dúvida.

No denso espaço do automóvel ela sente uma leve tontura, em virtude das ondas de calor irradiadas pelo corpo no banco de trás, e porque o interior desse corpo parece estar se rompendo mais e mais, despejando seu conteúdo que arde, e ela não consegue acompanhar tudo o que Shaul diz; e como é difícil, ela pensa, viver com um esforço desses, e por isso também é tão opressivo estar com ele, sempre; ela simplesmente é feita para ele, grunhe Shaul, você entende diante do que eu estou? Ésti aquiesce, incapaz de dizer alguma coisa, dizer o quê?, o que se pode dizer? A coisa é essa, ele sussurra, há algo entre eles que não se pode desprezar nem anular, parece que ela nasceu para ele, prossegue com indescritível esforço, sentindo-se contaminado e infeliz, porém redimido e liberado de uma maneira como nunca se sentiu antes, e arranca as palavras de dentro de si uma a uma e as deposita perante ela, e às vezes eu penso comigo mesmo que foi apenas falta de sorte deles, ou uma espécie de erro trágico de verdade, que ela e ele não — e Ésti baixa a cabeça diante da estrada e no seu íntimo roga que ele faça uma pausa e a deixe respirar, como é que ele consegue dizer essas coisas e como é que ela é capaz de ficar ouvindo como se nada fosse, como se ela não entendesse as palavras e a opressão e a ardência da saudade? Ela solta um suspiro débil e contido, como é que consegue ser como José, negando conhecer seus irmãos mesmo que intimamente ansiasse por se levantar e abraçá-los e gritar: sou eu! E essa voz, ela escuta, não é de forma alguma a voz habitual dele, um tanto reservada, irônica, é algo totalmente distinto, vindo de outro lugar... Quase se sentiu tentada a fechar os olhos, mesmo dirigindo: ela tem ouvido absoluto, não para a música, mas para vozes humanas, e uma precisão de provador de vinhos para identificar nuances e tons; nesse momento, a voz dele é plena e obscura, e desenha um lugar longínquo e invernal, talvez uma floresta coberta por uma fina camada de gelo, um grande tronco de árvore queimando lentamente, silenciosamente, deixando escapar de quando em quando estalos agudos de dor.

Ela continua cada vez mais agitada em relação a ele, contra ele, junto com ele, e sabe que agora está se abrindo para um lugar novo, desdobrando-se para ele com a avidez de uma aluna, e, embora ela não entenda exatamente o que ele está ensinando e qual é o assunto da aula, algo dentro dela lhe cochicha que está no lugar certo, ali no porão da escola, numa salinha escura e extremamente desprezada, aonde só pode chegar quem sabe da sua existência; e poucos são dignos de participar da aula que sempre está acontecendo ali, todas as horas do dia e da noite, mesmo que não haja nenhum aluno presente.

Diga, como é possível, ele diz — e o pensamento sempre lhe ocorre da mesma maneira, pelo mesmo ângulo e sempre pela primeira vez —, como é possível entender que essa mulher, a minha mulher, ele explica, minha única amada de verdade, nos últimos dez anos não deixou de ir a um único encontro com aquele homem, exceto talvez uma ou duas vezes por ano, quando ficou doente, ou em algum evento de família, ou vez ou outra durante alguma guerra ou alguma viagem para o exterior, ou nas nossas férias aqui em Israel — circunstâncias em que não podia sair de jeito nenhum para manter sua vida com ele. Shaul usa deliberadamente a expressão: manter sua vida com ele. As palavras queimam de novo a cada vez, mas a sinceridade o obriga a dizê-las mesmo quando fala com Ésti: já faz tempo que ele não acha que Elisheva sai apenas para "se encontrar com ele". Pois sabe muito bem que entre os dois existe algo mais sério e mais profundo do que simplesmente um "encontro", e decerto mais que um contato sexual fugaz — que, sem dúvida, acontece quase todo dia, ele observa atentamente; afinal, eles são um homem e uma mulher normais, ele dá um sor-

72

riso irônico e, com as últimas palavras, sente uma chama acender dentro de si e, pela primeira vez, dirige o fogo para fora, para outra pessoa. Ésti sente o calor e busca depressa se proteger do súbito e violento ataque, cuja intensidade ela jamais conhecera, vindo do homem estendido no banco de trás; ela sabe que precisa se salvar, mas não exatamente do quê, e tampouco está segura se realmente quer se salvar e ser expulsa tão cedo da aula do professor particular; receia que, se não se recompuser de imediato, talvez depois não tenha força para resistir ao estranho ataque lançado contra ela em ondas, numa espécie de teimosia impessoal, quase inumana, ou insuportavelmente humana. E praticamente explode num grito, eu não entendo, Shaul, pare um instante, já não consigo entender mais nada, por um momento pensei que... não, você me confundiu toda, comece outra vez do começo, por favor.

E agora já está um pouco mais fácil para ele. Não sabe como aconteceu, mas é como se o caminho estivesse aberto, e agora basta percorrê-lo repetidamente até que esteja conquistado, e por um momento é possível até mesmo pensar que o prazer de guardar um segredo e o prazer de revelá-lo talvez não estejam tão distantes entre si; e ele lhe explica que Elisheva, na sua situação de redundância, precisa ser muito prática e eficiente justamente por causa daquelas mesmas transições. Afinal, ela não era assim, ele sorri com melancolia. Ésti assente e vê a Elisheva sonhadora de antigamente, assustada nas grandes lojas de departamentos, atrapalhando-se com o cálculo da gorjeta para o garçom, parada diante de um pequeno guia de ruas, de cenho franzido, verificando qual das duas mãos é a direita; outra vez ela se enche de saudade de Elisheva, dos dias em que todos ainda estavam juntos, até mesmo Shaul, do seu jeito especial, é óbvio, com seus chutes súbitos e inesperados, mas pelo menos dentro do raio de um chute; e, enquanto ele continua falando, desenha-se na frente dela uma tarde distante e ensolarada no seu jardim, Tom ainda era pequeno, Shira e Eran ainda bebês, e ela vê Shaul e Micha jogando bola com as crianças, depois esquecem os pequenos e se divertem entre si, e Shaul, entusiasmado, domina a bola com uma habilidade que lhe causa espanto e dribla Micha, e Elisheva, plena e mole e dourada, estendida numa longa cadeira, sorri para ele, ela usava na época uns óculos escuros enormes, recorda-se Ésti, Sophia Loren ou algo assim, ela me pediu que fosse com ela comprar os óculos, e, ao sorrir para Shaul, ele meio que perdeu o equilíbrio por um instante, então levantou os braços sobre a cabeça comemorando vitória, em seguida agarrou Tom e o colocou nos ombros, girando com ele sobre a grama, os pais e Micha observando-o junto com o menino com um ar de nostalgia que Ésti não compreendeu na época e cujos detalhes até hoje ainda não consegue decifrar, como se estivessem rezando para que Tom se tornasse uma corte de segunda instância, ela pensa agora, onde pudessem recuperar novamente Shaul, ou talvez tê-lo pela primeira vez.

E Shaul, como se estivesse escutando tudo o que se passava dentro dela, exclama que tudo mudou tanto, e que não é possível se acostumar com uma coisa dessas, e que, toda vez que pensa no assunto, fica arrasado ao tomar consciência de que sua esposa — e aqui ele se cala e se recolhe para dentro de si, a minha esposa, ele pensa com espanto, como se pronunciasse as palavras pela primeira vez, a minha esposa, e por um momento vê, realmente diante dos olhos, as palavras pairando na sua frente, essas palavras que entram no mundo já mastigadas, sente ele, sempre cercadas por sinais de mordidas —, onde eu estava?, pergunta num murmúrio, e Ésti o faz lembrar, e ele sussurra que nunca conseguira absorver o fato de Elisheva levar toda uma vida com outro homem já por dez anos, durante cinqüenta e tantos minutos todos os dias, tempo exíguo, sem dúvida, mas, quando penso em tantos outros casais que conheço, ele diz, parece-me que há casais que não passam diariamente nem sequer esse tempo juntos, e por certo não com um foco tão... como dizer, concentrado, e mais ainda porque Elisheva — ele ressalta, e um leve sorriso se acende em seu rosto, tornando-o quase bonito por um instante — também pode ser muito intensa com toda a sua agitação interior, seus estados de espírito e seu entusiasmo. E justamente aqui Ésti não concorda, pois a sua Elisheva sempre fora tranqüila de um modo surpreendente, e por isso Ésti gostava tanto de estar com ela. Não, não, ele refuta, como se todos os pensamentos de Ésti fossem transparentes para ele, você não faz idéia de como ela é capaz de ficar agitada, realmente aflita, ou ao menos era, nos nossos primeiros anos juntos, antes de começar a dividir suas energias com outro homem, e, quando penso nisso, ele suspira, posso de fato ver, quer dizer, conceber como é que se desenrola a vida dela com aquele sujeito. Ésti, com os lábios tensos e pálidos, pergunta como, e Shaul responde em tom seco, como se estivesse cortando as palavras em fatias muito finas e delicadas, ouça, é uma vida que não possui um segundo de desperdício ou de tédio, ou de desvalorização, sabe, por causa de cansaço ou indiferença, ou simplesmente por um ficar enjoado do outro; com eles acontece o contrário, ele afirma, cada momento juntos é carregado de eletricidade e repleto de interesse e desejo. É uma vida aguda, ele determina, e após um segundo, como se deixasse escapar uma confissão, acrescenta: *uma vida plena.*

Um momento, perguntou ela após um tempo, piscando, o que você disse antes?

Que foi que eu disse?

Você disse, ela reestruturou a pergunta com cuidado, que é capaz de conceber...

O quê?

A vida dela com ele?

Ele permanece calado.

Pois eu sempre pensei que você e ela... que vocês —

Ela não sabe que eu sei, achei que você havia entendido.

Puxou o lábio superior sobre o inferior, e não olhou para ela.

Ésti sentiu o sangue pulsando rápido nos dedos que agarravam o volante. A idéia era tão absurda que a língua e a boca se mexeram juntas num lento movimento de mascar.

Mas como?

Ele assentiu, derrotado.

Eu não entendo. Sua voz foi sumindo, perdendo-se: você simplesmente fica sentado em casa —

Ele esfregou a face com força, com as duas mãos. Agora, é a testa que está fervendo. As têmporas.

Por quê?, ela quase gritou.

Por quê?, ele pergunta a si mesmo, tonto e sombrio, na verdade por quê?

Como um homem gritando para dentro de um poço, pensou ela.

Já faz pelo menos dez anos que dura esse caso dela, disse ele após alguns momentos, você acha mesmo que eu não a conheço?

E você nunca —

Nunca.

Mas como não?, ela sussurrou outra vez, de súbito deixando de acreditar nele, recuando, enojada dele, e imediatamente atingida por um feixe de imagens repulsivas, telenovelas, câmeras ocultas e pessoas que são pagas para espiar e assaltar a intimidade dos outros tornando amargos seus momentos de doçura, segredos revelados. Ficou horrorizada de pensar na inocente Elisheva, possivelmente carregando na bolsa um aparelho de escuta, isso se ele não tivesse grampeado cada cômodo daquele apartamento, sobretudo a cama — sentiu o estômago revirar —, talvez ele simplesmente fique sentado observando-a desde o instante em que ela sai de casa —

Não a segui uma única vez esses anos todos, ele diz baixinho, quase num sussurro, mas, Ester, eu peço encarecidamente, ela não pode saber que eu sei.

Ela sentiu o pulso batendo forte no pescoço, e seus olhos ficaram cobertos por uma película. Somente agora, em ondas rítmicas, tomou consciência de sua ingenuidade, cegueira, *esteridade* e, especialmente, de sua saudade, da tremenda humilhação de sua saudade, e soube muito bem que foi por causa dessa saudade que se apressou em inserir na trama da história dele os fios de seus sonhos secretos de sinceridade e de honestidade dolorosa e purificadora, de uma generosa conjunção em que tudo é possível; por um momento, com tudo o que fora remexido, cutucado e revirado dentro dela, sua face assumiu a expressão da menininha abandonada e assustada, disposta a morder, que ninguém pode supor quão perto sempre está da superfície, pronta a ser puxada para fora como um segundo e último plano de ação.

A voz dele se fez ouvir, cansada, espremida, afinal eu tenho conseguido ir de carro atrás dela quando ela me diz que vai para a piscina, não é? Qualquer pessoa normal na minha situação faria a mesma coisa, não é? Talvez até você fizesse isso.

Sim, ela pensou depressa, que é isso?, é óbvio que não. Talvez uma vez só. Para ver um Micha diferente —

É fácil segui-la de carro e voltar antes dela, fazer isso e acabar com toda essa confusão... De repente, uma risada pálida. Sabe, quando Tom se machucou naquela excursão anual do colégio, na sétima série, e me ligaram do hospital, nem mesmo telefonei para a piscina para que a chamassem pelo alto-falante. Não queria constrangê-la de jeito nenhum, Ester.

E, quando ele disse isso, com tanta simplicidade, mas também com certo orgulho — ela viu o interior dele numa espécie de lampejo ofuscante, e esse interior se iluminou para ela qual um desenho num antigo livro de natureza, uma seção transversal da alma, da alma secreta, e por um momento ela retrocedeu de tal visão, pois proibida ela é. Depois olhou de novo, hipnotizada, sabendo que ele lhe dava algo sem nome, com uma generosidade aterrorizante; e viu também sua própria imagem invertida se refletindo em algum ponto no canto da pupila dele, havia ali um espaço para ela, e, com o instinto de uma semente, ela se agarrou e criou raiz; e só então, por fim, desvencilhou-se do embotamento que a envolvia desde o começo da noite, e efetivamente agarrou com as duas mãos abertas o presente que ele lhe oferecia, o convite único, e agarrou também o volante com a rapidez e a mesma surpreendente agilidade com que era capaz de pegar a clara de um ovo quando este se quebrava. Então ficou ali, dirigindo como se flutuasse, quase sem tocar na direção, e se admirou de como uma certa extensão pode ser composta de tantas fendas úmidas e tortuosas, pois de repente sentiu a extensão, e uma embriaguez, perplexa com o fato de que ele, em seu sofrimento e distorção, conseguira arrastá-la para um lugar tão aberto, um lugar sofrido e miserável, mas também sem barreiras, como a paixão, como a paixão saudável, cujo ardente e agudo prazer ela havia muito esquecera. E achou que ele, Shaul, era louco, insuportável, infatigável, e foi isso que disse a si mesma na manhã seguinte — que tinha subitamente descoberto nele um lugar onde, sem lógica alguma, ele era livre.

Ele pediu água, e ela lhe passou a garrafa. Ele disse que as dores estavam voltando, e ela sugeriu que tomasse dois comprimidos de uma só vez, e ele disse, sim, por que não?, e bebeu, agradeceu pela água, e perguntou se ela queria a garrafa a seu lado, e ela disse que não, aliás, quero, sim, e ele lhe devolveu a garrafa, ela bebeu e o aconselhou a erguer um pouco mais a almofada sob a perna, e tudo o que disseram e fizeram aconteceu fora dos dois, como um vácuo formado de ações práticas. Viajaram devagar pela estrada quase vazia. De vez em quando passavam por um caminhão pesado ou por uma caminhonete carregada de caixotes. Ésti sugeriu que parassem no acostamento para que ele pudesse descansar um pouco ou mudar de posição, e ele disse que não era preciso, que tudo bem, mas talvez ela tenha trazido uma maçã. Ela havia trazido, sim, e, antes de passá-la para ele, esfregou-a distraidamente na manga, como costumava fazer antes de dar uma maçã a uma das crianças, e ele a segurou um instante na frente da boca aberta, como se tivesse esquecido o que fazer

Ali, em algum lugar no meio das sombras, nas bordas do caótico acampamento, um homem pára de correr e vira a cabeça para trás estarrecido, procurando, guiado por uma voz, ou um odor, ou um leve tremor no ar. E, ao lado da acácia, outro homem diminui o passo e pára, congelando no meio do movimento, para também se virar e olhar para trás, procurando. Um após o outro, aparentemente sem nenhuma ligação ou plano, a lentidão vai se instalando por toda parte, os movimentos cessam, um silêncio desce e envolve tudo. Por todos os cantos do pequeno acampamento, homens ficam parados, atônitos, farejando algo no ar. Ele se agita, talvez estejam sentindo o cheiro dela, talvez de alguma maneira, de forma incompreensível, eles estão capacitados a captar cada fragmento de aroma dela; interessante, talvez tenham passado todos por algum treinamento especial. Pouco tempo depois, começam a se mover, todos, de todos os cantos do acampamento, com passos hesitantes, cautelosos, cabeças balançando, como cegos, e ele compreende assustado que se dirigem para ele, aproximando-se e fechando o círculo à sua volta.

Com lentidão pouco natural, os joelhos e tornozelos deles sobem e descem num ritmo único, olhos piscando preguiçosamente, as línguas se mexendo, lambendo os lábios com estranha morosidade; talvez seja melhor ele ir se afastando um pouco, pois de repente tem uma sensação esquisita, totalmente infundada, de que tentarão lhe fazer alguma coisa, não tem idéia do que possa ser, mas de outro lado será uma bobagem absurda fugir deles, daqueles homens que se reuniram, vindos de todos os cantos do país, para procurar sua mulher, que vieram para cá sem nenhuma convocação oficial nem palavra de ordem. Bastou que tivessem recebido a informação sobre ela, e se apressaram em vir, foram de fato atraídos para cá, chegando inclusive antes dele... Esforça-se para examinar seus rostos, buscando descobrir quais são suas intenções à medida que o vão cercando, e a brisa noturna desperta fazendo esvoaçar seu fino cabelo, que ele tenta incessantemente arrumar evitando revelar a calvície, e agora já estão ao seu redor, em silêncio, graves, e ele sorri para todos os lados com constrangida polidez, balança ligeiramente a cabeça para um ou outro, mas nenhum deles responde, e após um momento um medo gelado rasga suas entranhas, pois nos olhos deles, nos olhos de cada um deles, ele lê algo sombrio impossível de ser traduzido em palavras, e que é difícil até mesmo conceber

Depois, muito tempo depois, ele lhe perguntou se tinha alguma coisa que ele pudesse usar para se coçar sob o gesso. Ela se inclinou enquanto dirigia, abriu o porta-luvas à procura de algo e achou uma agulha de tricô, quem sabe quantos anos havia ficado ali à espera para ser descoberta justamente agora. Ele quase arrancou a agulha da mão de Ésti, enfiou por baixo do gesso e coçou forte, compulsivamente, dizendo que não tinha idéia de como sobreviveria a essa tortura por duas semanas. Ela contou que uma vez quebrou o braço fazendo uma ponte na ginástica do colégio, e ele disse, ah, sim, e um instante depois acrescentou, você lembra que uma vez conversamos um pouco sobre aquele colégio?, e ela disse que lembrava, sim. Ele se calou, para em seguida dizer, eu aborreci você, não é?, e ela disse que sim, e ele disse, às vezes, quando teimo com algum assunto, posso ser bastante... e suspirou do fundo do coração, e ela sorriu e disse, sim, sem dúvida você consegue ser, e ele disse, com toda a certeza foi um sofrimento terrível para você, e ela ficou sem saber se ele se referia ao colégio ou ao interrogatório dele, e disse, sim, sim, e um instante depois ele acrescentou que o que lembrava daquele encontro era que ela havia contado que tinha repetido o ano, e ela engasgou e perguntou por que ele se lembrava justo disso, e ele retrucou, não sei, é um milagre que eu tenha me lembrado de alguma coisa, mas lembro claramente que foi difícil para você falar sobre isso, e ela, para sua própria surpresa, logo lhe disse que Micha até hoje não sabe, que, por algum motivo, não fora capaz de contar a ele. Respirou fundo e, com um sorriso tenso, disse: achavam que eu era retardada, limítrofe, e por isso me fizeram repetir o ano. Retardada ou limítrofe, repetiu, e seus olhos ficaram marejados, e Shaul permaneceu em silêncio no banco de trás. De repente, num piscar de olhos, tudo ficou por um fio. Ele disse: imagine que absurdo. E o tom de espanto com que proferiu essas palavras encheu Ésti de alegria, uma alegria silenciosa, ampliada pelo fato de ele não ter dito mais nada. Ela remexeu a cabeça algumas vezes, e num instante se sentiu lá, na confusão que haviam sido aqueles anos, de volta ao espaço dos seis quarteirões que formavam seu mundo, e, num tom de voz sussurrado e nu, contou da caminhada que inventara para si naquela época, e dos dias de "jejum de letras", quando dizia somente palavras sem determinadas letras. Shaul olhou de lado para ela, e viu uma menina pequena e magra flutuando, sem encostar, sobre uma vasta superfície de concreto —

E quem é ele?, perguntou, ao se acalmar, conte-me um pouco sobre ele. E intimamente degustou o nome: Paul. Shaul se agitou, que há para contar sobre ele? Em seguida, deu um leve sorriso irônico: ele não é eu. A questão é essa, não é?, pensou ela. Mas às vezes, ele prosseguiu, eu me pergunto o que é que ele tem. Não só "o que é que ele tem que eu não tenho", mas o que realmente ele tem que tanto a atrai. Que a atrai tanto... Por um instante, Ésti sentiu que, por alguma razão, ele esperava que ela validasse suas palavras, que assegurasse de imediato, sem hesitação, a absoluta superioridade daquele homem sobre Shaul. Sinceramente, ele continuou quando ela não disse nada, de repente entendi a que as pessoas se referem quando dizem que alguém "ficou enfeitiçado...", e soltou uma risadinha, inclinando a cabeça para trás contra a janela. Cheguei à conclusão de que ele é simplesmente um homem em paz consigo mesmo, entende, e, por isso, tudo o que ele faz, não importa o quê, sempre será "chique", quer dizer, algo com graça e estilo próprio; sim, algo afetado, com ar displicente... Ela lançou um olhar para trás e viu que seus olhos estavam de novo fechados, e os lábios ligeiramente proeminentes formando um pequeno bico, como quem despeja algum líquido de um recipiente largo numa garrafa estreita; pessoas como ele, prosseguiu, pessoas com plenitude interior tão cristalizada, simplesmente não dão importância ao que os outros pensam a seu respeito, e como os outros as en-

82

xergam... eu, por exemplo — ele sorri com ar de menosprezo —, a cada passo que dou, penso o que vão pensar de mim, o que vão dizer, e aquele ali simplesmente faz o que lhe dá na veneta, não tem medo de nada, tem vontade e faz, tudo nele está em harmonia, entende, uma pessoa como ele, ele nem precisou dizer a ela que a desejava — quer dizer, no começo, quando se conheceram —, ela sentiu sem demora, por si só, algo que veio de dentro. Pois essa plenitude dele possui algum poder de, como dizer?, despertar necessidade? Sim, na verdade é isso, ela tem absoluta segurança de que o simples fato de ele desejar algo obrigatoriamente transforma seu desejo em realidade, e isso é *carisma*. Shaul de repente pareceu alegre: essa é a palavra que eu estava procurando. Não é estilo, esqueça, o que ele tem é carisma, e quem tem carisma, cada coisa que deseja imediatamente se torna a coisa certa, inevitável, é como uma força da natureza, carisma, como uma força superior... Sua voz se encheu, ficou mais forte: você entende, ele quis, e ela se levantou e foi a ele. Bem, é claro que agora isso também acontece por vontade dela, mas no início? No instante em que ele quis, no mesmo segundo ela já não conseguiu resistir à vontade dele. Ela se levantou e foi a ele. Mas também agora, quando ele quer dela alguma coisa nova, não algo grandioso, não estou nem mesmo me referindo à cama, mas digamos que de repente ele queira que ela, sei lá, prepare uma sopa para ele, ele está com desejo de sopa, a ponto de estar disposto a desperdiçar todos os cinqüenta minutos daquele dia, e não é por causa da sopa, acredite, afinal ele sabe muito bem que ela não é a melhor cozinheira do mundo, mas quer ter o gosto de vê-la em pé ao lado do fogão, cozinhando, de vê-la cortar os legumes, temperar, mexer o caldo, ver esses gestos no corpo dela, os gestos de uma mulher cozinhando para o seu homem.

E continuou falando nessa voz estranha, alternadamente

tensa e descontraída, como que carregada por um fluxo interno sem fim, e Ésti vai dirigindo devagar, com a impressão de que o Volvo quase não se move, que apenas os morros maiores em volta vão sendo sugados, penetrando na escuridão, transformando-se em planícies que aos poucos ficam para trás e se tornam novas planícies, e já não sabe se Shaul está lhe revelando a dor dele, presa e espremida em seu interior por tantos anos, ou se algo totalmente diverso está ocorrendo aqui, em freqüências que o cérebro dela não capta mas fazem sua alma tremer de dor, e a cada poucos momentos uma nova pergunta lhe vinha à boca, uma pergunta absolutamente lógica, por exemplo: mas como você pode ter certeza de que...? ou, como você consegue esconder dela...? e o que pode acontecer se você simplesmente for lá e disser a ela que sabe de tudo? por que você deixa essa situação continuar e atormentar vocês três? Mas sua língua ficava espessa e pesada, e ela esquecia a pergunta, e no instante seguinte uma nova pergunta surgia, como gotas caindo

Círculos e mais círculos se interligam ao seu redor, espremendo-se, silenciosos, sufocantes. Os olhos ardem, quase vermelhos. Ele sente o cheiro da respiração deles. Alguns lhe parecem familiares, ou quase familiares, ou o esboço de alguém familiar, mas as faces de todos estão distorcidas numa única expressão, ávida, lupina. Conte-nos, sussurra uma voz débil atrás dele, conte, acrescenta outra, conte, conte, conte, vozes se juntam a mais vozes, sussurro se sobrepõe a sussurro, um murmúrio indistinto o agride, entrelaçando-se com um longo grunhido gutural em que palavras esmagadas se misturam, e ele escuta tentando decifrar fragmentos de palavras, suspiros, gemidos, eles querem que eu lhes conte sobre ela, parece que a questão é essa, é isso, isso é tudo, e é muito lógico, até mesmo legítimo, afinal está claro que os detalhes mais importantes são os informados pelos parentes da pessoa desaparecida, parece que é isso que exigem dele com seus bafos quentes e azedos, e provavelmente é justificado que adiem o início da busca por mais algum tempo para que possam se equipar — é isso que lhe sopram em conjunto — de informações que só o marido pode fornecer, e então todos se calam e fixam nele os olhos em tensa expectativa.

Mas como, o que contar?, pensa ele, e eles se inclinam ainda mais na sua direção, como se pudessem ouvir exatamente seus pensamentos, e se preparam para arremeter, cada um deles, para ser o primeiro a capturar cada migalha de pensamento que passe pelo seu cérebro, e ele decide se concentrar para que enfim traga algum proveito, e suga as bochechas para dentro, como costuma fazer sempre que pensa, e passa o peso de uma perna para outra, e, intimidado pelos olhares penetrantes, solta um risinho ligeiro, idiota, deixa escapar de repente um som esganiçado, eles depressa endireitam seus corpos e voltam a se curvar, e então ele subitamente compreende que o "equipar-se" de informação já teve início, que talvez até já estejam no meio do processo e que, já agora, pela postura dele, pelo seu balanço hesitante, pelo som repentino e estridente, pelo visto já está lhes contando alguma coisa importante sobre ela, sobre sua Elisheva, e talvez também sobre sua incontrolável necessidade de ir de vez em quando para longe e ficar sozinha.

Diga, ela já não consegue suportar o que sentia que ele fazia consigo mesmo numa espécie de tortura prazerosa, de modo que efetivamente saltou e mergulhou no silêncio dele, arrancando-o dali e trazendo-o para a superfície da água: aquele homem, Paul, ele é casado? Tem família?

E Shaul disse que não, não é casado, acho que por causa

dela, e suspirou pela falta de perspectiva, estou lhe dizendo, Ester, não é qualquer coisa, ela é o grande amor dele. Calou-se. Em seguida, honesto consigo mesmo como sempre, suspirou. Ela é o amor da vida dele, que aconteceu?, ele gritou quando o Volvo de repente se sacudiu e balançou enquanto freava; nada, resmungou Ésti, são estes pedais, desculpe, eu me atrapalhei. Shaul olhou para ela. Endireitou um pouco a perna quebrada. Uma linha tortuosa se formou por um instante entre suas sobrancelhas.

Uma vez a cada tantas semanas, ele disse após alguns instantes — e sua voz já tinha a inflexão de um atrevimento recém-descoberto —, ela se propõe a fazer a barba dele, assim, sem mais nem menos, só para deixá-lo bem barbeado, pois ele é sempre meio desleixado, ele explicou sorrindo com esforço, e viu Elisheva preparando uma vasilha de água quente, passando espuma no rosto enorme dele com seu velho pincel de barba, a língua dela espreitando por entre os dentes enquanto ela se concentra acima do lábio superior para não cortar, e, mesmo que isso aconteça, e mesmo que jorre um sangue espesso vermelho-escuro, ela o absorve com tal delicadeza que mal se percebe o corte, e continua a passar a lâmina sobre o queixo e as bochechas, esculpindo seu homem, a face bem perto da dele, às vezes afastando gentilmente sua mão quando ele tenta tocá-la por baixo. Ela lava com cuidado seu rosto morno, dá umas palmadinhas e o segura entre as mãos; e então dá um sorriso, Shaul diz, algo que eu não conheço... não conheço mesmo, sussurra, nenhuma das suas expressões lá, quando ela está com ele, são expressões que eu nunca vi —

Como por exemplo?, Ésti o interrompe, quase com grosseria.

Não sei, ele disse, mas tenho certeza de que são expressões

mais aguçadas, de tudo, de todos os sentimentos. Tesão, isso é óbvio, mas também tristeza, alegria, saudade...

Ésti permaneceu calada.

É assim, ele explicou o que conhecia de cada célula do corpo dela, mesmo quando está com ele, ela sente saudade dele. Ou tem saudade de estar com ele noutro lugar, ou noutra situação. Ele suspira: sabe, às vezes estou sentado em casa e conto os minutos e penso, talvez hoje ela volte cinco minutos mais cedo. Talvez hoje, para variar, eles achem que um pouco antes basta, um momento antes. Isso ainda não aconteceu, percebe? Dez anos, e isso ainda não aconteceu nenhuma vez...

Por um instante, numa deliciosa ilusão, o olhar dela se turvou, e ela própria se tornou Elisheva, dirigindo até a casa daquele homem no seu pequeno Polo, costurando as margens da noite com pontinhos de verde cintilante... Sabe, ela disse após um tempo, nunca ouvi você falar desse jeito...

Eu nunca falo desse jeito. E deu uma longa olhada para ela, mordendo o lábio num gesto cauteloso de solidão: na verdade, nem eu ainda estou entendendo o que estou dizendo...

É exatamente isso que sinto, ela murmurou, é como se eu, de alguma maneira, estivesse lendo seus pensamentos.

Ele assentiu levemente. Permaneceram quietos. É isso mesmo, ela pensou.

Quer saber a verdade? Os dedos dela agarraram o volante, não sei como você tem coragem.

Coragem? Ele riu, surpreso. Não acho que tenha algo a ver com coragem. Talvez eu até esteja um pouco bêbado agora, de tanto falar, mas que será de mim amanhã, diga, de ressaca?

Ligue para mim, ela disse, vamos conversar também à luz do dia.

Ah, é? Ele lançou um leve olhar em diagonal, quase encantador para aquele momento: vamos formar um grupo de apoio?

Não, ela disse. Sim, por que não? Só a turma do alecrim.

Às vezes, quando estamos comendo, por exemplo, ele disse passado algum tempo, eu levanto a cabeça e olho para ela sem que ela perceba, e tento adivinhar a aparência do rosto dela quando ela está com ele, quando o olhar dele a transforma, de forma geral — como toda a imagem dela, com a idade, as pequenas rugas e a fadiga — como são suavizadas e revigoradas ali, como ela fica iluminada, a palavra é essa, *iluminada*.

E então o quê?, ela sussurrou.

Então dói, ele disse com voz partida. Ela fica impressionante.

Conte-me.

Um momento, ele disse erguendo a mão diante do rosto. Um momento, em tom de quem está se desculpando por ter de sair e ficar sozinho. E já havia ficado claro entre ambos, sem que nada fosse dito, que vez ou outra ele precisava se afastar para outro canto, um trajeto diferente, lateral, que também — ela podia adivinhar — era parte do prazer de seu tormento, exatamente como ela própria, só agora lhe ocorria, em momentos como esse era capaz de se retirar e desaparecer dentro de si mesma —

De imediato ela se sacudiu, abruptamente, antes de ser arrastada, e endireitou o corpo, tossiu alto e bocejou com exagero, mas seu corpo voltou sozinho à posição anterior, afundando de leve no banco, e ela soube que ficara ali longos momentos, despida de qualquer decisão determinada, inundada de desejo, anseios e amor; às vezes evitava até mesmo pensar nele em virtude de uma vaga sensação de que ele vai se tornando mais e mais ausente a cada novo pensamento, e, além disso, resolveu que não tem absolutamente nenhum direito de voltar do exílio que impôs a si mesma já há muitos anos, nem mesmo como turista nostálgica — agora é como se tentáculos tivessem sido enviados de lá para recolhê-la, e ela já não tinha forças para resistir. Mergulhou num turbilhão de cheiros e toques e umidade e fragmentos de figuras; a memória dos sonhos que assolaram suas noites, e as novas ilhas que se revelaram em seu corpo, que permaneceram desertas desde então —

Shaul?, murmurou baixinho, como se lhe pedisse que viesse tirá-la de lá. Mas ele já não estava ali

Ele recua, quer gritar, despertá-los da concentração hipnótica e perturbadora com que escavam seu interior, e sente que estão chupando ou consumindo algo dele, mas o quê? o que estão sugando dele sem seu conhecimento, sem sua vontade, em completa oposição à sua vontade? E, à medida que vão absorvendo, ele acorda para sentir uma vaga palpitação, bem lá no fundo, um lampejo daquilo que estão procurando dentro dele, que se move em seu interior tentando escapar deles, como uma sacolinha de pele lisa, placental, impregnada de vergonha e extravasando-a, e os dedos enormes deles reviram suas entranhas buscando-a, ele quer berrar, arrancá-los daquele silêncio violento e do que estão fazendo com ele, do que estão humilhando e violentando dentro dele, e, um instante antes de sufocar, ele consegue assumir o controle da onda de susto, afinal o pânico em nada vai contribuir para achá-la, e pigarreia e diz numa voz engasgada mas decididamente civilizada: boa noite, meu nome é —

E imediatamente desaba sobre ele uma feroz tempestade de gritos de protesto e latidos de raiva, e alguns dos homens também põem as mãos nos ouvidos. Ocorre-lhe que, neste momento, nesta fase da busca, é proibido que ele diga seu nome, e, ao que parece, ele deve se manter simplesmente "o marido". E Elisheva?, pergunta a si mesmo, sem ousar explicitar em voz alta, é permitido dizer o nome dela aqui? Mas o olhar dardejante daqueles olhos o golpeia com a resposta, e uma estranha fraqueza toma conta de suas pernas, e, aterrorizado, ele passa os olhos de um homem a outro, os lábios dele começam a tremer, quem são vocês?, pergunta, quase sem voz, afinal por que vieram? Eles não se dão o trabalho de responder. Apenas um ruído sussurrado, ondulante, flui incessantemente entre ele e eles. Alguns estão parados de olhos fechados, cabeça inclinada para trás, as narinas abertas para ele, inalando-o sem vergonha alguma, da cabeça aos pés, estudando, inspecionando, pilhando. Ele endireita o corpo com esforço, estufa o peito e fica nessa postura, ainda que seus joelhos ameacem continuamente se dobrar, e então ele sente a barriga da Terra roncando. Um ronco muito grave, indistinto, e um zumbido trêmulo se ergue desde seus pés.

São eles, pensa assustado, são os homens, e escuta com o corpo e, sem perceber, pressiona os pés um contra o outro, mas de nada adianta — o tremor já está dentro dele, e parece esfregar seus centros nervosos e a saliência e cavidade de cada articulação, e ele não opõe resistência, como é possível opor alguma resistência? Um instante depois mais um deles junta sua voz ao coro. No primeiro momento a voz nova soa com clareza, um pouco mais alta que as outras, em seguida se mistura a elas, mergulha nelas engrossando o coro, e ele realmente precisa se conter para não adicionar também sua voz num silencioso murmúrio, mas algo interno lhe diz que a voz dele não será bem recebida.

Lentamente o ronco vai morrendo até que por fim se instala um silêncio pesado, que chega até as últimas fileiras. Então eles estendem os braços para o alto, batem um pouco os pés, giram a cabeça para soltar o pescoço. Não há dúvida: algum estágio se encerrou, ele respira aliviado, talvez agora comecem a procurar com seriedade.

Um braço se ergue em algum lugar nas fileiras de trás. Uma voz sem rosto lhe pede que a descreva, a esposa.

Por onde começar? Como descrever uma mulher com quem já se vive há vinte e cinco anos? É mais ou menos como descrever a si mesmo, ele pensa, como descrever algum órgão interno seu, subitamente exposto. Pigarreia de novo e diz que ela tem cinqüenta anos — apesar de ela ter apenas quarenta e nove —, porém não vale a pena perder tempo com detalhes como esse, mas então toma consciência de que não sai um único som de sua boca. Ele não tem voz.

Um terror se apodera dele, ele tenta dizer algo, gritar, e suas cordas vocais não se fazem ouvir, e um novo pensamento levanta as asas dentro dele, talvez naquele ronco contínuo eles não só tenham dirigido suas vozes a um ponto comum, mas talvez também tenham lhe tirado a voz, como se confisca a arma de um soldado traidor. Estou proibido de falar, ele compreende conformado, tentando assimilar com rapidez todas as novidades, adaptar-se exatamente àquilo que eles precisam para encontrá-la; ele está proibido de falar, e não consegue falar, aqui só são permitidos pensamentos. Até aí tudo bem. E talvez nem mesmo pensamentos, apenas aquelas correntes que fluem como raios no sangue. Ele dirige o olhar para longe deles e sente como sua vontade e sua força vital vão se esvaindo, é óbvio, não é possível continuar se opondo, e, com a pouca força que resta, ele enfim se rende à lei que reina aqui, a lei da busca, pondo-se nas mãos de seus emissários, que aqui se reuniram exatamente para isso — para conduzi-lo passo a passo, e sem possibilidade de apelação, de modo que ele desempenha da melhor forma possível o papel que lhe cabe desde sempre nesta comédia

Às vezes, Shaul sussurra despertando Ésti de seus pensamentos, às vezes, está ouvindo?, no meio do abraço ela sugere a ele, vamos dançar, aí ele abre um olho, Paul, e ri, quê? agora?, e ela já se levanta da cama e vai até o toca-discos. Nua, ele acrescenta consigo mesmo, e mergulha numa reflexão densa, lodosa. Então, abre caminho através de si e prossegue: ela até comprou um aparelho de som para ele, mas ele insiste em usar os velhos discos e a vitrola que trouxe de Riga, e até disso ela gosta, explica, do mesmo modo como gosta do telefone de discar que ele teima em manter ("assim posso curtir mais tempo quando discar o seu número"), e a pesada máquina de escrever com fita, o velho par de mocassins, as camisetas brancas e as cuecas brancas, e o pincel de barba ao qual Ésti já foi apresentada, e as velhas camisas desbotadas e o engraçado par de óculos de aro de tartaruga e o pesado casaco de lã e as prateleiras de livros atulhadas e as pilhas de livros do chão até o teto, e os utensílios de cozinha baratos que ele teimosamente se recusa a trocar, embora tenham lá, Shaul faz questão de ressaltar, um belo conjunto de louça, com desenhos de frutas, que Elisheva comprou para as refeições festivas —

Shaul vê: ela se debruça para procurar um disco. Paul se ajeita na cama e a observa enquanto ela se curva. Ela ainda não sente. Daqui a um instante sentirá.

Cala-se por um longo tempo, as pálpebras tremendo incontrolavelmente de dor.

Dentro da bolha de dor, mergulhando até o infinito, flutuando sozinho nas profundezas vazias, sem alento ou alívio —

Ele quase se levanta da cama e vai até ela — Shaul vê, e

seu sangue, como o sangue daquele homem, grita para que se levante e vá até ela e a pegue por trás e a agarre e cubra e toque e molhe e penetre com força poderosa —, e durante um longo momento ele consegue não ir, não agarrá-la, como consegue?, que capacidade de se conter, que autocontrole impressionante ele tem! E Elisheva, sem olhar, agora sente o calor dele, um imenso forno com tendões rubros, e Ésti também sente isso, inclusive ela, imersa em si mesma, extasiada de deleites, havia anos não se permitia chegar a esse ponto, lembrando como antigamente quase tudo era um prenúncio, um sinal secreto e privado: sacos plásticos coloridos que esvoaçavam ao vento e ficavam presos em galhos de árvores diante de sua casa e à noite se enchiam de chuva, pareciam grandes lágrimas penduradas; ou uma breve notícia no telejornal acerca de uma estalactite e uma estalagmite na gruta de Absalom que cresceram uma em direção à outra por milhares de anos, até que se juntaram. O mundo era um locutor prolixo. Elisheva pára de procurar entre os discos, e furta dele um olhar radiante e enviesado, e o desejo dela reacende o desejo dele —

Mas não, não, ela grita, debatendo-se, agora eu queria dançar —

Um momento, Shaul pede a Ésti com voz embargada, já continuo...

E puxa sobre si um cobertor fino que Ésti achara para ele no porta-malas, vira a face para o encosto do banco, fecha os olhos e volta para aquele seu lugar. Ela já consegue sentir que o calor do corpo dele aumenta quando ele está lá, e se pergunta o que há ali naquele lugar, aonde mais ele pode chegar, e talvez seja melhor que ela não entenda direito com que está colaborando esta noite, e o que Elisheva há de pensar sobre ela, e o que ela própria pensará sobre si mesma na manhã seguinte. Mas só esta noite, ela implora, e sabe que está pronta para prosseguir e levá-lo até o infinito, e ele projetando seu interior nela como uma usina

Ele tenta ficar ereto, mas a cabeça despenca para a frente, e aparentemente ele já não tem vontade própria, e isso significa que até mesmo sua vontade lhe foi furtada junto com a voz. Quer parecer que aqui isso é o habitual. Então, tudo está em ordem, tudo se comporta de acordo com o programa deles, e, dessa forma, cabe-lhe pensar em seu íntimo. Ele só não sabe exatamente como eles querem que a descreva em pensamento, em que estado, quer dizer, do que necessitam para realizar a busca. Mas logo fica claro o que eles querem exatamente, o desejo deles flui para seu interior numa intensa corrente: eles a querem sem roupa, é claro, nua, seu idiota. E ele se recusa, com o que resta de suas forças e dignidade tenta resistir, e, quanto mais se opõe, mais cresce a pressão, e está cercado de hálitos turvos e profundos suspiros de raiva, eles depressa perceberam que ele está tentando escapar, e ele suplica — para que isso é necessário, de verdade, qual é a relação da aparência dela nua com o fato de vocês terem vindo procurá-la? Ele tem a impressão de que até mesmo esse pensamento provoca neles um arrepio de febre, e que os olhos deles faíscam e ardem na sua frente, e se apressa em envolvê-la em suas roupas, ocultá-la deles com os braços abertos, mas qual é sua chance diante de tão tremenda fúria? E oscila e é repelido e tenta fugir, mas as ondas da vontade deles o subjugam facilmente, arrastam-no e o invadem, e seu corpo vacila e desaba sobre a relva diante deles, sem nenhuma vontade própria, e é jo-ga-do de um la-do para ou-tro

Pa-ra a fren-te e pa-ra trás

Seus bra-ços pu-xa-dos

Seus pés ba-ten-do
E co-me-ça a dan-çar
E dan-ça di-an-te de-les
A dan-ça do ma-ri-do
Con-ta com seu cor-po
Con-ta com su-a car-ne
A aparência de Elisheva
Ele vai Elisheva
E volta Elisheva
E ri Elisheva
E pisca Elisheva
E dança Elisheva
Despe-se Elisheva
E goza Elisheva
E pergunta Elisheva
Do pé até a cabeça
Arredondando, curvando
Embelezando
Refinando —
De repente seus braços caem para os lados, e o corpo
oscila um pouco mais, procurando seu conhecido centro de gra-
vidade, que por um momento ele perdera, e seus olhos voltam
a se abrir lentamente, displicentemente, num movimento espon-
tâneo das pálpebras. Ele tem a impressão de que algo acon-
teceu enquanto esteve ausente, mas não tem força para lembrar o que foi; é como se eu tivesse corrido aqui perante os
olhos deles, pensa, confuso, como se alguém tivesse dançado
uma dança. Esfrega as mãos uma contra a outra, e observa
o estranho movimento das mãos, o movimento de um comerciante hábil oferecendo ao freguês uma mercadoria especial,
rara e valiosa, e sua língua lambe os lábios secos, e um fino
círculo de doçura roubada, envergonhada, agita-se dentro dele,

um círculo pequeno e preciso como uma coroa em torno das raízes de sua alma, e numa entrega completa, como um eunuco exercendo sua função num harém, ele despe sua esposa para eles

E, meia hora depois, Elisheva se levanta de novo da cama, mais cansada e pesada, impregnada dele, desta vez disposta a vestir algo, uma camiseta dele, ou um vestidinho fino e colorido que está pendurado no armário, e enfia os pés nos chinelos de lã dele, velhos e deformados, embora obviamente ela também tenha o seu próprio par. Às vezes, quando ela está ausente, Paul se agacha ao lado da cama e pega o chinelo dela, existe um encanto especial até mesmo no jeito como ele segura o chinelo — Shaul sorri consigo mesmo, e Ésti se desliga por um instante de seus pensamentos e se pergunta por onde ele estaria viajando agora —, e mete dois dedos no espaço vazio, e o gira lentamente tocando suas bordas; então aproxima o rosto e sente o cheiro do pé dela que fica preservado, e imagina estar lambendo os dedos do pé dela, ela estremecendo de gozo, foi ele quem lhe ensinou quanto prazer está contido nos dedos dos pés e que não há um único membro no corpo que não possa ser objeto de prazer. Talvez por isso, Shaul pensa de súbito, não consigo mais me deitar com ela como antigamente, como no princípio, e não só por causa da idade e do hábito, mas porque em cada célula do seu corpo estão agora instalados os sensores de prazer que ele lhe revelou, e basta que eu os toque para que despertem e procurem por ele, eu sinto como procuram por ele, pensou Shaul, e é também por isso que nossas trepadas se tornaram mais raras, e mais rápidas; e para mim o sexo com ela também já não é tão gostoso, não dá para chamar aquilo de sexo gostoso, não é mais como era antes, e já foi tão bom, antes de tudo isso começar.

Nos últimos anos ele e Elisheva firmaram um acordo silencioso, Shaul nem sequer lembra quando teve início e como virou hábito: eles vão dormir como de costume, com um afeto delicado e um pouco de aflição, ambos lêem por uns momentos, dizem "boa noite" e adormecem. No meio da noite, mais ou menos às três ou quatro da madrugada, praticamente dormindo, um se aperta contra o outro de olhos fechados, contorcendo-se desesperadamente, com violência até, como dois estranhos que se encontraram em sonho, assaltando e sendo assaltados, rijos e cheios de desejo intenso, e grunhem e arranham e se molham de suor fresco, devorando um ao outro exatamente pela sensação de estranheza, e logo em seguida se desenlaçam e caem num sono pesado. E de manhã não dizem uma palavra, talvez apenas troquem um rápido olhar envergonhado, como se enxergassem a si próprios ali, dois lobos lutando, incitando-se, provocando-se mutuamente, para ver qual dos dois conseguirá arrancar um pedaço maior de prazer, e sempre com um pouco de culpa nos cantos dos olhos, como se não tivessem dormido um com o outro, e depois muitas outras noites sem nada, e de repente se atacam de novo durante o sono.

Nesse meio-tempo Elisheva ajoelha — ele quase se esqueceu — ao lado do porta-discos, procurando, percorrendo com os dedos as centenas de discos que ele possui, e então Shaul sente vontade de vê-la de vestido longo, um vestido longo para usar em casa mas com uma fenda até o joelho, não mais que isso, ele sempre protege as varizes dela do olhar daquele outro sujeito, como se elas fossem o último segredo, ínfimo e privado, de Shaul e dela, e como se nelas também residisse a última possibilidade de que ela volte a ser somente dele, quando envelhecer, quando perder a beleza, quando ele enjoar dela, se é que uma coisa dessas é possível, pois, segundo todos os indícios, ele a ama cada vez mais à medida que ela vai ficando mais velha, quanto mais rugas ela vai ganhando no rosto e no pescoço, e na verdade já faz algum tempo que Shaul perdeu a esperança de que Paul seja um homem que gosta de mulheres jovens, talvez tenha sido assim algum dia, mas ela o transformou, é óbvio, ela lhe revelou a suavidade compassiva de envelhecer juntos, a renúncia compartilhada ao corpo que um dia foi, Shaul pensa, sua garganta arde, e ele pára e observa por um momento, congelando-a agachada ao lado do porta-discos

Está parado diante dela, e de todas as centenas de homens que esperam em volta com a boca escancarada e filetes de saliva escorrendo entre os lábios, apenas e unicamente ele consegue vê-la e sentir o calor do corpo dela e o ligeiro estremecimento que passa através dela. Sem olhar para seus olhos fechados, ele desabotoa a blusa dela, botão após botão, abre o cinto e os fechos, e toma consciência de que, antes de começar a despi-la, não havia percebido que ela estava vestida desse jeito, com roupas que ele absolutamente não conhece — rendas e bordados e reticulados e fina musselina, adereços de vestes sedutoras —, e presume que ela trouxe para cá suas roupas de lá, da sua outra casa, pelo visto querendo parecer maravilhosa e encantadora. Ajoelha-se aos pés dela, e ela estica a perna para a frente, como quando dormem, a cabeça erguida de leve, como um girassol para a lua, os lábios entreabertos, e ele tira uma botinha leve e aveludada sob a qual se descobre uma meia de renda branca, que ele vai enrolando lentamente para revelar sua longa perna dourada. O estremecimento no corpo dela aumenta, já é um tremor de verdade, por que ela treme tanto?, talvez de frio, ou de vergonha, ou talvez por causa dos olhares de tantos homens ávidos que a excitam e agitam? Para apresentá-la na melhor forma, ele a vira um pouco com um leve empurrão, para esconder deles a doce e singela barriguinha; então a apresenta totalmente nua a eles, e o faz com o desdém que eles merecem, porém seu dedo indicador adiciona, por conta própria, um gesto pequeno e convidativo, e, contra sua vontade, a boca dele deixa escapar uma espécie de estranho grunhido-fala: nada mau, hein? E algum diabinho o leva a acrescentar: vejam que lábios! vejam que pernas compridas! E ele percebe o choque que atinge e atravessa seus corpos quando diz isso, e engole um sorriso e olha para eles: as pálpebras fechadas com força, e muitas narinas se movendo diante dele em pares úmidos e sombrios. De repente, o medo o abandona, e um prazer inexplicável penetra no corpo dele e finca raízes em seu solo, e ali vai se enrolando preguiçosamente.

Ela é uma mulher bastante alta, ele lhes conta febril em seu íntimo, e acrescenta que ela é até um tanto mais alta que ele, e bem robusta, destaca. Mas que não se enganem: o corpo dela ainda é firme e flexível, inclusive o busto, relativamente falando; nos últimos anos um pouco menos, mas decerto até não muito tempo atrás, talvez porque tenha se desenvolvido tarde, ele diz, empenhando-se em ocultar deles que intimamente sempre acreditou ter sido ele, com suas carícias e chupadas, o responsável pelo desabrochar dos seios dela até então escondidos, por fim transformando-os no que são hoje. Ele silencia assustado quando um lamento rouco e pesado os leva a se juntar, dando a impressão de um imenso machado, e dá um passo para trás e dá um risinho sem graça: que houve? que foi que eu disse?

Mas eles, os homens — na realidade, os soldados, pois agora ele percebe que todos usam uniforme; antes não tinha reparado, mas agora: roupas idênticas, escuras, até com padrões de camuflagem —, sinalizam-lhe que prossiga, e ele se arrepia como que tocado por uma súbita brisa, crua e animalesca. Quando recua, eles avançam e literalmente fecham o cerco à sua volta; quando ele tenta sair, o círculo não se abre, move-se junto com ele, exigindo com rugidos rítmicos que conte mais, que continue a descrevê-la, anda logo!, gritam, e não lhe resta alternativa, e ele continua a descrever, esperando que os detalhes que informa de maneira direta e honesta de fato possam contribuir de algum modo para a busca, e isso parece ocorrer, difícil entender exatamente como, mas parece que suas palavras, por algum motivo, conduzem-nos na direção dela, tornam-na mais palpável aos olhos deles, até mesmo mais carnal, pois eles o olham com nostalgia e completo auto-esquecimento, e ele sente despertar dentro de si um desejo de estimular ainda mais, a fim de qualificá-los ainda mais para levar adiante a busca que os confronta. E talvez exatamente por isso o tenham trazido para cá — sim, até que enfim ele consegue entender —, pois agora, no fundo, tudo depende dele, do poder de sua descrição e da capacidade de mobilizá-los, como um comandante que precisa estimular os subalternos para a batalha

Ester?, ele perguntou debilmente, tentando acalmar seu coração atormentado, Ester?

Ela não respondeu. Estava dirigindo muito devagar, quase debruçada sobre o volante, com os olhos cansados tentando penetrar na escuridão; ele olhou de lado para ela, e nesse momento algo no espelho lhe pareceu familiar, doloroso e amado, o movimento do seu corpo, a boca entreaberta, como se estivesse prestes a beijar —

Aos dezenove anos trabalhava de garçonete num bufê de casamentos em Beersheva, e naquele dia chegara atrasada ao trabalho e, assim mesmo, correndo na entrada do salão, tirou o suéter, expondo por um instante a barriga; ele deu uma olhada rápida, levantou-se da mesa e foi atrás dela até a cozinha, e ficou com ela nove anos e meio. Um homenzinho concentrado com cara de raposa esperta e gestos bem definidos, e mãos compridas, como se tudo o que faltasse no corpo tivesse fluído para as mãos —

Shaul fez um meneio lento e distraído com a cabeça, olhos se arredondando, e através de um véu de espanto viu como ela quase explode de sua concha, toda suada.

E damos tanta risada juntos, ela sorriu por dentro, e mais que tudo rimos de nós mesmos... seus olhos brilharam, e, inconscientemente, ela se esticou, alisando os membros. Nunca tivera um homem tão atrevido, em tudo, e juntos se divertiam com o pau pequeno dele, ele é que achava, e as pernas curtas dela, e os dedos tortos dele, e a bunda dela, que se desenvolveu lindamente sob a supervisão e estimulação dele — "traseiro de respeito", ele costumava dizer com ar de devoção —, e os ombros estreitos e femininos dele, e o rosto indiano dela.

Ela olhou pelo retrovisor, mas Shaul estava imerso em si mesmo. Ela sorriu ao lembrar que todos os homens que tivera sempre eram obrigados a virá-la de algum jeito, quando ficava parada na frente deles, para encará-los de um certo ângulo. Tinham realmente de segurar os ombros dela e forçar um pouco, como se fosse algo casual, inclusive Micha até hoje, mesmo sem perceber, pois pelo visto ela não lhe parecia bonita, parecia-lhe até mesmo feia, a não ser que ficasse parada naquele ângulo favorável, único e especial — e Hagai, apenas ele sempre se interessava por ela em todos os seus trezentos e sessenta graus, e a descrevia de cada ângulo e em cada detalhe, as refrações de sua beleza e singularidade através do prisma do olhar dele, sem jamais se cansar nem se repetir, sensibilizando-a de corpo e alma, pois ela via quão importante para ele era ser exato em relação a ela, meticuloso, com a seriedade de um pintor à espera do momento em que o vermelho indiano se transforma em púrpura, veneziano, lilás resinoso, exatamente como o queixo dela se modifica quando tocado pelo olhar dele, esse queixo, redondo e pesado, que daqui às vezes parece um peso que leva sua boca a se abrir numa expressão de surpresa que deixava sua mãe louca, e que, aparentemente por isso, no colégio achavam tudo aquilo que achavam. E deste ângulo esse mesmo queixo dá a impressão de um fruto concentrado, quase masculino, ansioso por provar alguma coisa a alguém: por que você é tão agressiva, Ester? E deste outro ângulo parece um estranho punho, um pequeno bloco de proteção, e deste outro parece simplesmente um seio virginal, pequeno e compacto —

Às vezes eles dançam ali, Shaul sussurrou para si mesmo e para ela, voz macia, como se tivesse sido privada de tudo o que nela se grudara e deformara com o correr dos anos. Está ouvindo?, ela e ele dançam —

Conte-me, ela pediu, num tom quase de urgência. Conte-me...

Shaul acha que uma música portuguesa, Elisheva disse mais de uma vez que adora o fado, até lembrou os nomes dos cantores, e ele fez questão de mostrar surpresa e perguntar onde ela ouvira aqueles nomes, e Elisheva disse, ah, aqui e ali. E ele anotou secretamente, um tal de Ferrandi, e um tal de Puente, e obviamente Amália Rodrigues, e resolveu lhe comprar alguns discos, quis fazê-la feliz. Mas não conseguiu, pois imaginou que ela provavelmente os escutava fazia tempo na casa dele, e que não suportaria a dor toda vez que os ouvisse aqui em casa. Assim, involuntariamente, deparou com a fonte inesgotável de seus próprios tormentos: tudo o que ela faz comigo, disse a Ésti, provoca-lhe a lembrança daquilo que faz lá, ou do que não faz lá, e para mim é difícil entender como ela agüenta isso, pois o tal do Paul faz careta para cada xícara de café que tomamos juntos, e para cada sorriso que ela me dá — ele suspira — e a cada prato de sopa que ela me serve, e a cada jantar que preparamos juntos — sua voz fica mais fraca, embargada, ele engasga — e cada vez que passeamos juntos à noite pelo bairro em busca de uma "novidade" — ele pensa — e cada vez que eu lhe passo o telefone para falar com alguém, e quando tiramos a roupa para dormir ou escovamos juntos os dentes ou estendemos um lençol limpo sobre a cama, e quando ela deita a cabeça no meu ombro durante um filme —

Ele murmurava, e Ésti se sentia como se estivesse na ponta dos pés espiando-os pela janela, e sabia que ele estava lhe contando as coisas como eram de fato, e momentaneamente não entendeu como as coisas se conciliavam entre si, sabendo que era possível, é claro que era possível, afinal um casal é muita gente, pensou, e se sentiu consumida de saudade, e ainda mais melancólica; e quando leio para ela a manchete do jornal pela manhã, refletiu Shaul, ou quando espremo umas laranjas para fazer um suco para ela, ou quando ela pergunta da cozinha, com sua voz melodiosa, que bolo fazer para o Shabat, e quando descemos às vezes para o jardim, a fim de arrumar a bagunça que ficou da manhã, aplainar a areia na caixa de areia, juntar os brinquedos, e quando eu cubro suas pernas com o cobertor sempre que ela adormece no sofá... Sua face ficou mais suave, e ele sorriu. E quando ela me ajuda a achar os óculos, e quando eu faço graça no momento em que ela está falando no telefone, e de forma geral, pensou ele, toda vez que ela ri, feliz, esquecendo-se de si mesma por um instante, e se solta, e fica assustada por se soltar, por estar com a guarda baixa, e, obviamente, toda vez que ela está deitada comigo e pensa em mim, e toda vez que ela toma o cuidado de não me tocar de um certo jeito especial que ele ensinou a ela, e também a cada toque meu, pensou, e todo lugar do corpo dela em que eu toco ou tomo o cuidado de não tocar, por causa dele, e quando tomo o cuidado de não beijar, ou chupar ou deixar alguma marca no pescoço ou nos seios, para não ser obrigado a sentir como ela imediatamente se retrai, não por causa da dor, mas por causa do instinto já internalizado de ocultar. Shaul perde o fôlego e segura a cabeça entre as mãos: ah, que vida boa poderíamos ter tido, que felicidade poderia ter sido, uma felicidade simples, sem complicações, a felicidade que eu tanto queria, capaz de mudar toda a minha vida de ponta a ponta, que esteve tão perto de mim...

E se lembrou do que lhes aconteceu algumas semanas antes; estavam deitados como de costume, quer dizer, acordaram no meio do sono e se descobriram enroscados um no outro, e por alguma razão Shaul foi incapaz de continuar dormindo, e em vez disso foi se excitando ao pensar no homem dela. E soube com absoluta certeza, pelos movimentos dela, e pelo seu ritmo, e pelos olhos fechados em êxtase, e pela guarda completamente desguarnecida, e pelos lábios arredondados, e pelo seu corpo, que se grudava ao dele com intensidade crescente e desesperada necessidade, e pelos seus dedos, que subitamente o tocavam de um jeito diferente, ao mesmo tempo delicado e ousado, como se liberassem uma melodia numa escala totalmente distinta, e pelas suas mãos, que de repente empurraram a cabeça dele para baixo para lamber sua pontinha de prazer até ela gritar — ele soube sem nenhuma sombra de dúvida que naquele momento ela estava trepando não com ele, a tal ponto que, quando enfim conseguiu ignorar o fato e relaxou até gozar, quase deixou escapar um gemido assustado soltando o nome de Paul.

Ela realmente parece uma mocinha quando dança com

ele, disse Shaul. Eu não a conheci quando jovem, só vi fotos, mas ele, ele consegue despir dela todos esses anos quando dançam. E despe também a mentira, pensou, os milhares de mentiras que a sufocam, é isso que ele realmente despe... Algo frio passou pela face dele, um desespero ou repulsa de si mesmo, que permite que ela se atormente dessa forma todos esses anos, sem lhe contar que ela é tão exposta e transparente para ele, que ele conhece todos os seus passos, todos os seus atos, e também extrai um prazer amargo de suas sofridas contorções toda vez que ela viaja de um homem a outro, e é fiscalizada pela alfândega secreta dele. Fechou os olhos com força, como numa oração, e viu Elisheva dançando, ereta, leve, toda sorridente, e também a viu, soltou-se dela e recuou um passo, e, sem pensar, abriu a persiana num gesto súbito; eles nunca abrem as persianas, para que ninguém os veja, mas desta vez, instantaneamente ficou claro, é impossível esconder, é um pecado esconder tal beleza.

O sol poente logo penetrou pela janela que sempre lhe é proibida. Elisheva dançava, os braços se movendo e se erguendo com vagar, e dois chumaços de penugem clara se aninhavam em suas axilas, sua face se voltou para cima, banhando-se no mel luminoso, os olhos levemente fechados, os dedos se mexendo sozinhos, e suas pálpebras e tornozelos e joelhos delicados e os quadris... o sol na janela se rebelou por um instante, suspirou e retrocedeu alguns degraus no céu para ver melhor, e se apegou a cada membro do corpo dela, e cada membro se curvou, desde os pés até a testa luminosa, e se demorou nela, o sol, como uma serva banhando sua princesa, e Shaul não era capaz de se mover ou respirar e a consumia com os olhos, e também Paul no lugar onde estava, e entre ambos, só consigo mesma, Elisheva.

Não, ele é realmente uma coisa incrível, Shaul definiu depois com um suspiro amargo, não há o que dizer, escute, só um homem fora do comum pode justificar o que ela precisa fazer para estar com ele... E se calou. Sentindo-se exposto demais, evocou para si mesmo uma rápida fisgada de memória, um lampejo distante dela, de anos atrás, quando ainda eram, nas suas palavras, jovens e bela; na época viram num filme um hipnotizador corcunda, grotesco, que hipnotizou uma mulher escolhida em meio à platéia que assistia ao seu espetáculo; a mulher subiu ao palco, digna e comportada, mas após alguns instantes já respondia a todas as repugnantes investidas do hipnotizador, dançando e rodando com ele, com um sorriso feliz no rosto; e, sob o olhar do marido dela e de toda a platéia, o corcunda a beijou na boca, nos lábios pintados, um beijo longo e lascivo. E Shaul, mais do que olhar para a tela, espiava de lado para ver a expressão de Elisheva, e o ligeiro movimento que passou pelos seus lábios, e soube então, muito bem, que na alma dela também havia um lugar onde de nada lhe serviriam toda a honestidade e sinceridade dela, um lugar onde a lógica e até mesmo o amor não tinham domínio, uma espécie de terra de ninguém onde qualquer desgraçado poderia fazer o que bem quisesse, e era tão fácil penetrar nesse lugar, pois existem indivíduos capazes de ali entrar num estalar de dedos —

E às vezes, disse a Ésti precipitadamente, quando estamos na cama, eu penso, se ao menos pudesse levar o corpo dela para o quarto ao lado e pesquisá-lo, como numa pesquisa de verdade, sabe, tirar dele tudo o que aprendeu lá — Ésti ficou atordoada com a dor que fluía dele em ondas, como sangue pulsando nas veias —, e me desculpe por estar metendo você nisso, mas você já viu a que situação isso me levou: pois eu penso, como é possível que tudo o que ela esconde, toda a vida dela, estou me referindo à autêntica vida dela, tudo se encontra tão perto de mim, talvez a um milímetro de pele, e eu não consigo ler, e tudo é um enigma absoluto para mim.

106

Mas, afinal, você sabe de tudo, ela disse baixinho.

E os pequenos hábitos deles, ele prosseguiu como se não tivesse ouvido, toda essa rotina, isso é que é o mais difícil, ou palavras que ela diz só quando está com ele; Shaul dá uma risadinha: *ticklish*, por exemplo. Que quer dizer *ticklish*?, perguntou Ésti, cujo pensamento vagou por outro lugar momentaneamente, pelo seu dicionário particular; é inglês, quer dizer, digamos, um lugar em que sentimos cócegas se tocamos nele; um dia, na cama, ela se refere a um ponto na cintura dela que é *ticklish*, e eu digo a você que essa é uma palavra que absolutamente não existia no nosso repertório, eu nunca a tinha ouvido dizer *ticklish*! Ou quando ela me conta sobre alguém que "pirou de doer"? Você está entendendo? Pirou de doer? Elisheva? Mas eu também, ele riu, meu vocabulário também mudou, você por certo percebeu, pois, até isso me acontecer, eu era meio mudo, sobretudo nesses assuntos, é verdade, nem mesmo em sonho eu era capaz disto, de como estou agora com você aqui.

Ele se calou, e ela também, ele engoliu alguma coisa e disse, sim, desde então um dicionário inteiro brotou, e se Elisheva soubesse como eu sei falar, se imaginasse que não dou nada disso a ela... ele teve a impressão de que Ésti perguntou por que não?, e, mesmo que ela não tivesse perguntado, respondeu depressa, resoluto — pois palavras são o território dele e dela, isso está claro para mim; mas por que isso está tão claro?, admirou-se Ésti; ah, está realmente muito claro, ele respondeu, talvez seja por eles terem tão pouco tempo e possibilidade de fazer, então precisam falar, portanto — acrescentou —, se ela e ele possuem palavras, eu me calo, eu, com todo o respeito, fico fora da área deles! Não piso no território deles, entendeu? Não atrapalho nem invado a privacidade deles... Ela aguçou os ouvidos, sem entender a árida argumentação que ele de súbito despejou, e ainda menos seu estranho fervor em se considerar excluído e expulso do "território" deles; estarrecida, achou que ele estava praticamente forçando-os a se postarem diante dele com uma arma na mão, como se fosse o sentido mais profundo e importante do amor deles: expulsá-lo dali.

Um fino nevoeiro cobria as janelas. O carro viajava devagar dentro da neblina. Durante um longo tempo não cruzaram com nenhum outro veículo, e Ésti achou que talvez fosse conveniente parar até que a neblina se dissipasse, mas ela também se sentia sugada para chegar ao fim, ao fim do caminho, e sentia na pele faixas de calor, como se reiteradamente atravessasse saltando o arco em chamas dele, e esta noite todo o seu corpo estava diferente, de repente sentiu um calor no ombro, ou na parte interna da coxa, ou um beijo ardente no pescoço, ou uma língua passeando na sua orelha —

Mais que tudo, mais que qualquer outra coisa que ela tenha tido com ele, ela sentia falta da linguagem que tinham inventado, igual à qual nunca houve nem haverá nada, com as idéias e os pensamentos que ele gerou nela, com o toque dourado dele nela, e com as palavras que explodiram de dentro dela e se transformaram em faíscas de luz aos olhos dele; e, de repente, ficou possível multiplicar os prazeres, pois cada canto do corpo tinha também nomes particulares, e cada ruga e sarda e verruga, e cada gesto e toque e carícia e lambida e belisco, e ela poderia lhe dizer no ouvido como gostaria de ter uma pequena língua bem ali, bem acima do seu pau, e ouvi-lo entender e rir baixinho no ouvido dela. E dizer, com a boca cheia de vontade, delícia do meu coração, meu fofo, meu querido, meu adorado, e lhe deixar um bilhete no limpador de pára-brisa: amanhã a esta hora estaremos carinhando carinhos. E, juntos, elevar uma trepada ao êxtase, transformar uma rapidinha numa centelha de fogo, um gozo num lento gotejar —

Veja como você é bonita, Ester, ele cochichava no meio da

trepada, erguendo-se nos próprios braços sobre ela, observando-a emocionado, olhe só; e ela sorria e levantava um pouco a cabeça para olhar nos olhos dele, e via.

Agora, silêncio no carro. Shaul em seus círculos, e ela distante, dirigindo rápido através de grandes planícies, cheia de impulso, carregando Shaul como uma tocha acesa sobre a cabeça, roubando para si mesma algumas fagulhas, nos trechos ocultos da pista.

E pensa, espantada, como era tão completa com ele durante aqueles anos, os primeiros anos, a ponto de também amar de todo o coração sua família, a qual costumava observar de fora, sorrateiramente, com autodespojamento e admiração infantil. E ele, como era seu hábito, conversava com ela acerca de tudo, compartilhando tudo o que achava não ser doloroso demais para ela, ainda que estivesse disposta, de boa vontade, a pagar sua taxa de dor, que às vezes era insuportável, somente para que ele não interrompesse nem por um minuto o fluxo de sua conversa, não filtrasse nada, nem vacilasse ou pensasse duas vezes. Com a timidez sedenta e o reconhecimento de uma analfabeta, aprendeu com ele o que é um lar e como é uma família, pais e filhos, e as maravilhosas e complexas relações entre um filho e outro. E adotou a todos sem que soubessem, vivendo seus problemas alimentares e suas pequenas doenças e as reuniões de pais e os cursos de jazz e os pesadelos noturnos, apegando-se aos detalhes com um entusiasmo que talvez o tenha comovido, talvez constrangido; e naquela época tinha certeza, seu coração amargo dizia a ela, que essa era a maior proximidade de uma família que jamais conseguiria, e naqueles anos até mesmo sentia um alívio por isso, uma sensação de que aquele era exatamente o lugar certo para ela. E, quando às vezes a luz da janela se apagava e ela ficava no escuro, ela também pensava — é o que eu mereço.

Seus olhos quase se fecham diante da estrada, o coração ardendo pela menina de então, uma gatinha, não muito mais velha que Shira...

Pois ela e eu sempre tivemos uma linguagem simples, ele prosseguiu, sua voz repleta de amarras, uma linguagem sem espertezas nem enfeites, e era isso que ela também gostava em mim, antigamente, naquela época. Minha linguagem científica lhe servia, era assim que ela chamava: uma linguagem funcional, racional, linguagem de gente... E eu sempre acreditei que essa nossa linguagem lhe bastasse, pois foi com ela que fizemos o Tom, construímos um lar que não é nada mau, e vivemos juntos, e também se pode dizer que crescemos e nos desenvolvemos juntos, ela na área dela e eu na minha. Mas, aparentemente, ela precisava de alguma outra linguagem, murmurou, dissolvendo-se outra vez em si mesmo. E Ésti observou rapidamente e pensou na "área" de Elisheva, e como ficara espantada de saber que Elisheva, já fazia alguns anos, decidira se levantar e largar o maravilhoso emprego que tinha no Ministério da Imigração e abrir um pequeno jardim-de-infância no quintal de sua casa; e como Shaul concordou com isso?, ela se perguntou na época, um jardim-de-infância bem debaixo da janela do escritório dele. E quem sabe eles se comunicam entre si numa outra, numa terceira linguagem?, Shaul despertou, e Ésti não respondeu, alguma coisa ficou clara para ela e logo em seguida de novo nebulosa, uma imagem que vira certa vez, Elisheva no jardim-de-infância, já cansada e com expressão ressentida, cercada por todos os lados de pirralhos que a agarravam, alegres e barulhentos, e acima dela, do outro lado da janela fechada, a silhueta de Shaul.

De repente faz sentido para mim, ele sussurrou atônito, veja o que pensei na época sobre o assunto: três anos atrás ela teve uma comichão e se inscreveu naquele curso de português, que era totalmente dispensável, para que ela precisa de português no jardim? Ésti olhou pelo espelho e viu seu rosto se iluminar de súbito, um olhar estranhamente fixo, como se ele fosse um colecionador que acabou de descobrir uma borboleta rara e tenta capturá-la e prendê-la num de seus quadros: e se os dois decidiram aprender uma língua que fosse só deles? Você entende — uma língua limpa de mim, na qual pudessem escutar juntos o fado deles... pois esse homem, sibilou, tem tempo de sobra, vinte e três horas por dia sem fazer nada, só esperando por ela, não tenho a menor idéia de como ele vive, do que faz para viver, de quem o sustenta, e, se você me perguntar, é isso que ele faz o dia inteiro, esperar por ela, preparar-se para ela, preencher-se para ela.

Um lampejo rápido passou simultaneamente pelos dois passageiros, a imagem de uma criatura-pessoa que nada mais é do que um longo tubo de pele, pálido e inchado, esparramado como uma formiga-mãe cega nas profundezas da terra, numa penumbra úmida, nutrida pelos mais ricos alimentos, a cada dia pondo um ovo, branco e redondo, e esse é o objetivo de sua vida e ela não vive sem ele. Mas Shaul estava pensando no homem de Elisheva, e Ésti estava pensando em Shaul, e quase engasgou com a sensação de umidade dos túneis subterrâneos. E soltou um meio berro: vamos voltar, Shaul! Para que você precisa disso? Vai se torturar ainda mais estando ali! E ele disse, não, não, eu já lhe disse, ela não está com ele, tenho quase certeza de que está sem ele. Ésti ficou confusa. Sem ele?, por que sem ele? Afinal, lá eles podem...

Shaul respirou fundo e explicou mais uma vez, pacientemente, que Elisheva quer ficar lá sozinha, tem necessidade de ficar sozinha, quer sossego, distância de nós dois, ele dá uma risadinha, mas a verdade é que, despejou em seguida, talvez ela também tenha alguém lá, um terceiro sujeito, quem sabe?, talvez por causa dele ela insista tanto nessa viagem. E fechou os olhos como se tivesse feito um esforço enorme, e aparentemente adormeceu, pois um minuto depois sua cabeça pendeu e seu corpo se sacudiu, e mesmo assim ele continuou dormindo, como se precisasse acumular uma reserva de força para a última e mais difícil parte de toda a viagem.

E, como no início, ela recordou, nos primeiros anos dos dois juntos, ele era feliz com ela como uma criança, e ela, na medida em que podia. De qualquer modo, ela tomava o cuidado de não exagerar, de não pegar demais. E ele de maneira nenhuma conseguia entender por que ela se continha, se autocontrolava; e ela explicava que aos poucos iria ousar mais e mais, mas que nesse meio-tempo ele deveria cuidar dela como se cuida de um sobrevivente faminto, que não deve comer em excesso na primeira vez. Você me ama mais do que eu sou capaz de me amar, ela o advertiu. E também agora, aqui no carro, os dedos dela sentiam o toque da pequena cabeça pontuda dele, que ela costumava segurar entre as mãos, e não sabia como lhe dizer que os sussurros de amor dele sempre soavam nos seus ouvidos como uma história narrada, uma história sobre algo que ela não merecia. Mas ele entendeu logo, e chamava esses pensamentos de dentes de leite de cobra, e jurou que os arrancaria dela, e se propôs lhe provar o contrário, e nem sequer precisou explicar o contrário do quê; o contrário de mim, ela sabia.

Uma vez a cada tanto tempo, ele murmurou, como se puxasse um fio solto de seu sonho e o trouxesse para a conversa, ela pede a ele que ligue a televisão, e ele se espanta, há alguma coisa especial? E ela, não, só para ficarmos assim, nós dois, sentados juntos no sofá, abraçados, como se...

E, quando ela diz "como se", refletiu Shaul, sua voz se racha e lágrimas explodem de dentro dela, e essas lágrimas terão de ser escondidas, junto com os olhos inchados, quando ela vier para casa; ou ela precisará ao menos inventar alguma desculpa — nem pergunte, hoje puseram cloro demais na água —, e a idéia de ter de fazer isso a humilha ainda mais; como se, como se..., ela soluça, como se tudo, como se nós, como se a felicidade; e ele permanece calado, pois o que pode lhe dizer?, afinal, é decisão dela continuar desse jeito, nessa duplicidade anos a fio, sem revelar a Shaul, para não prejudicar a ingênua confiança que ele tem nela. E ele a abraça longamente, lutando contra o desejo que a proximidade do corpo dela provoca, então se levanta, disse Shaul, e com um movimento difícil de acreditar num urso da estatura dele, ainda que haja muitas outras coisas nele que são difíceis de acreditar, coisas graças às quais ele tem conseguido me derrotar com tamanha elegância ao longo de pelo menos dez anos... onde eu estava? E Ésti, que não tinha conseguido acompanhar sua cadeia de pensamentos, de repente compreendeu o que ele a fazia recordar, os escorpiões de Beersheva que as crianças do bairro punham dentro de um círculo de barbante queimando, e iam diminuindo o tamanho do círculo cada vez mais, até o escorpião apontar o ferrão para a própria cabeça e dar a picada. E então ele se levanta, Shaul lembra onde estava, e a levanta junto, e a conduz, a mão nas costas dela, e os dois saem para um passeio dentro de casa, ela e ele, às vezes eles fazem uma brincadeira triste como essa: venha, vamos sair para dar uma volta, ele lhe diz nos dias em que também se sente sufocado, e os dois passeiam pelo apartamento, pelo corredor, abraçados, sete ou oito passos, entram no escritório bagunçado dele, atulhado de papéis e pilhas de livros — ele falava baixinho, e sua voz era como a de quem tentava seduzir, mas sobretudo a si mesmo, e Ésti pensou como ele era capaz de ser tanto o escorpião como o acendedor como o círculo de fogo —, dão uma volta pelo cômodo e retornam ao corredor, três, quatro, seis passos, tentando não pisar nas coisas espalhadas pelo chão, é uma bagunça difícil de descrever, Shaul enfatizou torcendo o nariz, roupas e livros e jornais e panos simplesmente jogados por toda parte, não entendo como eles podem viver assim, como ela consegue, numa selva dessas; e continuam andando até o quarto, dão uma volta em torno da cama gigantesca, e voltam para o corredor, a mão dele o tempo todo pousada nas costas dela, e a mão dela na cintura dele, caminhando muito lentamente; como um rapaz e uma moça velhos, observou Shaul, e Ésti sentiu com todo o seu ser como Elisheva e Paul escutam juntos o som que só eles ouvem, pois, se deixassem de ouvi-lo, virariam uma piada aos seus próprios olhos; e Shaul fechou os olhos e os acompanhou até a cozinha, onde entram e dão a volta em torno da mesa, ganhando mais dois ou três passos, e Paul, Shaul disse, curva-se e cochicha algo no ouvido dela: está vendo, Sheva — é assim que ele a chama —, não diga que eu não saio com você; Elisheva sorri, e seu queixo treme um pouco...

E então fazem todo o caminho de volta, Shaul efetivamente os via, os lábios se movendo e a voz inaudível, e no corredor ele pára, Paul, e dá um solene aperto de mão na manga do seu casaco ali pendurado, levando com o casaco uma conversa trivial de vizinhos, apresenta-lhe Elisheva — conheça a mulher da minha vida, esta é a mulher que eu espero vinte e três horas por dia, já há dez anos; e Elisheva pousa a cabeça no ombro dele, fecha os olhos, e deixa que ele continue conduzindo-a de olhos fechados, com ele se dispõe a ir a qualquer lugar do mundo às cegas, pois sente segurança nele, essa é a questão. Sua voz fica subitamente mais alta, e ele se solta do nó dos pensamentos com uma animação estranha — então, Ester, que bom que conversamos, pois durante a conversa consegui definir para mim mesmo: ele tem algo que dá segurança a ela, que a enche de segurança, e isso, por algum motivo, eu não consegui lhe dar, o caso é esse, comigo, aparentemente, ela jamais se sente segura até o fim...

Talvez por causa da voz dele nesse momento, ou talvez por causa do seu olhar — um pensamento passou voando através dela, um pensamento súbito, capaz de ferir —

Tudo nela se imobiliza, ela mergulha em silêncio. Dirige devagar, na sua mente um nevoeiro desenha figuras. Necessita abrir uma janela, mas como suportará a corrente de ar? Mal respira. Congelada em torno de um fragmento instalado em seu interior. Apenas seu coração está subitamente cheio de vida, a única parte dela que bate com entusiasmo e sai ao encontro de Shaul, sai mancando, sai corcunda, com ataduras por toda parte, mas sai. Como é possível que seu coração saia ao encontro dele? Afinal, agora ela deveria estar com raiva dele, sentir-se abalada e ludibriada, desdenhá-lo, ignorá-lo... mas de repente está cansada demais, e tampouco lembra exatamente onde é o lugar de onde se consegue desdenhar, ou ser dono da verdade, ou saber algo com toda a segurança. Acha que ele tem uma loucura singular, ou uma genialidade singular; e o sangue pulsa forte, excessivamente forte, e algum doce assaltante interno vem e depressa retalha os músculos de seus ombros e seu pescoço, e de súbito tudo rui e se dissolve, nariz e orelhas e as três células cinzentas que restaram, e ela faz todo o esforço possível para se acalmar, precisa impedir isso, e não é capaz de abandonar essas batidas do coração, as batidas esquecidas, exatas, que respondem como um eco, e se recorda da mão dele sobre o coração dela, a mão dela sobre o peito dele, *sinta, nossos prisioneiros estão se correspondendo*. Mas como, ela se espanta, como pude deixar que Shaul me conduzisse desse jeito?, onde foi que estive a noite toda? E sabe muito bem como e onde, o que ficou escutando e o que mobilizou seu coração. Olhe para si mesma, ela suspira, não, realmente, olhe-se, você e seu coração louco para sair.

Suas mãos procuram a garrafa, e, sem parar de dirigir, ela despeja um pouco de água na mão e umedece a testa, e derrama algumas gotas na nuca, estica as pernas e remexe os dedos dos pés dentro dos sapatos. De volta à vida, ela comanda internamente, e, para começar, tenta reconstituir toda a conversa que tiveram desde que iniciaram a viagem. A locutora do noticiário no rádio contou a história daquele oficial de polícia em Madri, e dali em diante quase nada, não se lembra de nada, só de ondas de calor intermitentes, ficando mais intensas e se dissipando, como se fossem o assunto em si. Respira fundo, até que enfim consegue respirar, como uma respiração primordial, e o ouve resmungar consigo mesmo, como é que ele consegue, uma vida inteira desse jeito? Olha pelo retrovisor, vê a fisionomia concentrada dele, aprisionada no círculo de fogo de seus sofrimentos herméticos. Conte-me, ela pede internamente, não pare, e continua pedindo com seus ruídos ao fundo, e é carregada pelas ondas dele, e se encolhe, absorta em si própria, mais um pouco, até ser obrigada a entender, a acordar.

E agora?, pergunta-se Shaul, querendo voltar a dormir, esquecer, calar as vozes, dominar o fogo que a cada instante exige um novo combustível, mais rico. Talvez eu diga a ela que volte, ele considera com voz débil uma sugestão para si mesmo, vou lhe dizer que dê meia-volta e retorne imediatamente, é isso mesmo, antes de chegarmos lá, diz consigo, juntando forças de uma fonte inesperada, vou dizer a ela que volte. No fundo da sua mente cintila um raio de luz fria, irônica: quem você acha que está enganando? Afinal, o suposto autocontrole agora também é parte integral do complicado e meticuloso processo de entrega absoluta, e, além disso, ele sabe muito bem que, se algo acontecer a ela, a Elisheva, acontecerá à noite, é claro. Vai ter de acontecer. Primeiro dia — aclimatação, inspeção do terreno e filtragem dos candidatos; segundo dia — estreitamento de vínculos com dois ou três deles; e na última noite, esta noite aqui, a concretização. Aquele, o escolhido. O grão de ouro. Do que você está falando?, Elisheva sorri complacente, em silencioso desespero, por que está se torturando com esses pensamentos? Eu realmente estou viajando para descansar, ler, limpar a cabeça. Nesse caso, ele retruca tranqüilo, envolvendo a voz trêmula de raiva num invólucro de falsidade, nesse caso você está jogando fora suas férias e seu dinheiro, qual é a graça de viajar todo ano se não encontra ninguém para si mesma? Para que toda a correria? Na sua opinião, o que leva as pessoas a viajarem sozinhas para esses lugares? Exatamente para isso, ela responde, olhando com suavidade para sua face atormentada. Por que não consegue acreditar que eu só quero ficar sozinha? Só eu comigo mesma, uma vez por ano?

Ontem ela telefonou. À tarde. Mesmo que ele tenha lhe dito de antemão que não queria falar com ela durante os quatro dias. Queria saber dele, como estava passando. Ele foi breve. Perguntou se ela já o tinha encontrado. Encontrado quem?, ela perguntou entediada. Não sei o nome dele, Shaul disse rindo, você quer também que eu lhe diga o nome dele? Um longo silêncio. Depois Elisheva disse, Shaul, realmente...

Escute, ele disse sério, eu te amo, até tenho saudade de você, mas tenho o direito de não tomar parte nas coisas que você passa aí, tenho o direito de me proteger de tudo isso, certo?

O que é que eu passo aqui?, perguntou cansada. E ele pode ver sua boca num sorriso malicioso. O que você acha que eu passo aqui?

Não, não!, ele ri com amargura, não estou interessado em saber.

Novamente os dois se calaram, e pairou uma delicadeza ou tristeza em comum. Por um momento, o amor deles escapou do aperto da grande tenaz, esvoaçou livremente entre ambos, buscando abrigo. Ele conteve a respiração por um segundo. Quis que Elisheva gritasse com ele, berrasse, despejasse sua raiva. Talvez uma ou duas frases dela bastassem para redimi-los.

Ele grunhiu: afinal, por que telefonou?

Queria saber como você estava. De repente tive uma sensação ruim.

Estou me sentindo maravilhosamente bem.

Conte a ela, agora, sem pensar, diga tudo, escute, Elisheva, não são esses ataques sazonais em torno da sua viagem todo ano, é mais que isso, é a vida em si, arrastada por toda parte, você tem o direito de saber, eu sou o doente, mas você também é vítima disso. Se você ao menos soubesse. Se eu pudesse simplesmente sentar com você e contar tudo, falar com você como falo comigo, como antigamente conseguíamos, a respeito de tudo, talvez eu ainda consiga me safar disso de algum jeito, acordar, voltar a ser gente; entenda, tudo o que preciso é de uma única prova final e definitiva, que me convença de que estou errado. Eu sei que estou errado, estou quase cem por cento seguro de que estou errado, e portanto estou disposto a acreditar em qualquer coisa, na prova mais frágil, mais infundada, basta que você me dê essa prova com verdadeira pureza de coração, se é que você ainda é capaz disso, se é que ainda é possível pedir de você uma coisa dessas, por que está calada?, o que faz você ficar assim calada? —

Ele disse: Lea ligou para você para saber sobre o programa do ano que vem, e outro casal jovem que já quer matricular a filha, que ainda nem nasceu... Ela sorriu consigo mesma, com um certo orgulho; ele a ouviu sorrir e não pôde evitar sorrir junto. E outra vez, num piscar de olhos, estavam tão perto de um desenlace, e ele fechou os olhos e viu sua face amada mas distante, como se estivesse deitado no fundo de um poço. Se ela ao menos tivesse coragem de descer, trazê-lo junto de volta para cima. Por que ela não desce? Sempre há um ponto em que ela pára. Ele conhece esse ponto, onde ela se encolhe um pouco, como se tivesse deparado com um fantasma. Suspiraram juntos. Numa fração de segundo foi revelado a ambos, com tangível concretude, como durante esses vinte e cinco anos seus sedimentos de tristeza e amargura se cristalizaram, gota a gota, numa imensa estalactite conjugal.

Pesadamente, vestiu de novo sua voz estranha, como se fosse um uniforme, seu traje de coerção: sobre o restante, conversaremos quando você voltar. Ah, hoje Tom também não telefonou. Ela disse, ele ligou para cá. Está tudo bem com ele. Mandou lembranças. E Shaul engoliu outro grãozinho de insulto e declarou, é isso. Acho que é isso. Não aconteceu mais nada. Então parou, e apertou as pálpebras com força, tentando encobrir o insuportável borbulhar. Então se rendeu e, mesmo tendo prometido a si próprio que não diria, lembrou-a do pequeno pacote que enfiara na mala dela antes da viagem. Mas agora já estava todo imerso naquele doce lugar escuro em cujas profundezas penetrava o veneno, a droga do antigo desejo de vingança; mas se vingar de quem?, grunhiu quando ela desligou, de quem ele estava se vingando, sempre, a vida inteira? Dela? Por que dela? Por que sempre assim, desde o primeiro momento, desde que uma imensa onda de amor viera banhá-lo e arrastá-lo para ela, junto com um acesso de raiva desconhecida, que ele não conseguiu evitar desde o instante em que ela se tornou a mulher da vida dele, e que o levou a menosprezá-la por se contentar com tão pouco, ou seja, com ele

* * *

E sua individualidade subitamente cresce dentro dele e se torna uma feroz ereção. É a semente viva e pulsante do cardume sem rosto que zanza à sua volta como um estranho vôo de acasalamento. E todos esses aí, os soldados, os homens, desprovidos de vontade em face do que dele extravasa, são mil vezes mais fortes que ele e mesmo assim, submissos e passivos, devorados por sua boca. Ele se detém e se retrai um pouco como que para atormentá-los, e eles vão junto, imediatamente, movem-se com ele, adivinham o que fará, diante dele seus sentidos se aguçam: ver, escutar, inspirar; olhos dardejam sobre seu rosto e seu corpo, examinam suas mãos, seus pés, sua cabeça, que vai perdendo cabelo. Conclusões são tiradas, importante material é coletado, analisado em algum lugar, mas o quê? Por um momento ele fica atordoado com a força da presença de todos aqueles corpos, odores, poder de pressão e impacto de tantas vontades e desejos —

Eu a acho bonita, ele depressa enfatiza, pode ser que nem todo mundo concorde, mas há situações, diz, situações em que ela é realmente linda. E sorri para eles de orelha a orelha, desafiador, e seus lábios tremem um pouco, e ele sabe que detrás das máscaras congeladas de suas faces eles intimamente estão rindo desse idiota — o *idiotale*, como diz sua mãe — cuja esposa fugiu, enquanto ele usava belas palavras, deixando-o de pau na mão e língua girando. E ele conta, com aparente simplicidade, dos pezinhos macios dela, um milagre arquitetônico, ele afirma poeticamente, exceto, é claro, o segundo artelho, que sobe no dedão do pé esquerdo. É uma característica de todas as mulheres da família dela, ele acrescenta, e daí em diante continua falando e dizendo tudo, descreve-lhes todo o seu corpo, cada pinta e marca de nascença, e de momento a momento vai ficando mais e mais vibrante e agitado, e lhes dá cada vez mais; é uma noite em que ocorre uma obscura e incomparável transação: ele lhes dá a esposa para que a tragam de volta para ele. Enquanto isso os olhos deles permanecem praticamente fechados, as bocas abertas, e eles vão ondulando junto com ele, eles com suas fardas e sua solidez e seu cheiro campestre, concentrados em torno dele como uma trilha circular, a barra de um enorme vestido; e ele os faz rodar em torno dele com movimentos circulares muito suaves, quase imperceptíveis, e lhes prova, sem palavras, que estão cometendo um erro se pretendem julgá-lo segundo as leis comuns, segundo os regulamentos de taxação humana aceitos, conforme os quais ele não passa de um homem não tão jovem e não tão bonito, cuja esposa resolveu deixá-lo ("sair por quatro dias e ficar sozinha, só eu comigo mesma, uma vez por ano, qual é o problema?")

Conte-me, Ésti pediu com inusitada urgência. Ele puxou a si mesmo para fora de suas entranhas e voltou ao carro novamente. A voz dela estava quase implorando, e agora ambos pulsavam em conjunto, no mesmo batimento cardíaco.

Diga o que quer ouvir.

Por um instante ela julgou ter escutado "o que gosta de ouvir", como diria um comerciante no interior de uma loja duvidosa, testando as preferências de um freguês tímido.

Como eles se conheceram, ela disse.

Ah... isso, por acaso, eu não sei direito. Na escuridão do carro, ele lançou um olhar denso e pensativo, você quer mesmo saber?

Quero.

E pensou, a verdade mas não de verdade.

Ela o conheceu quando ainda trabalhava no Ministério da Imigração, ele disse, pelo menos é o que ela me conta. Ela cuidou do caso dele. Mas um dia ele simplesmente entra na nossa casa... Como ela soube perguntar isso?, espantou-se ele, como fez exatamente essa pergunta no momento certo, no ponto certo da sua cadeia de pensamentos e angústias?... Pois essa é a única coisa que tem se conservado fresca e viçosa desde o primeiro momento em que as coisas lhe foram reveladas à sua verdadeira luz, e à qual pode sempre retornar, mesmo dormindo, no desespero mais profundo, o eterno presente que se perpetua já há dez anos, quando Shaul e Elisheva estão na cozinha, quando ainda moravam na rua Rachel Imenu, cortando verduras para a salada como faziam toda noite, papeando sobre como tinha sido o dia, e como será amanhã, e quem pagou o quê, e quem vai levar Tom ao dentista, e de repente a porta é escancarada, e na soleira está um homem que Shaul jamais vira, e ele entra, direto na cozinha, e num sotaque russo diz que não agüenta mais.

Não, não. Não tão depressa. É melhor voltar a fita e passar de novo, devagar e na ordem certa. Shaul está parado ali, usando o avental florido de Elisheva, com um pequeno maço de cheiro-verde na mão pronto para ser cortado, com um sorriso meio atônito, olha inquisidoramente para Elisheva, será que é um trote? uma piada? mas por que ela haveria de fazer uma brincadeira dessas com ele? Apesar de tudo, ele ainda tenta interpretar esse pesadelo de forma positiva, talvez seja alguma campanha de mercado agressiva para um pacote de férias em Esmirna, talvez a TV a cabo esteja com alguma oferta nova, mas está bem claro que não é isso. O homem está parado na cozinha deles e a preenche com sua presença, com seu tranqüilo volume ursino, e está sério e sombrio, tão sombrio que suas faces bronzeadas estão pálidas. Shaul nota também que seus dedos tremem um pouco, e isso pelo visto é bom, quer dizer, é bom para Shaul, pois significa que o homem também teme o confronto com Shaul, ainda que, de outro lado, isso mostre quão agudo é o seu estado. Entretanto os dois, Shaul e ele, não se mexem, e isso também é bom, pois a vantagem que o estranho conseguira com a surpresa vai aos poucos se esvaindo, embora, de outro lado ainda, ou ainda de outro, de qualquer modo ele é que está na cozinha de Shaul e não Shaul na cozinha dele, um homem só um pouco mais alto que ele, mas bem mais largo e corpulento, com um pescoço grosso e um rosto enorme, um rosto não bonito mas decididamente poderoso, um homem já não tão jovem, uns bons anos mais velho que Shaul, pelo menos dez anos, e que parece até mesmo um tanto triste, e só por isso Shaul já pressente que ele servirá para ela, ela gosta de homens com expressão grave e pesada. E sua expressão grave é exatamente o que mais confunde, pois basta um olhar para ficar claro que ele refletiu muito antes de dar esse passo, que avaliou minuciosamente os riscos e as possibilidades, e se, mesmo assim, decidiu irromper aqui — a palavra *irromper* é exagerada: a verdade é que bateu na porta, e de maneira tão tímida que eles quase não ouviram, e Shaul foi abrir, e ele pediu desculpas e perguntou se Elisheva estava em casa, e ela gritou da cozinha, sim, quem é, faça o favor de entrar, num tom surpreso e animado, o tom de voz que tinha na época, e o homem murmurou alguma coisa para Shaul e passou diante dele com uma reverência, como que se desculpando, e entrou na cozinha —, e, se tudo isso chegou a acontecer, significa que o homem avaliou de antemão que conseguiria seu intento, e que Shaul perderia.

Mas o que significa perder? E como é possível perder sua vida assim, desse jeito, para um completo estranho? Se era um completo estranho também para Elisheva, isso Shaul não consegue até hoje determinar. Mas digamos que de fato Shaul perdesse e que, no final do breve confronto que ocorreria dali a pouco — mas como? trocariam socos? usariam facas? fariam como dois cervos engastalhando os chifres? —, talvez Shaul tivesse de deixar a casa, o que seria de tudo? o que seria da casa? e o que seria de Elisheva? e dos sete anos de hipoteca que ainda tinham de pagar? e até mesmo da grande saladeira, ou do avental cafona que Shaul ainda trazia em torno da cintura? É preciso tomar alguma medida, já, e ele disfarçadamente agarra o canto da mesa e limpa a garganta para recuperar a capacidade de fala, e exige do homem uma explicação para seu ato, e nesse instante já sabe que cometeu um erro, pois o que devia fazer era simplesmente se levantar, agarrá-lo pelo colarinho e jogá-lo escada abaixo (ainda que nessa casa a escada fosse pequena: apenas dois degraus); em vez disso, com seu mero silêncio prolongado ele pareceu permitir o início de algum tipo de negociação, como se já garantisse ao homem um pouco da legitimidade de que ele necessitava como um estranho vindo de fora.

O homem ainda não tinha se mexido. Cabeça enfiada entre os ombros, toda a sua postura era a de um menino crescido de orfanato, cansado de ser removido e desterrado de um lugar para outro, e que resolveu se plantar num lugar definitivo qualquer, na casa de uma família qualquer, e diz sem palavras que esta é sua última parada, daqui ele não sai. Escute, ele sussurra para Elisheva sem erguer a cabeça, escute, eu realmente sinto muito, mas já não é possível continuar assim —

E se cala, e sua cabeça se inclina um pouco, e o maxilar inferior pende. Lentamente, quase furtivamente, Shaul tira o avental. Lamenta não estar calçando sapatos ou algo mais firme nos pés, em lugar dos chinelos marrons quadriculados, presente dos pais dele em algum aniversário de casamento, dois pares iguais, um para ele e um para ela, que o pai arranjou em alguma de suas permutas de comércio natural, as quais procura manter como forma de se opor ao imposto de renda; ao menos os chinelos representam uma declaração evidente e forte de que um pertence ao outro, ele e Elisheva, que são parecidos um com o outro, muito mais do que Elisheva jamais poderia ser com esse homem de queixo pesado e olhos escuros com bolsas embaixo, olhar canino e amargo, o homem que se infiltrou de surpresa numa cozinha que não lhe pertence exigindo Elisheva para si. Shaul já percebe que ele não é tão herói assim, e parece que já usou a maior parte de seu estoque de coragem na entrada melodramática na cozinha, e agora está tremendo tanto quanto Shaul, pois provavelmente também jamais estivera numa situação como essa. Ou por constrangimento ou por fraqueza, ele apóia o ombro na porta da geladeira, mas Shaul tem a impressão de que ele já assumiu alguma vez essa postura. Nessa mesma geladeira, como se estivesse acostumado a ficar nessa posição, entre os bilhetes e números de telefone e ímãs de pizzarias. Shaul se assusta ao pensar quantas vezes teria ele próprio se encostado nessa geladeira sem suspeitar que talvez uma ou duas horas antes, na ausência dele, outro homem pudesse ter aí se encostado; num instante sua mente é tomada de assalto por móveis traiçoeiros, mesas, escrivaninhas e poltronas que conspiraram contra ele, sem falar na cama de casal, e até mesmo no espaço vazio, pois quem sabe quantas vezes esse homem já não teria se movido pela casa, saindo depois e fechando a porta suavemente, sem deixar pegadas? A própria Elisheva também anda por esse espaço e o inspira para dentro de si, e Shaul de súbito compreende seu leve toque, sempre afagando cada coisa em que encosta, cada objeto ou móvel, inclusive os copos e xícaras que segura com a suavidade de seus dedos, até com delicadeza, que até este momento sempre tinha provocado nele um prazer oculto. E o homem diz, com uma boca que parece rasgada de tanta tensão, que não tem força para esperar mais, que está ficando louco.

E Elisheva, o que se passa com ela? Shaul não olha para ela, estranho como não consegue se obrigar a virar o rosto em sua direção, nem o outro homem; assim, eles não sabem o que ela está lhes mostrando, e os dois se equivalem neste momento em termos de incapacidade de virar o rosto e olhar para ela. Shaul se ressente da impertinente comparação com o estranho, o imigrante sob qualquer ponto de vista, e joga no ar uma pergunta suspirada, se Elisheva de fato o conhece; e o estranho, pela primeira vez desde que chegou, faz um esforço e consegue se virar, antecipando-se assim a Shaul, e olha diretamente para ela. E, como também Shaul se vira e olha, vê surpreso como da Elisheva exausta das oito da noite, da sua pele cansada, surge de repente outra mulher, leve e transparente, uma mulher que Shaul não conhece, e a fina silhueta dela se remexe dentro da sua Elisheva como uma libélula capturada numa lanterna de papel. Num instante ele se enche de uma força desconhecida e está disposto a lutar por ela, a matar e ser morto, mas então pensa que talvez essa revelação interna dela não seja dirigida a ele, e sim ao homem estranho, que está praticamente subjugado pela imagem da libélula iluminada e cuja fisionomia ligeiramente rude se torna fraca e delicada, a fisionomia de um homem que observa uma imagem muito querida, disso Shaul não tem dúvida, e Elisheva diz com um leve sorriso que sim, que o conhece.

Você o conhece?, Shaul solta um gemido profundo. Como? De onde?

Pois ele, com sua ingenuidade, com sua ilimitada estupidez, na época imaginava conhecer todas as pessoas da vida dela, e, pelo que sabia, ela jamais mencionara esse estranho, que dá a impressão de estar prestes a desabar no chão mas neste momento está encostado, apoiado com as duas mãos sobre a mesa de jantar, observando Elisheva, com o rosto enorme dele e suas bochechas moles e imensas, um homem de aparência triste, com uma penugem facial prateada, sinal de um barbear especialmente desleixado, com um maço de cigarros amassado no bolso da camisa, vestido com simplicidade, quase negligência, um tipo de professor russo da velha geração, segurando uma sacolinha plástica da mercearia do bairro. Agora Shaul acha que ele parece um pai de família que trabalha duro, ou talvez um solteirão melancólico com um estilo de vida meticuloso, uma espécie de burro de carga dedicado que foi repentinamente picado pela mosca da loucura, rompeu suas amarras e saiu na corrida até chegar aqui para dizer à esposa de Shaul, com voz embargada e já pela terceira vez, Elisheva, assim eu não agüento mais. O fato de ele saber o nome dela. E a forma como ele diz o nome dela. Os joelhos de Shaul se dobram, e ele é obrigado a sentar. E o homem fica em pé. Os dois respiram pesadamente e não olham um para o outro. A respiração do homem é mais alta e pesada, sua face está vermelha, e Elisheva sussurra ao lado da pia, mas é preciso ter paciência, é o que eu digo o tempo todo, vamos acabar arranjando um bom lugar para você. Agora, vá para casa, Paul. Venha amanhã ao escritório, e conversaremos.

Shaul baixa a cabeça e fita a mesa. Lentamente ele se imobiliza e tensiona sentado na cadeira. Seus pés mal tocam o chão. Estão literalmente balançando no ar. O homem se vira para ele e pede desculpas. Shaul não está entendendo quase nada. O homem explica a Shaul, num hebraico novo mas surpreendentemente fluente, que já faz um ano e meio que não consegue arrumar emprego, e que não está disposto a fazer concessão (é assim que se diz?, ele se vira para Elisheva ao perguntar, e ela assente com um sorriso simpático e orgulhoso, sim), concessão na sua arte —

Ele é caricaturista, Shaul explicou a Ésti com um sotaque russo, imitando com surpreendente humor o jeito de Paul falar:

"E eu saber senhora Elisheva fazer muito muito para eu ter trabalho, mas já ano e meio eu estou sem emprego, desempregado, porque para mim é princípio trabalhar só arte, só arte!". Ésti espiou e viu a expressão de Shaul se transformando, tornando-se mais pesada e ousada, "e aqui o governo só dá para mim — ou emprego em escritório, ou emprego de guarda, ou emprego de motorista! E então? Isso não é trabalho, não é arte, e não é vida!".

E Shaul não entende o que o estranho quer dele e o que pretende fazer agora. Quer que saia?, ele pergunta ao sujeito. Não, o outro responde, surpreso, sair por quê?, meu senhor, é a sua casa. Shaul sorri agradecido e olha em volta, petrificado. Elisheva e Paul conversam. Pronto. É possível sintetizar tudo numa única frase que não se desmancha de imediato: Elisheva e o estranho-que-invadiu-a-cozinha conversam. Ele ouve os sons do estranho e de Elisheva, e não entende. Talvez seja hebraico, mas hebraico ele conhece. Não, o estranho dela fala numa língua que ele não conhece. E eis que ela responde. Não é húngaro, Shaul tem certeza disso. Ele já conhece um pouquinho o húngaro dela. E também não é russo, nem inglês, nem francês; nem português, ele acrescenta à lista, nem nenhuma língua civilizada. Quando foi que ela teve tempo de aprender outra língua?

Língua estranha, espanta-se Shaul, cheia de consoantes e pausas suaves, e recheada de gestos. Ele tenta acompanhar, mas não consegue. Elisheva e o estranho até mesmo tentam facilitar as coisas para ele, diminuem um pouco a velocidade da fala. Às vezes erguem a voz, discutem, Elisheva aparentemente está perdendo a paciência, está zangada com alguma coisa, o homem lamenta, meu Deus, pensa Shaul, quantos sentimentos compartilhados eles têm! Vez ou outra Shaul identifica algum apelido carinhoso dela, ao que parece, que o homem repete constantemente. Não se parece com o nome dela, e soa um tanto espichado na boca dele, meio nebuloso e diluído nas pontas: *reio...*

reio..., Shaul observa os lábios atenta e compenetradamente: tem a vaga sensação de que, se for um aluno aplicado, eles não o expulsarão, permitirão que permaneça com eles na casa, desistirão da idéia de mandá-lo para um colégio interno.

O estranho fixa o olhar em Elisheva. Um olhar torturado. Que roga por misericórdia. Ele diz algo que até mesmo Shaul, que não aprendeu a língua, entende ser um imenso pedido, algo como, ensine-me, Elisheva, me ensine para que eu também possa saber. Elisheva não responde. Cabeça baixa, o cabelo, ainda dourado, esconde seu rosto. Shaul segue os dois boquiaberto. Eles ficam imóveis, os três, por longos minutos. Depois, o homem suspira, faz um gesto para Elisheva e para Shaul, sem enxergá-los, murmura um "desculpa" para o ar, vira-se e sai.

Shaul respira profundamente. É a primeira vez que ele respira de verdade após um longo tempo. Um suspiro de alívio — por tudo ter acabado, sem sangue ou agressões. Afinal, situações como essa podem às vezes acabar até em assassinato. E também está aliviado porque, de certa forma, pode-se dizer que ele venceu o confronto, não é? Administrou de maneira bastante competente esse pequeno conflito, não perdeu a lucidez e, no fim, expulsou-o de seu território.

Quando a porta se fechou atrás do desconhecido, instantaneamente tudo voltou ao normal. Ligou-se o rádio, a luz de neon voltou a brilhar, e Elisheva — como se não tivesse acontecido nada — continuou a conversa, contando a Shaul acerca do homem, um imigrante da Rússia, filho de pai francês e mãe russa, tudo o que ela sabe sobre ele é que era um desenhista de caricaturas bastante famoso em Riga, sem dúvida um artista original, ela diz, mas já há um ano e meio ela não consegue achar para ele um emprego que lhe agrade, nem um jornal que publique seu trabalho, nem uma galeria onde possa expor seus desenhos conhecidos, quem precisa de um caricaturista hoje em dia?, ela suspira; ela já marcou incontáveis entrevistas de emprego, implorou a curadores e donos de galerias e de publicações semanais, e nada. Shaul não olha para ela, nem escuta as palavras, todo o seu corpo treme como o de um animalzinho assustado à margem de um riacho, ouvindo a torrente se aproximar. Depois, uma tranqüilidade desceu sobre ele. O fluxo teve início nos mais variados pontos, em todas as partes do corpo. Ouviu risinhos prazerosos borbulhando nos limites extremos do cérebro, nas dobras escuras muito além dos pensamentos. Sentiu-se bem, muito bem, como havia muitos anos não se sentia. Como dentro de um grande abraço. E sentia como se enfim tivesse chegado ao lugar certo, ao seu lar, à sua pátria. E compreendeu que tudo estava começando naquele momento. Que até agora vivera apenas a introdução. Elisheva disse que queria ir dormir cedo, que tinha um dia atribulado pela frente. Shaul aquiesceu. Ela perguntou se ele estava se sentindo bem. Sim, respondeu ele, claro que sim. Ela lhe pediu que não ficasse aborrecido por causa da invasão daquele tal de Paul. Às vezes eles não suportam todas as humilhações que nós lhes impomos, ela disse, e com esse Paul a situação é ainda mais complicada, é realmente difícil achar um lugar que sirva para os talentos e princípios dele. Shaul olhou e viu como os lábios dela se arredondavam como num beijo ao pronunciar o nome dele. Seus lábios pareciam cortar da carne aquele nome estranho. Era como um pedaço de massa esticada sobre a qual ela colocava um copo invertido, cuja boca apertava com força até cortar círculos de Paul. E contou que já por duas vezes ele tinha perdido empregos que ela lhe arranjara, ele é difícil, suspirou, muito individualista, e tem um jeito de pensar muito especial... Shaul fez que sim, submissamente. Lançou-lhe olhares arregalados de espanto, como se jamais a tivesse visto daquele jeito. Disse consigo mesmo, na verdade só agora é que você a conheceu. Só agora é que vocês se conheceram como deveriam realmente se conhecer. E o que foi tudo aquilo que houve antes? Talvez apenas um encontro preparatório, sim, um longo encontro preparatório de dois emissários um tanto apagados. Você sempre sentiu isso, e não sabia que nome dar, agora começa a coisa de verdade. O campo, o jogo, a caçada. Levantou-se, levemente aturdido. Foi ao banheiro, apoiou as duas mãos na pia e se olhou no espelho. De repente entendeu aquele seu rosto, sua face alongada, com as bochechas chupadas e cara de palhaço triste. Tudo ficou claro. Com absoluta simplicidade compreendeu seu papel na peça, por que fora destinado a esse papel e para que ensaiara a vida toda. Elisheva entrou atrás dele e perguntou de novo se ele estava bem. Shaul disse que sim. Ela perguntou se ele precisaria do carro amanhã à noite, pois havia um encontro das "meninas" por causa do aniversário de uma delas. Tudo bem, ele disse com entusiasmo controlado, não vou precisar do carro amanhã à noite. Debaixo de cada palavra dela de súbito dançava uma pequena chama. De novo, e sempre de novo, ele pensava em como ela descrevera Paul para ele. Um individualista radical, um homem idealista, de princípios, uma linha rara de pensamento... Era isso que um dia ela já tinha achado dele próprio, Shaul, foi isso que a atraiu, mas estava claro que havia alguém capaz de lhe oferecer mais. Estranho: sempre achou que, se um dia ela encontrasse outro homem, seria alguém completamente diferente dele, um homem corporal, terreno em todos os aspectos, um agricultor ou guia de turismo ou militar, e sem dúvida alguém mais jovem que ele; e pensar que ela acabou escolhendo, num certo sentido, exatamente alguém parecido com ele, apenas um pouco mais radical...

Mais tarde, quando ela se despia, ele a olhou e imediatamente desviou o olhar, como se tivesse espiado algo proibido. Cada movimento que ela fazia era parte de uma dança, que só agora, ao que parece com muito atraso, revelava-se em toda a sua complexidade, em todo o seu mistério. Ele a observou com os olhos de Paul, ela era atraente, de enlouquecer. Ficou lançando olhares furtivos para ela. Seus seios combinavam muito mais com as mãos enormes de Paul. Talvez por isso tenham crescido após o casamento, e não por causa daquilo em que ele sempre acreditou. Encolheu as pernas contra a barriga, e como a um raio perdido e errôneo, que o atinge anos depois do ruído do trovão, sentiu o que inconscientemente havia esperado, o açoite cortante e doloroso de um chicote gigantesco e eterno, a própria lei da natureza. E fechou os olhos e melancolicamente acolheu o sentimento, a efetiva rendição de um cervo ferido, impotente, que compreende que será retalhado pelas garras do tigre.

Ela veio se deitar a seu lado, com um suspiro de alívio, e se enrolou nele como de hábito; ele se retraiu, afastou-se e sentiu cada pêlo do corpo se eriçar. Que está acontecendo?, ela perguntou, ainda com delicadeza, não é por causa daquele homem, é? Bobagem, replicou alguém lá longe, nas curvas de sua garganta, isso é assunto seu, não meu, por favor, não me meta nisso. Elisheva se apoiou num dos cotovelos e o examinou bem de perto: o que significa "é assunto meu"?, disse rindo de surpresa; é assunto seu, ele repetiu, olhando para o teto com um sorriso congelado, não meu. Só não me conte sobre isso. Não quero saber, disse, aquilo que eu não sei não me machuca. Do que você está falando, ela perguntou, e sua testa de súbito escureceu, o que já está contando a si mesmo nessa sua cabeça? Não estou contando nada, ele prosseguiu, ligeiramente satisfeito, leve como um pássaro degolado que já não precisa carregar o peso da própria cabeça, e realmente não quero me meter naquilo que não me diz respeito, e a última coisa que eu quero é atrapalhar vocês, mas tenho um pequeno pedido a fazer: nunca, nunca mais a partir deste momento me conte nada sobre ele e você. Não mencione o nome dele, nem mesmo de leve, simplesmente me deixe fora disso. Meu Deus, Elisheva suspirou, eu não acredito, você já está começando de novo? Já vem de novo com essa conversa? Tivemos sossego por algum tempo... Não estou começando nada, ele explicou com uma gélida calma, estou respeitando sua privacidade e suas necessidades, realmente tenho consciência de que uma mulher como você não consegue se satisfazer com um homem só, e por certo não com um homem como eu, e só lhe peço que seja correta e me poupe daquilo que não preciso saber. Mas não há nada de que poupar você!, ela gritou, do que está falando? Você está fazendo tempestade em copo d'água! Se há ou não há, ele disse, eu realmente não sei, e, por favor, apenas se lembre do meu pedido de não me contar nada, nada!, gritou de repente, batendo com raiva no colchão. Elisheva pulou da cama e ficou em pé, a leve camisola tremulando nas bordas, olhou para ele e balançou a cabeça: veja como você está de novo entrando nessa, disse; Shauli, implorou com tristeza na voz, não caia nessa outra vez, deixe-me ajudar você. Mas ele abriu seu sorriso mais largo, e explicou novamente que estava tudo bem, não há necessidade de você desperdiçar energia comigo, agora você precisa de toda a sua energia para ele, e ressaltou que lhe fazia bem saber que até que enfim havia saído alguma coisa boa daquele trabalho dela, e que ele parecia um homem bacana e que merecia ser seu namorado; e, ao dizer "namorado", sentiu uma comprida língua de fogo queimar suas entranhas, e acrescentou que a aconselhava a não exigir demais dele, pois ele já não parecia tão jovem. Mas, para sua sorte, Elisheva não ouviu o último comentário, pegou o travesseiro e saiu furiosa para dormir noutro quarto. Shaul dobrou o corpo com toda a força e se enrolou em torno de si mesmo, e durante longos minutos sugou o sangue negro e espesso que pelo visto esperava fazia anos oculto em seu corpo;

congratulou-se consigo mesmo pela aguçada intuição de ter chamado Paul de "namorado", porque, no instante em que disse isso, sentiu quão certo estava, e como ele realmente podia ser namorado dela, não só amante, mas namorado; pois com o tanto que ele é — termos usados por ela — individualista, original, idealista, brilhante, profundo e raro, um homem único, genial, talentoso como o diabo, e assim por diante, foi possível sentir sem demora o quanto ele e ela são parecidos entre si nas coisas essenciais e realmente importantes, numa espécie de delicadeza doméstica presente nele e também nela, e no calor natural que irradia de ambos, e na humanidade que flui deles, e até mesmo em certa simplicidade do corpo dos dois, na capacidade que possuem, ambos, de perdoar o corpo deles. E Shaul logo pode ver a ele e a ela em todo tipo de cenas domésticas agradáveis e descontraídas, cujo espaço Paul preenchia naturalmente com sua presença tranqüila, e com uma serena promessa de seqüência e continuidade, que abarca seu corpo enorme e seus gestos exagerados, e com seu calmo autoritarismo, e com sua visão de mundo plena e sólida, e com sua maciça autoconfiança, e com seu imenso encanto pessoal, e com seu carisma único. E, ao pensar nisso, Shaul sentiu queimar sua velha-nova úlcera da alma, e sorriu consigo admirado, ali deitado ansioso e dilacerado de um jeito novo e excitante. De imediato também soube exatamente o que fazer, e praticamente não titubeou em espioná-la, segui-la, espreitá-la, escutá-la às escondidas, pois sentiu que não era questão de dignidade, nem de indignidade, nem do longo verme que se remexia dentro dele, e disse a si mesmo acreditar na evolução lenta e natural de uma relação como essa, entre ela e ele; pois uma relação dessas precisa ir se formando gradualmente, com discernimento natural, como a maturação de uma fruta grande e complexa, e para coisas como essa ele, Shaul, tem paciência. Mais que isso: tem respeito por eles, e sabe esperar. Além do mais, jurou que fará de tudo, de tudo, para que ela não precise abdicar da sua vida real, do lugar onde ela realmente existe em sua totalidade, em toda a sua feminilidade, vitalidade e esplendor, pensou ele, e sentiu um aperto na garganta e não berrou, não gritou com a voz entrecortada, mas inspirou profundamente e disse consigo mesmo que, dali em diante, viveria junto a essa relação bela e saudável como quem está travando uma longa e insistente batalha, de cuja existência mais ninguém poderia saber; ficaria sentado imóvel em seu lugar e assistiria ao desenrolar da história dela e de Paul, concretizando-se a partir de milhares de detalhes e fatos e lembranças e segredos e respirações cuidadosas de desejo e saudade, e pequenas mentiras, milhares, milhões de mentiras, que aos poucos se tornariam a verdade da vida dele. E tomou consciência de tudo isso, ou adivinhou com grande certeza, já naquela noite negra de núpcias, e permaneceu deitado todo tenso, sentindo seu corpo se transformar, tornar-se outro. Até mesmo o seu corpo. Pois todos aqueles anos ele estava imerso por inteiro na solução da mentira dela, tendo sido amado apenas como um eco. Ele merecia, pensou, e ficou encantado de perceber como Elisheva sabia amá-lo do jeito que ele merecia, não mais que isso, ao passo que ela provavelmente continha um amor que fervia e borbulhava bem mais longe do que as estreitas fronteiras e limitadas forças dele.

Um pouco depois de Sde Boker, ela viu um pequeno prédio iluminado e parou. Shaul não quis descer. Como é que você agüenta, ela riu, minha bexiga é do tamanho de um amendoim. Ele, com um ligeiro e estranho orgulho, disse: eu agüento.

Na hospedaria havia quatro homens sentados, comendo carne cozida e discutindo política. A tv estava ligada no canal de moda. Um saco de juta esfarrapado, no qual se via um focinho preto, estava estendido sob uma das cadeiras. Ésti comprou rapidamente, balançando de uma perna para outra, um tablete de chocolate e balas de limão — estava rouca como se tivesse gritado a viagem inteira —, e o vendedor a mediu e perdeu o interesse. Ela foi mijar e levou um bom tempo para esvaziar a bexiga. Tinha a impressão de que continuava a ouvir o zumbido de Shaul falando.

Em seguida, jogou a cabeça para trás, apoiando-a no reservatório de água; seus olhos estavam muito pesados. Pensou em como, por todos esses anos, mantivera-se fiel a ele, à sua maneira, ficando no mesmo ponto, naquela brasa acesa para ele e que permanecera somente dela e dele. Até mesmo no auge do amor por Micha, a quem conheceu meio ano depois de se separar dele. E até mesmo após vinte anos, e cinco filhos gerados, sem vê-lo durante todo esse tempo, sem sequer saber se ele está vivo, apesar de tudo não conseguiu se conformar de fato com a idéia de que jamais estariam juntos outra vez, em nenhuma das realidades e ramificações da vida. E também agora, como acontecia toda vez que pensava nisso, sentia-se como se estivesse dirigindo na contramão, passando por cima dos obstáculos num estacionamento.

Ao sair, perguntou se podia telefonar. O vendedor piscou na direção do telefone, e ela ligou para o celular de Micha, que estava desligado. Certamente ele já está em casa faz tempo, pensou, ou talvez não? Interrompeu o gesto e não ligou para casa. Durante um longo momento ficou ali parada, pensando no que faria se descobrisse que ele tem uma amante. Houve épocas em que chegou a torcer para que isso acontecesse, desejava isso para ele. Alguma mulher mais fácil. Mais simples. Mais alegre. Ainda não conseguia discar, imóvel com o telefone contra a face, atraída pela mulher que planejara para ele: tinha uma característica clara e consistente, como um raio de luz enviado que chega ao seu destino; não como eu, pensou, sem refrações, sem desvios internos; e sentiu o movimento das pequenas serpentes nela semeadas por Shaul, que se acasalavam com as suas próprias.

Discou para casa, fazendo uma pausa entre um número e outro, dando tempo a si mesma de voltar para casa, mergulhar fundo novamente na massa diária dela e dele, agora não tenho força para isso, pensou; rogou que tudo permanecesse exatamente como estava, que Micha continuasse Micha, que a trouxesse de volta para casa pela virtude de sua *michadade*.

Ele já estava em casa fazia tempo e esperava nervoso por ela, nunca conseguiria adormecer sem ela a seu lado, ou sem ouvir sua voz. Quis saber como estava a viagem, como estava Shaul, e que raios tinha sido aquela contusão, e para onde estavam indo e de onde ela estava telefonando. Ela escutou sua voz e sentiu falta dele; Michush, disse, amanhã eu lhe conto tudo, porém ele não desistiu, mas vocês estão conversando? Ele contou alguma coisa? Sim, ela respondeu, estamos conversando, sim. E ele: verdade? é mesmo? Na sua voz ela ouviu uma dor leve e familiar, sobre o que vocês estão conversando?

De imediato registrou na memória que deveria inventar alguma história para contar a ele no dia seguinte, e o pensamento adquiriu gosto metálico em sua boca. Mais que habitualmente, sentia necessidade de que ele, Micha, estivesse aqui com ela, corporalmente, só por um instante, que a abraçasse com toda a sua força, que a destampasse, ou que a embalasse intensamente ou que a erguesse de uma só vez de cabeça para baixo e pernas no ar, e a sacudisse com vigor, até que seus pequenos furtos caíssem dos bolsos. Ela perguntou sobre o caminhão capotado, e ele fez um longo relato, cheio de detalhes mas com bastante modéstia, porém ela sabia que sem ele o caminhão ainda estaria ali capotado com toda a carga tóxica derramada. Quando ele terminou, ela quis saber como estava tudo em casa, e ele fez um relatório desde a maior até o menor; ela escutou atenta, banhando-se na sua voz morna e sorridente, como que imersa numa solução capaz de fechar todas as fendas dela, impedindo que sua alma fugisse outra vez para longe; e percebe como ele a prende exatamente com sua simplicidade, lenta e pesada, com a qual, apesar de tudo, conseguiu amarrá-la à sua terra por meio de cinco fortes cordas, e por um momento quase não se conteve, quase lhe perguntou o que ele pensa quando pensa nela, e o que vê quando olha para ela, e o que vê além dela; e suas palavras despertaram nela lembranças recolhidas e pensamentos órfãos, e os quatro homens sentados em torno da mesa estavam gritando um com o outro, e na televisão acima da cabeça deles se viam moças anoréxicas numa passarela estreita, com roupas que revelavam seus corpos pouco atraentes e expressões vazias, e Micha falava sem parar, e ela pensou, cansada, como é possível que, com todos os sonhos que tivera na vida, já esteja há anos encalhada no único trabalho do qual ele gostou, consultora de amamentação, cercada de mulheres.

Mas alguma coisa estava irremediavelmente fora dos eixos, Shaul sentiu uma pontada de preocupação e olhou para a porta da hospedaria por onde Ésti havia entrado já fazia um bom tempo; alguma ordem correta fora perturbada esta noite por causa das conversas com ela e das suas intermináveis perguntas, e de forma geral — pela simples presença dela. E não que sua presença estivesse tão ruim para ele, ao contrário; mas ele perdera muito tempo com conversa fiada e interrupções. E não foram poucos os detalhes essenciais que omitira, bem como algumas descrições que não podiam, não deviam, deixar de ser mencionadas. E ele as rememora rapidamente, por exemplo, a feira, o grande mercado, as barracas que tinham sido montadas agilmente no acampamento de busca, os homens apressados com um estranho brilho de pilhagem nos olhos, segurando cabides carregados de roupas multicoloridas, chapéus, cestas cheias de objetos, um novo festival de cores se espalha de repente... Ele tenta parar alguém, buscando descobrir o que é este lugar agora. E ninguém presta atenção. Todos correm apressados de um lado para outro. Submissamente ele passeia entre as plataformas, procurando abrir caminho entre a multidão de carregadores, mas é difícil chegar lá, tudo é muito espremido e caótico, e grandes somas de dinheiro estão trocando de mãos. De súbito, ele acorda: tem a impressão de que reconhece alguma coisa familiar: o vestido dela! Seu coração dá saltos de alegria. O vestido florido de verão, leve, verde, com botões de madeira redondos na frente. O que o vestido dela está fazendo aqui? Talvez seja apenas coincidência, ele acalma seu coração que sempre profetiza desgraças; mas logo, logo, num cabide vizinho, vê a blusa branca de gola alta e estampa de limões, e numa barraca próxima descobre a blusa de tricô que ela comprou na excursão a Firenze, e sobre ela está pendurado o vestido roxo largo, irradiando feminilidade —

Estão vendendo tudo. Há uma barraca para suas bolsas, uma para os óculos, uma para as jóias e outra para os enfeitinhos, uma barraca para os pentes e utensílios de maquiagem, uma barraca para os calçados, onde ele descobre um par de sandálias quase novas, e botas de montanhismo que ela usou no acampamento do colégio em Mahanayim, e um par de sapatos grosseiros que ela chamava de sapatos Golda, e sapatos de salto alto que ela não calçava quase nunca porque a deixavam mais alta que ele, e chinelos de feltro verde, e vistosas botas cor de laranja; e o vendedor anuncia poeticamente: cada sapato ainda conserva a marca do pé dela; e ele os alisa com os dedos, sentindo o toque dos pés, que sempre se mantiveram delicados, deliciosos — às vezes, durante o sono, quando segura o pé dela, ele sente uma onda de amor e admiração pelo fato de que quase cinqüenta anos caminhando e correndo e saltitando pelo mundo deixaram as plantas de seus pés macias como as de um bebê; e aqui também estão vendendo as meias dela, meias longas e curtas, de todas as cores, há uma barraca inteira com meias de náilon de todas as épocas, algumas estendidas, em posições ousadas, em expositores, outras amarfanhadas, usadas e rasgadas, e aqui duas pessoas discutindo em voz alta sobre um par de meias escuras com desenhos que certa vez ela concordara em rasgar ao meio para ele, quando estavam em lua-de-mel em Amsterdã.

Homens de toda forma e cor, altos, baixos, parrudos, flexíveis, grosseiros, negligentes, bonitos, idosos, refinados, jovens, femininos, musculosos, aleijados, galináceos, uma torrente enorme de masculinidade com todo tipo de aparência se derrama diante dele na rua central do mercado em meio ao deserto, um aglomerado humano peludo, fibroso, resmungão, rouquenho, e, quanto mais ele observa, mais eles vão perdendo seus traços de diferenciação e mais vão se congelando numa massa de barro espalhada sobre a superfície de um largo rio, mexendo-se aqui e ali, grossas cascas de pele perfurada em cujo interior dardejam olhares nervosos e fervorosos e suspicazes; e arbustos de pêlos cacheados brotam no toco de uma perna ou de um braço grande, e blocos de lama fraturados onde artérias inchadas momentaneamente sobressaem, cachos de cabelo e cabeças calvas numa infinidade de formatos, e manchas de suor, e uma caveira arqueada e uma testa moldada e um músculo nervoso tensionando o maxilar e bíceps que pulsam, e debaixo do espesso lodo um estrondo que sobe borbulhando, como o rugido permanente de um rio, zumbido de lascívia e inquietação com breves latidos de retrocesso, e também uma fraternidade profunda, ruidosa, de caserna, de estádio. Homens desconhecidos e homens semiconhecidos, e homens parecidos com os homens que ele conhece, correndo, agitando, apalpando, farejando o material, discutindo sobre uma luva verde de lã de onde as pontas dos dedos avermelhados de Elisheva espiavam no inverno, ou disputando a malha branco-acinzentada que a mãe dele tricotara muitos anos antes para ela, ou erguendo diante do sol um par de calcinhas minúsculas e excitantes, dançando embriagados sob o brilho luminoso que os atravessa, e, ao se brutalizarem, tornam-se momentaneamente belos, graças ao contato com a beleza que a envolve, refinando-se ao tocar o fino tecido —

Quando estava quase na porta, depois de pagar ao rapaz no caixa pela ligação, deu meia-volta e retornou ao telefone; ficou parada por um momento, como se estivesse perguntando a si mesma o que fazia ali. Através de duas vidraças viu Shaul no carro, cabeça inclinada para trás, e adivinhou que os lábios dele estavam se mexendo. Como se tivessem vida própria, seus dedos começaram a discar os números cujas teclas produziam as notas que ela conhecia de cor, em qualquer telefone que um dia tivesse utilizado. Ele logo ergueu o fone, exatamente como Micha fizera antes, como se estivesse esperando a ligação por todos esses anos.

Sua voz era rápida, mesmo pouco depois de acordar, um

"alô" grave, penetrante. Ela ficou petrificada. Ele se manteve calado por um bom tempo, sem respirar, cercando-a de um silêncio denso e profundo, para em seguida dizer de novo "alô", um alô completamente diferente, quase derrotado, e ela no mesmo instante desligou, para só então perceber o que tinha feito.

Ficou ali parada, de joelho mole, sem saber o que fazer agora, para onde ir; quase discou novamente, os dedos atraídos por si sós, e, então, agarrou o aparelho com as duas mãos, apertou com toda a força a boca contra o fone, fedido de tanta saliva de estranhos, e através do ruído de discar esvaziou todo o seu ser para ele, sem uma única palavra, de uma só vez, sem conseguir parar, juntou sua essência à dele, e gritou e chorou e riu e prometeu e implorou, e explicou por que sim e por que não, e por que é necessário e impossível e não há vida sem e sempre se rasga no mesmo lugar e se xinga o momento e se ressuscita e mais e infinitamente

O mais difícil é quando ela volta dele, suspirou Shaul mais tarde, e Ésti estremeceu assustada e quase engoliu a bala de limão que estava chupando; não é fácil nem para mim nem para ela, ele prosseguiu, está sempre revigorada quando chega, da natação, obviamente, o cabelo dela está um pouco molhado, mas ela nunca me olha direto nos olhos, isso não... e riu, melancólico, deslizando com a graça de um sonâmbulo para a conversa, repleta de silêncios e vales profundos, coexistindo lado a lado, como numa oração em que todos estão em pé juntos e cada um por si; e cada um, pensou Ésti, reza para um deus diferente.

Ainda permanecia quieta, e com dificuldade mantinha o corpo ereto junto ao volante. O que tinha acontecido na hospedaria a esgotara mais que as longas horas dirigindo. Tentava adivinhar o que estaria se passando com ele agora. Via-o deitado desperto, olhos abertos brilhando no escuro, a língua se movendo de um lado para outro entre as bochechas, acompanhando seu pensamento. Perguntava-se se ele teria adivinhado que havia sido ela. Ou talvez tivesse sabido de imediato, no exato instante em que ouviu seu silêncio. Mas também recriminava a si mesma, é claro. Talvez ele achasse que fosse outra mulher, uma amante que tenha tido depois dela, cuja ligação estava esperando; mas ergueu a cabeça e a balançou com firmeza: não.

E parte de seu cérebro revirava e revirava sem parar o "alô" dele, os dois "alôs", ouvindo-os mais uma vez e mais uma vez, e o suspiro e a voz já tão envelhecida, e o cansaço que talvez não fosse apenas por causa da hora tardia, o qual para ela soou como o anúncio de sua desistência da coisa que era mais cara a ele, e pensou: como ele podia desistir assim? era-lhe proibido desistir; e respondeu a si mesma, com que direito você...? e se assustou, pois como era possível que ele estivesse desse jeito e ela não soubesse de nada? E se repreendeu: olha aí você de novo, fazendo doutorado sobre as migalhas da vida dele. Conduzindo o carro por um trecho sinuoso, pensou como durante anos havia tentado imaginar um reencontro de ambos, um reencontro casual, e sorriu, por algum motivo estava convencida de que, se isso acontecesse num supermercado, os olhos de cada um imediatamente verificariam as compras do outro no carrinho, as preferências das respectivas famílias pelos cereais matinais, laticínios, carnes e, especialmente, a variedade ou a abundância — que sempre lhe parecia um tanto agressiva em seu carrinho, um tanto exagerada, como que pronta para ser exibida aos olhos dele —, e sabia que ficaria atrapalhada, com as pernas moles, que gaguejaria, e sabia também como devoraria com os olhos sua face com novas rugas, e tentaria adivinhar quais daquelas rugas pertenciam a ela.

E ficou se atormentando com a lembrança do único encontro com que tinha concordado depois que se separaram, num pequeno café às margens do Yarkon; ele lhe pareceu doente, os dedos tremiam, e ele murmurava coisas que a deixaram apavorada — que já lhe dissera mil vezes que ela era o amor da vida dele, mas que agora estava claro que ela era muito mais que isso, que *era a vida dele*, olhando para ela com ar assustado, e ela fez o máximo esforço para se manter afastada, com uma crueldade de que jamais imaginara ser capaz, tão determinada estava a finalmente começar a viver sua própria vida, explícita, aberta; e ficou sentada na frente dele, alheia e distante, tentando lhe provar que não havia sentido, que ele estava totalmente enganado em relação a ela, e, quanto mais ele implorava, mais ela endurecia, como um carcereiro maldoso que insiste em mandar o preso errado para receber uma visita.

Ainda não conseguia entender como tivera coragem de ligar para ele. Como rompera anos de contenção, de uma luta quase diária, da tortura constante dos aniversários, dela, dele, dos dois juntos, e quando Shira se alistou no exército, e quando Na'ama estava prestes a sofrer uma cirurgia, e quando houve um grande atentado na rua dele — naquela ocasião ela quase perdeu a cabeça, e mesmo assim não telefonou.

Expirou o ar admirada consigo mesma, formando um sorriso, e sentiu que talvez tivesse sido suficiente fazer a ligação, talvez depois de tantos anos não fosse necessário nada além disso, pois agora ele se revolvia dentro dela exatamente como ela recordava, sem cisões, como sempre havia sido, de corpo e alma. Sorriu, lembrando como lhe perguntara com ligeira euforia se já tinha chegado ao seu núcleo florescente; e mais uma vez o silêncio ofegante de ambos, a eletricidade do conhecimento mútuo, e a sensação, que jamais se esvaeceria, de que o amor deles continuaria existindo tal como era, com toda a sua pureza e fervor, e que simplesmente fora deixado por um breve tempo, até mesmo por uma vida inteira, na prateleira de uma loja de penhores, à espera de que Ésti juntasse coragem bastante para resgatá-lo.

Alarmada, inclinou-se para a frente, todos os músculos tensionados em torno da boca interna que havia deixado escapar o segredo, mas no seu espaço interior, num júbilo colorido, como recortes de desenhos de Keith Haring, esvoaçavam um homem e uma mulher abraçados, dançando, rindo, lançando ao ar punhados cintilantes de seu amor; e aqueles momentos de deleite amoroso, recordou saudosa, em que, quanto mais se deixa escorrer, mais se é preenchido. Inspirou ruidosamente, e seu coração escavou as paredes do corpo, e se sentiu ruborizada e quente e jovial, e de novo se obrigou a acordar, e se lembrar de seus votos, gravando no cérebro em escrita cuneiforme que não há lugar para isso, não há, não há lugar para isso, para isso lugar não há... e como certa vez, um pouquinho antes de se separarem, telefonou para a casa dele numa hora em que sabia que ele não estava, e uma voz feminina clara e expansiva disse "alô", e repetiu, e disse mais uma vez, uma voz de mulher que foi aos poucos diminuindo e ficando triste, e a voz foi como um tapa na cara que ela já estava esperando fazia tempo, e colocou o fone no gancho e colocou seu coração sobre a mesa e pegou um martelo de carne e bateu com toda a força, sem dó nem pena, há uma mulher e há crianças e o que você está fazendo.

Não é fácil para mim quando ela volta de lá, disse Shaul, e ela se virou para ele ansiosa, estou escutando, disse pedindo, exigindo quase — alguns dias antes ouvira casualmente no rádio que havia um jeito de enganar até mesmo uma máquina da verdade: colocar uma tachinha debaixo do pé e pisar com toda a força durante o interrogatório, e a dor altera as reações —, e Shaul contou que então vai abraçá-la e beijá-la, e sempre tem a impressão de que o corpo dela se retrai por um instante, na barriga e nos ombros, ainda que ele nem sempre tenha força para chegar a ela, pois não é todo dia, admite, que é capaz de fazer o extenuante esforço de fingir e manter as aparências; há dias em que a expectativa da chegada dela o deixa tão fora de si que é incapaz até de se levantar e lhe abrir a porta.

Ele pousa a cabeça de Elisheva no ombro dele e sempre se espanta com o profissionalismo e o perfeccionismo dela, pois seu cabelo tem cheiro de cloro; e afasta o rosto do dela e a olha dentro dos olhos, e sorri, e ela assente com uma tristeza distante, comovida, como se compreendesse exatamente o que ele está fazendo e mesmo assim não o atrapalha; em seguida, desliga-se dele com um sorriso de desculpas, desgruda-se do abraço, e ele consegue manter o sorriso e represar dentro dos lábios a torrente de imundície que quase transborda quando ele pensa de onde ela vem e o que acabou de fazer; mas ela já está longe, Shaul percebe, muito ativa e ocupada, andando pelos quartos, arrumando, telefonando, enquanto ele precisa fingir que acabou de acordar de uma profunda sesta, e isso eu consigo fazer direitinho, contou a Ésti com um sorriso torto, justamente isso é bem fácil para mim, fazer o papel do marido bobão de tanto dormir; com o correr dos anos ele descobriu que, mesmo que não fosse tão bom ator, ela não perceberia, tão ocupada está em evitá-lo, em ocultar a excitação que ainda colore de vermelho suas maçãs do rosto, e após alguns momentos de agitada atividade ela de repente está exausta, esgotada, como se tivesse escoado sua última gota de energia, e se deita para descansar. É de fato difícil captar o momento exato em que isso ocorre; ela some no quarto dela — ela não cochila na cama de casal depois do almoço, e sim no sofazinho que tem no seu pequeno escritório — e mergulha num piscar de olhos num sono abissal, um sono de bebê ou de jovem em idade de crescimento; enquanto isso ele, não por intromissão mas por admiração, por — realmente — genuína reverência pela meticulosidade dela, examina rapidamente sua sacola de natação e vê que a toalha está úmida como deveria, que a touca está molhada, que o xampu diminuiu um pouco no frasco, todo dia ele faz isso, com movimentos cuidadosos, cumprindo sua parte do acordo. Ele não deve ficar relapso nem desistir, pois esses pequenos sinais e indícios constituem, ele sabe muito bem, a única prova da culpa dela.

Pois ela, ocorreu-lhe, protege perfeitamente seu segredo, e ao longo dos anos também com elegância e profissionalismo, os quais decerto desenvolveu graças ao contato com Paul, que, em tudo o que faz, exige perfeccionismo absoluto. E foi justamente isso que a traiu e por fim a expôs aos olhos de Shaul, pois é razoável considerar — foi assim que ele formulou as coisas para si mesmo muito tempo atrás — que, durante vinte e cinco anos juntos, aconteceram ao menos alguns casos, dois, três ou quatro, capazes de despertar suas suspeitas; afinal, ela não vive numa bolha, vai ao shopping, ao banco, à oficina mecânica, à clínica, a palestras de todo tipo, às reuniões da associação do bairro; de quando em quando participa de encontros profissionais, às vezes inclusive noutras cidades; tem reuniões com os pais das crianças do jardim, uma parte dos quais são obviamente homens, e ela e Shaul também têm três ou quatro casais amigos; e, em geral, há homens por todo canto, mas ela, em sua determinação de proteger aquilo que lhe é realmente caro, não sucumbiu jamais, nunca se traiu, nem no tom de voz, nem engasgando, nem enrubescendo. Nem uma única vez aconteceu de Shaul entrar em casa e ela desligar o telefone apressadamente, ou esconder com a mão algum pedaço de papel sobre a mesa. Nunca Shaul encontrou nenhum bilhete com algum número suspeito de telefone, nem na sua bolsa, nem nos bolsos das roupas. E, mesmo quando esse homem, Paul, invadiu a cozinha e

147

atrapalhou o jantar dos dois, Elisheva se manteve surpreendentemente calma e compenetrada, isso ele tem de reconhecer, e tratou o caso como se fosse apenas um assunto absolutamente profissional. E de forma genérica — era sempre tão ingênua, clara e transparente que Shaul começou a se perguntar o que estaria realmente ocorrendo e o que ela estaria escondendo com tanta perfeição.

Obviamente ele não pode de fato acreditar que, no instante em que a mulher sai de sua vida normal, do seu caminho, da sua trajetória, ela começa a espalhar — é claro que sem saber, de maneira involuntária — algum material químico ou biológico, que inconscientemente age sobre qualquer homem à sua volta, de modo que cada um, cada macho que Elisheva encontra pelo caminho, desde que sai de casa até aquele "sozinha" dela, seja de alguma forma influenciado por essa radiação, pela mesma evaporação e percolação involuntárias das essências primordiais, uma espécie de feromônios supramamários. Apesar disso, seria lícito presumir que os primeiros a serem arrastados na direção daquela fonte de radiação, durante aqueles mesmos quatro dias todo ano, seriam aqueles que se encontram com ela no seu contato diário, até mesmo num contato superficial e absolutamente inocente? Vendedores de lojas, atendentes de supermercado, o caixa do banco, o jardineiro que trabalhou na casa deles até Shaul demiti-lo há pouco tempo, o cabeleireiro dela, o rapaz que traz os pãezinhos de manhã... e, sem que ela ou eles saibam, eis que de súbito os feromônios despertam para gerar uma reação em cadeia que identifica os sinais transmitidos pelo genoma complementar; e naturalmente essas emissões não se restringem apenas aos homens próximos a ela, pois a evolução, segundo Shaul sabe, não pode se contentar com um número tão restrito de contatos, portanto os feromônios se espalham em círculos cada vez maiores, e se combinam com os receptores sensíveis de cada um dos homens que encontram pelo caminho, os quais por sua vez também são arrastados atrás dela sem entender o que está se passando, sem sequer saber para quem estão sendo arrastados, pois o que os puxa, obviamente, não é uma Elisheva em particular, e sim os atratores que ela espalha a partir do momento em que não está no círculo do homem com quem vive — ou, no caso dela, dos dois homens com quem vive; é a esses atratores que eles reagem, à gravitação sexual, à mesma força de atração horizontal; todos eles que experimentam uma misteriosa e inexplicável onda de choque, que são arrancados de suas casas, de suas vidas, ou de suas refeições, toda vez que Elisheva sai da vida dele e vai existir sozinha.

Shaul soltou um pesado lamento, e algo brotou dentro de Ésti, a forma como o sorriso do rapaz na hospedaria se modificou subitamente após a segunda ligação. Ela sorriu, pois seus olhos a acompanharam até o momento em que chegou à porta, e também depois, pela janela. E, enquanto ela tira sua soneca da tarde, contou Shaul, ele fica sentado na varanda tomando do seu café — aquele café, pensou Ésti, aquele café amargo e solitário, ao mesmo tempo que na casa dela todos estão no quintal, com a torta diária da vovó Hava —, tentando imaginar sobre o que teriam conversado hoje, ela e Paul, na esperança de que ninguém lhe telefone durante essa hora, essa hora tão importante, mais importante até que a hora em que ela esteve com Paul, pois agora, ela estando tão perto, pensou ele, e o seu corpo respirando inconsciente do outro lado da fina parede, ele sente que pode saber muito mais: que as substâncias dela são irradiadas com absoluta liberdade para ele, e tudo o que precisa fazer é não resistir a elas, deixar-se invadir, sem colocar limites. Sentir como ela e Paul e o dia deles, tudo isso flui e o preenche, a princípio bem devagar, como um estreito fio de água vindo de longe, que aos poucos vai engrossando e ganhando força, e enfim o inunda por inteiro de sua correnteza fervente, em cores vibrantes, aromas e sons. Tenho momentos como esses — Shaul sorriu constrangido —, que eu costumava chamar de, talvez, digamos, momentos de inspiração. E ele não tem ilusões, é claro, e que Ester não pense em nenhuma pretensão nesse sentido, pois ele não tem; mas às vezes, nesses momentos, ele sente que poderia, digamos, fazer da sua vida algo totalmente distinto, ser um escultor, por exemplo, ou pintar ou até mesmo escrever algum poema, por que não? Ele se conteve, e não lhe descreveu como sua mente de súbito se preenche e se comprime de sangue quente e oxigênio rico e vertigem, e todo o seu corpo borbulha num coquetel de toxinas e doçura; mesmo assim, não conseguiu evitar de dizer que ele próprio quase não existe nesses momentos, tampouco seus outros componentes: as circunstâncias, os detalhes, os fatos que de algum modo se grudam a ele no dia-a-dia, até mesmo as preocupações com Tom, que não consegue se encontrar nem em Paris e está tão sozinho lá que é de partir o coração, isso sem mencionar o trabalho enfadonho que ele não agüenta mais, e a briga com a comissão acadêmica que já há cinco anos se recusa a lhe conceder a docência por causa da escassez de publicações, por causa da absoluta falta de publicações; ele sorriu: não apresentei um único projeto nestes últimos anos, você sabia disso? não, não sabia, claro que não sabia, não tive uma única idéia original, e bateu na cabeça com a ponta dos dedos, ah, vazia, secou completamente, não sei, às vezes eu penso em quanto tempo ainda vão me manter lá no departamento, já ouvi dizer que estão falando em aposentadoria antecipada, eu mal completei cinqüenta e quatro anos, está entendendo? Ésti escutava atordoada, pensando no que aconteceria quando se encontrassem da próxima vez, juntos, com toda a família, como ela olharia para ele, e se ele desviaria o olhar, como de hábito, e como escutaria cada palavra da conversa com os ouvidos dele, e cada riso e suspiro de Elisheva, e se alguma outra vez na vida teriam um pouco da graça desta noite. Shaul torceu o corpo, como se tentasse espremer de si mesmo, à força, mais algumas gotas dos momentos de euforia nos quais tudo extravasa dele, e ele é ele mesmo, ele é tudo e não é nada, é o palco do teatro e a peça e o autor e o diretor e o público, e dentro de si se remexem, com toda a sua animalidade e beleza, um homem e uma mulher, ela e ele, pessoas adultas, donas de emoções desenvolvidas e membros maduros, e o mercado está fervilhando. Fileiras de barracas e tendas e cabanas que foram erguidas em minutos, num piscar de olhos. E tudo é dela, tudo é Elisheva. Como se aqui tivessem sido analisados e detalhados, numa espécie de maravilhosa simultaneidade, todos os milhares de elementos que alguma vez fizeram parte de sua vida material. Como foi que tudo isso chegou às mãos deles? Quando tiveram tempo de se apoderar de tudo isso? Será possível que no instante em que ela "sai para ficar sozinha", em algum lugar já é nomeado um liquidante temporário para tudo o que a liga com a vida cotidiana? Ele passa pela multidão chocado e abatido, caminha pela "Avenida dos Tecidos", é o que diz a placa; ao seu redor se eleva um turbilhão colorido de toalhas e colchas e lenços e echarpes e toalhas de mesa e guardanapos de pano e tapetes e tapeçarias e lençóis dele e dela —

E na fileira de trás, com barracas mais modestas, ele nota aqui e ali retratos dela nos mais diversos tamanhos: Elisheva meditativa e Elisheva dormindo, Elisheva dançando, Elisheva sonhando, piscando, Elisheva vestida, nua, amamentando.

E uma barraca para as obras dela. Suas cartas dispostas sob um grande quadro de vidro. E listas de todo tipo — ela é louca por listas, ele sorri consigo mesmo —, e relatórios de trabalho, e composições que redigiu quando ainda era menina; ele fica na ponta dos pés e espia os títulos sobre os ombros largos da multidão na sua frente: "Eu fui uma gotinha de chuva", "O justo da tristeza será poupado, e a maldade passará longe dele", e trabalhos do colegial e da universidade, e discursos de saudação para aniversários, até mesmo lembretes de compras da mercearia. E há também um pacote de cartas presas por um barbante vermelho, ao lado de um pequeno cartaz sugerindo dirigir-se ao vendedor para se informar sobre cartas especiais guardadas numa gaveta oculta. E uma oferta especial para colecionadores: trechos escolhidos do seu diário. E Shaul nem mesmo sabia que ela mantém um diário, mas, sendo assim, pensando melhor, por que não? Ele lê a lista de preços, estarrecido: mesmo que quisesse, não poderia comprá-los!

Mas existem aqueles que têm dinheiro, e eles compram; e fazem ofertas de negócios — um deles está disposto a trocar um trecho do diário de 20 de agosto pelo sutiã dela, não importa a cor; outro oferece a quem der mais a página de 4 de maio; pelo visto, há muitos interessados, e tem lugar uma espécie de leilão público, e Shaul tenta abrir caminho, ele precisa chegar lá perto, precisa saber exatamente o que aconteceu em 20 de agosto ou em 4 de maio, e onde ele estava naqueles dias. Mas a balbúrdia em torno desses dois itens é tão grande, que ele é empurrado para fora do círculo e vê, com dor no coração, o sutiã trocar de dono, aquele sutiã fino, alvo, que, quando Elisheva está deitada de bruços, ele tanto gosta de abrir com dois dedos e derrete de desejo com a visão de suas belas costas, suas costas longas, lisas, e os ombros arredondados, e a linha de cabelos macios na nuca, onde ele costuma enfiar a língua, o cabelo que ficou grisalho em algum momento em que Shaul não estava olhando —

O mercado continua, prolongando-se até o horizonte, e

cães perambulam entre as pernas da multidão, e ambulantes ágeis vendem milho quente e algodão-doce rosado e pequenas maçãs carameladas, exatamente as bobagens de feira das quais Elisheva gosta; e há também alguns gaiatos, é claro, pedindo uma fortuna por uma mecha de cabelos disposta de forma ingênua e insolente sobre uma base de veludo dentro de uma caixinha; ou garrafinhas em miniatura cujo conteúdo o vendedor nem mesmo revela, apenas sacode o vidrinho entre os dedos, piscando e sorrindo da maneira mais maliciosa e desagradável possível, e Shaul se contém para não sair correndo e estrangulá-lo com as próprias mãos, apoderar-se de toda a mercadoria para abrir as tampas seladas e se deixar banhar no querido néctar dela. Mas é preciso se apressar, ir adiante, não há alternativa, pois dentro de alguns minutos chegarão à cabana onde ela está, e ainda há coisas que ele precisa ver, coisas pelas quais tem de passar antes de chegar a ela, outras surpresas repulsivas que deverão chocá-lo nesse trem fantasma em que ela embarca e viaja todo ano, numa trajetória fixa em que não há nada para ser modificado. Mas já está claro que hoje ele terá de desistir do julgamento com todos os seus detalhes e minúcias, o julgamento público, uma espécie de tribunal de campo destinado a determinar como ele foi capaz de permitir que uma coisa dessas acontecesse com sua esposa. Mas, apesar de tudo, talvez ainda haja um pouco de tempo, um ou dois minutos, apenas para provar. Com um expediente ágil e rápido, o responsável pelo julgamento pergunta se há alguém na platéia que tenha alguma queixa pessoal contra ele, e após um longo silêncio um homem não muito jovem sai do meio da multidão, um homem pesado e triste, Paul, inacreditável, até ele está aqui, apesar de tudo ele veio, é óbvio que viria, e abre caminho se aproximando devagar até ficar bem em frente a Shaul; e ali tem lugar um longo e meticuloso debate, diante de todo mundo, um exame minucioso que Paul conduz contra ele, Paul que conhece, como fica claro, todos os seus segredos e todas as suas pequenas vergonhas, Paul que sabe exatamente onde pressionar e onde puxar e como rasgar sua vida em trapos na presença de todos. Afinal, vem a surpreendente sentença a ele imposta: um duelo entre ele e o "representante do público", ou seja, Paul, completamente nus; e não apenas com socos, seria muito fácil: um bate, o outro cai, e pronto. Aqui também será necessário um confronto intelectual, aí está a cilada, e justamente nas áreas em que Shaul é especialista; e fica óbvio que também nessas áreas Paul sabe mais, muito mais, sempre mais, e Elisheva, que chegará de repente de uma das grutas montanha acima, ficará ali parada, uma das pernas dobrada ligeiramente, como uma gazela, olhará para os dois, passará o olhar de Paul para ele, ida e volta, e de súbito suas estreitas narinas se alargarão num tremor decidido

Ésti diminuiu a velocidade. Ao longe, luzinhas piscavam na estrada. Bloqueio militar. Um soldado etíope, alto e magro, olhos muito brilhantes, debruçou-se para dentro e pediu documentos. Espiou pela janela traseira e notou a figura ali deitada, encolhida debaixo de um cobertor.

Tudo bem, Ésti disse, ele está comigo.

Preciso ver a cara dele, disse o soldado. Ésti não entendeu. Olhou para trás e viu que a mão de Shaul estava cobrindo seu rosto enquanto ele dormia.

Deixa ele, disse ela irritada, está dormindo. Mas ficou admirada de Shaul ter adormecido outra vez, e que nem a lanterna e a voz estranha conseguiram acordá-lo.

Preciso ver a cara dele, insistiu o soldado.

Shaul, ela sussurrou delicadamente.

Ele abriu um olho. Piscou diante da luz. Um longo silêncio. Ésti tamborilava com os dedos no volante.

Ah, disse o soldado, veio de novo hoje?

E devolveu a ela os documentos, deu umas batidinhas na capota do carro e voltou para seu posto atrás dos sacos de areia. Ésti fechou lentamente a janela. Pousou ambas as mãos no volante. Seguiram viagem.

Sua mão esquerda desceu até a coxa e apertou com força. Ela sentiu a carne ceder. Apertou mais. Soltou. Concentrou-se inteiramente na dor. Mas a dor se foi e ela ficou. Observou os indicadores no painel. Pensou que logo precisaria abastecer. Pensar sobre a volta a deixou preocupada. Tinha medo de não conseguir chegar em casa sozinha depois de deixá-lo. São necessárias duas pessoas, pensou, para suportar este peso. E mais uma vez viu como ele ocultara o rosto com a mão, como piscara diante da luz. O mais difícil, pensou, é acordar alguém que finge que está dormindo.

Quando voltei — ele finalmente rompeu o silêncio, descarregando sua confissão com impaciência, até mesmo com desinteresse —, ontem, bom, estava morto, acho que eram três da madrugada. Entrei num poste. Passamos por ele antes, depois de Sde Boker, você não viu? Arrastei comigo meio transformador.

Ela suspirou. Certas coisas ela leva algum tempo para absorver.

E anteontem você também foi, declarou em seguida, pensativa e com muita calma.

Ele cruzou os braços sobre o peito. Fechou os olhos.

E todo dia que Elisheva está lá, pensou ela, e todo ano que ela viaja para ficar sozinha.

Ela ouviu a respiração dele, encostou um joelho no outro algumas vezes, rapidamente.

Conte-me, ela pediu.

Ele abriu um olho enevoado.

Sim, ela disse com súbita determinação.

Mas eu sou louco, ele murmurou, sou um sujeito de merda.

Pode-se dizer que sim, ela disse, mas eu quero escutar.

Por quê?

Por quê?, o que ela lhe diria, por onde começar? Você pergunta como se houvesse um único motivo.

Dê-me um.

Quando você conta, ela disse, eu de repente respiro diferente.

Bem, ele deu uma risada sofrida, é um bom motivo.

Ainda não lhe contei sobre o casamento — ela mal conseguia ouvi-lo; olhou pelo espelho e viu como ele afundava mais e mais em si mesmo, sufocando-se deliberadamente enquanto seu eu ia escorrendo para fora —, o casamento deles, que naturalmente não tem nenhuma significância do ponto de vista legal mas mesmo assim eles celebraram, entende, o aspecto simbólico, ao que parece, era muito importante para eles...

Ela se ajeitou no assento. Massageou as costas doloridas no encosto do banco. Agora estava difícil, era quase insuportável voltar com ele para lá.

Eu penso muito nisso, ele disse, às vezes tento descobrir quando exatamente eles decidiram isso, talvez tenha sido no dia em que Tom terminou a oitava série e à noite tivemos a cerimônia de formatura com todos os outros pais e alunos, e teria sido importante para Elisheva também comemorar algo significativo com Paul, na hora do almoço? Ésti estava escutando. A voz dele, como sempre, ia aos poucos ficando mais forte, preenchendo-se com o sangue da história: ou teria acontecido depois que a mãe dela faleceu? Será que ela percebeu que a vida é curta, e resolveu que finalmente queria dar um passo autêntico, sem concessões?

Seus lábios engrossaram quando ele ponderou novamente, pela milésima vez, no mesmo tom de profunda perplexidade, como e em que momento da vida uma pessoa toma uma decisão tão fatal, e como consegue ocultar de seu parceiro os esforços para tomar tal decisão, os suspiros de angústia, a expansão do coração quando de súbito sente que essa é a coisa certa para fazer, e que, na posição em que está, não reinam as leis e as normas... Às vezes acho que — acrescentou — cheguei a ver nela alguma expressão nova naquele dia, quando ela decidiu, e será que não captei o que era? Ou tento me lembrar de algum período, digamos alguns dias ou uma semana inteira, de euforia incomum no jeito dela, alguma explosão de alegria ou algo feroz, irracional, talvez até mesmo algum pequeno prazer de vingança contra mim, pelo fato de afinal ter se libertado de mim totalmente, no plano simbólico, é claro...

Depois eles consideraram se valia a pena convidar amigos, ele prosseguiu, e, embora os dois soubessem de antemão que não queriam nenhum estranho na cerimônia, e para eles — sorriu ironicamente — "estranho" é na verdade qualquer pessoa... mesmo assim, não puderam resistir ao prazer — ele disse — de se deliciar com a idéia de que os amigos próximos estivessem junto deles, entende, que uma única vez fossem observados também por olhos amorosos de fora.

Ela balançou a cabeça, lançou um olhar rápido, novamente capturada na conversa que havia brotado daqueles dois "alôs", do silêncio, do suspiro. Ela pensa, como ele ainda consegue me tirar da minha vida como a um cabelo de um tufo de poeira? Suspirando, ela quase implora que ele a libere, que a solte —

Imagine só, a voz de Shaul veio de algum lugar distante, quantos dias — quer dizer, as poucas e contadas horas — eles perderam nos preparativos do casamento. Agora, pode ser que realmente não tenham considerado perda de tempo, ele deu de ombros, quem sabe o fato de terem se ocupado disso os tenha levado a se sentirem mais, sei lá, reais? Concretos? Sem dúvida prepararam algumas listas, ele prosseguiu, ou melhor, Elisheva preparou. Você sabe como ela gosta de listas, ele sorriu, e Ésti sorriu junto involuntariamente, lembrando-se dos bilhetinhos amarelos que sempre pairavam em volta de Elisheva; eles fizeram uma relação de prós e contras, quem convidar e quem não convidar, em quem podiam confiar e com quem corriam o risco de fofocas, e tentaram adivinhar a reação de cada um dos possíveis convidados, e eu preciso perguntar a você —

Ela nem precisou parar para pensar: sim, eu iria.

Ele refletiu por um momento. Ela viu que sua resposta lhe agradara. Não a culpo, disse finalmente.

Veja, suspirou, esse assunto não é fácil para mim. Às vezes eu fico muito revoltado por dentro. Penso, por exemplo, nos afastamentos que meu trabalho impôs a eles. Afinal, nos últimos dez anos tive dois períodos sabáticos, um em Washington e outro em Boston, e, toda vez que o assunto vinha à tona, ela nem sequer tentava protestar, não ficava buscando justificativas para impedir a viagem; ao contrário, aceitava o fato com absoluta naturalidade e até conseguia dar a impressão de estar contente; eu me recordo de como fiquei admirado na época: ela disse que não nos faria mal nenhum respirar um ar diferente, um ar fresco, respirar um ar fresco nós dois juntos, estava realmente animada com isso, mesmo eu sabendo que uma viagem longa dessas, para eles, significava um grau de organização gigantesco, complicado e totalmente desnecessário. E pense ne-

158

le, em Paul, que precisou se afastar daqui e ser de novo um estrangeiro em terra estranha, e alugar lá um apartamento perto de nós, quer dizer, num lugar aonde ela pudesse ir durante a sua quase-uma-hora de natação, pois ela não abre mão disso em circunstância nenhuma, seja em que país for, seja o dia que for — sua voz tremia —, pois não consegue abrir mão da natação, morreria sem ela. Simples assim... Ésti olhou para ele, por um momento ele lhe pareceu ainda mais exposto, quase nu nas suas roupas; e, entenda, não é simples para mim a idéia de que, no instante em que lhe impus a viagem, ela imediatamente concordou, e assumiu a responsabilidade de dar andamento ao enorme projeto, à mudança, talvez tenha sentido que assim estaria pagando algum pecado, sei lá, mas às vezes, quando penso nos esforços imensos dela, deles, em torno dessas duas viagens, me sinto exposto a uma luz tão desagradável, ele disse, como se eles soubessem a meu respeito algo que eu mesmo prefiro não saber, não pensar. O quê?, ela perguntou debilmente, a que você se refere? Como se eu fosse um homem — hesitou, o lábio inferior trêmulo — cuja capacidade de se agarrar à vida é tênue, miserável, como se eu fosse um doente com uma enfermidade crônica, até mesmo terminal, ou alguma dessas crianças que são obrigadas a passar a vida toda numa bolha esterilizada...

Hipnotizada, ela paira no espaço daquela sua bolha fechada, um floco humano carregado de um lado para outro pela correnteza de uma forte brisa. Os pensamentos fluem dentro dela, calafrios de consciência, cabeçalhos estranhos, ridículos, mas ela não os deseja. Talvez depois. Amanhã. E sabe: já no romper do dia. E espera que mesmo então não traia aquilo que sentiu. E, se não, que ao menos reconheça estar traindo. E que se lembre de como neste momento está comovida com a força que ele faz para manter acesa a chama dentro de si, como se não houvesse ninguém com ele, como se não houvesse vergonha, nem verdade nem mentira nem proibido nem horrível; é excitante pensar que ele, com absoluta simplicidade, mostrou a ela as engrenagens e as alavancas e os pistões do mecanismo abstrato que gera na alma dele, e também na dela, os sonhos e os pesadelos e as fantasias e os horrores e os anseios, e tudo exposto diante dela, espalhado generosamente como ninguém jamais lhe dera, e foi bom para ela estar ali, ela sabe, estava tão quentinho... Ela estende a mão para trás e encontra a mão dele, envolve-a com seus dedos, aperta, passa-lhe força, e absorve dele.

Mas havia flores, ele solta uma risada exagerada, excitado com o toque dela, sem tirar a mão; se há alguma coisa de que eu tenho certeza, é que Elisheva pediu que a casa estivesse cheia de flores. Pois, quando está com ele, na casa deles, as flores sempre lhe dão a sensação de espaço e liberdade. Você precisa ver como ela sente o aroma do maço que ela compra para o Shabat do iemenita ao lado do correio, um sujeito risonho, de lábios grossos, quase roxos, e como ela arruma as flores no vaso, a seriedade dela, e o tempo que dedica às flores, e de repente, escute, é como se não agüentasse mais, de repente ela se curva, enfia o rosto no meio delas e aspira seu perfume com toda a força —

Ele falava depressa, segurando a mão dela como se quisesse afastar de si aquilo que aconteceria em breve, o que veria daí a um ou dois minutos; e como ela havia conseguido, ele disse, não só tirar o véu que certamente tinha usado, e o vestido que comprara para a cerimônia, e que aparentemente deixara no armário da casa dele, no meio dos outros vestidos, mas havia conseguido também esconder todo o resto, é isso que eu não entendo, a excitação, o tremor nos joelhos quando ele ergueu o véu para beijá-la, e também o anel que ele comprou, afinal ele colocou um anel no dedo dela, e depois foi obrigado a tirar, logo após a cerimônia, e esse é o anel que ele coloca no dedo dela toda vez que ela aparece na sua porta, e assim, cada dia de novo, eles têm uma pequena cerimônia de matrimônio.

160

Talvez ela tenha esquecido completamente de tirar o anel naquele dia, ele pensou, e só depois de sair do apartamento, parada nas escadas mandando-lhe um último beijo, só então ele percebeu e se assustou e a chamou baixinho para voltar, e ela não entendeu para quê, retornou alegremente para mais um beijo, e ele puxou o anel e beijou o dedo dela, o dedo despido do anel. Shaul engasgou, perdeu a voz, e Ésti viu pelo espelho seus olhos se turvarem e os lábios se estenderem para um beijo imaginário, e o coração dela ficou dilacerado de dó, essa é a essência da vida dele, ela pensou, e esses pensamentos e fantasias, isso vive dentro dele mais que qualquer outra coisa, talvez seja ainda mais — algo se acendeu dentro dela — do que ele tem com a própria Elisheva.

Alguns minutos depois, passaram pelo portão e entraram no setor das cabanas. Não viram vivalma. Os faróis do carro de vez em quando iluminavam a parede de algum chalé, ou o contorno de uma tenda, ou alguma cabana coberta com folhas de palmeira.

Desça direto, ele disse, com os faróis apagados.

O carro se moveu pesadamente. Pedras estalavam sob os pneus.

Mais, mais embaixo.

A estrada virou uma ladeira, cada vez mais íngreme e mais sinuosa.

Mais, até o fim, lá embaixo.

Ésti achou que nunca conseguiria sair dali. Tinha a impressão de que o deserto inteiro estava ouvindo os roncos e ganidos do Volvo.

Pronto.

Estavam na beirada de uma plataforma de rocha.

Desligue o carro.

Ela desligou o motor, endireitou-se um pouco e viu, no plano imediatamente abaixo, uma pequena cabana às escuras. Paredes de bambu, cobertura de palha e de galhos.

O súbito silêncio foi imediatamente preenchido pelos grilos e outros ruídos noturnos. Ela viu o rosto dele aparecer e desaparecer no espelho, para em seguida ficar fixo, uma mancha pálida amarelada contra o vidro traseiro. Ficaram sentados em silêncio. O nevoeiro tinha se dissipado, e o céu sobre o deserto estava límpido, sem nenhuma nuvem. Ésti pensou em Elisheva respirando do outro lado das finas paredes. Dormindo. Ou acordada. Talvez observando-os.

Precisa de ajuda?, ela sussurrou.

Quê?, ele ficou atordoado com a voz. Só então ela percebeu que o estava incomodando.

Pensei — quer ajuda para sair do carro?

Não... não preciso de nada.

Seus olhos estavam bem fechados, e ele mordia o lábio inferior. Talvez ele precise que eu saia, ela pensou, talvez queira ficar sozinho.

Apesar de tudo, ela não se moveu, para não perturbá-lo. Apoiou a cabeça no encosto do banco e fechou os olhos. E sentiu como ele novamente a apagava. Ela não existia, e por um bom tempo desfrutou essa sensação.

Perdeu a noção de tempo. Anos e anos se passaram. Talvez tenha adormecido. Talvez apenas imaginado. Quando abria os olhos, de vez em quando, via sua face contrita, e já não tentava adivinhar o que se passava na cabeça dele. Ela era parte da sua imaginação, uma figura qualquer piscando fugazmente nas bordas de sua fantasia. E mais uma vez fechava os olhos, entregando-se a ele, transformando-se na coisa que ele via, nas costas que ocultavam a cabana onde Elisheva partilhava a cama com um homem, talvez com dois, talvez com todos os homens do mundo.

Ester, ele disse debilmente depois de um tempo, acho que podemos voltar.

Ela teve dificuldade em acordar. Ligou o motor e manobrou pesadamente até subir o carro de volta para a estrada. Foi dirigindo sem pressa, evitando olhar pelo retrovisor.

Pare um instante, ele disse quando já haviam se afastado do local, quero passar para a frente.

Ela parou no acostamento. A estrada estava vazia. Ele abriu a porta e empurrou a si mesmo para fora. Ficou parado, apoiado no automóvel, a perna ligeiramente dobrada no ar. Ela saiu do carro, foi até ele e parou na sua frente, abraçada nos próprios braços, aspirando o ar intenso, balançando levemente o corpo. Por um instante ficaram um diante do outro dentro da concha da noite, sem saber para onde olhar. Ela se recompôs, apressou-se em afastar para trás o banco do passageiro, inclinou o encosto e forrou o banco com o cobertor e um casaco.

Pode sentar, ela disse, quando ele se aproximou da porta aberta.

Só um momento, ela murmurou à sua passagem, e, sem pensar, puxou-o para si e o abraçou.

O que você acha?, ele disse hesitante quando estavam de novo em movimento, depois de ficarem calados alguns quilômetros, vamos por Beersheva? E ela, subitamente alerta, perguntou por quê, e ele disse, eu pensei, quem sabe você me mostra os seus lugares. Ela considerou a possibilidade. Mas é de noite. E ele disse, é. Ela fez que sim com a cabeça algumas vezes, refletindo, pensando por onde começar.

Fevereiro de 2002

NO CORPO EU ENTENDO

Ela me interrompe após a terceira frase: ontem vi uma coisa na televisão e pensei em você. Ponho as folhas na mesa, sem acreditar que ela me corte desse jeito. Acordei às três da madrugada, ela diz, e ia fazer o quê? Seu rosto inchado se move com esforço no travesseiro e se vira para mim. Era alguma coisa sobre uns doidos nos Estados Unidos que salvam pássaros que se chocam contra torres. Fico esperando. A relação não está clara para mim. Pensei, ela diz, que você poderia estar com eles. Eu? Suas mãos se fecham e saltitam sobre o cobertor. Pequenos saltos, nervosos, mais ou menos como depois de uma boa dose de Haldol, mas justamente Haldol ela não está tomando. Tento me desligar daqueles movimentos, lembrando a mim mesma que eles não têm nenhuma relação comigo, que também não se trata de uma crítica à minha história. São apenas pequenos movimentos saltitantes que daqui a alguns minutos vão me deixar doida.

Todo dia às quatro da manhã, ela diz, eles passam pelos arranha-céus. E explica: é porque as aves migram à noite. Então agora está claro, digo, arrumando ostensivamente o maço de folhas. Jamais vou entender o jeito dela de captar informação, e mais ainda — de emitir. Estou me preparando há meses para esta noite, e ela me interrompe dessa maneira. Eles juntam em saquinhos os que restam, ela prossegue, e, se for necessário, cuidam deles, eu até os vi dando cortisona a um dos pássaros... Ela se diverte com a sorte comum entre ela e o pássaro. Depois os soltam, fazem que eles voem de novo... E fica espantada: eles parecem pessoas comuns, cada uma com seu trabalho, um é advogado, outra que vi é bibliotecária, mas também, como posso dizer, pessoas de *princípios*.

Com aquele ar de quem está com a razão?, pergunto ardilosamente.

O que... sim, ela admite, embaraçada. Ela mesma não sabia, pelo visto, qual a relação entre mim e eles.

Eu rio, meio desesperada. Ela é minha mãe, a rainha das videntes, e uma completa ignorante a meu respeito. Na verdade, estou mais para aqueles que se chocam contra as torres, digo a ela. E ela, não, não, balançando a cabeça pesadamente, você é forte, forte.

Ela diz "forte". Eu ouço "feroz". Ela mergulha um pouco mais nas suas profundezas, talvez depare ali com mais alguma migalha de memória e suba de volta com ela, resgatada. Ficamos caladas. Fazia dois anos que não a via, e há momentos em que não consigo estabelecer uma relação entre ela e a mulher que ela era antigamente. Seus lábios se movem, murmurando os pensamentos, e eu tenho o cuidado de não lê-los. Ela vira a cabeça e me observa. Para que temos pálpebras?, eu costumava gritar para ela, e agora fico quieta e aceito submissa o que mereço. Uma coisa é ficar sentada em casa em Londres e escrever o conto, e uma vez por semana, depois de telefonar para ela, sentir-se uma merda o resto do dia, e outra totalmente distinta é estar sentada aqui e ler para ela, palavra por palavra, conforme ela sugeriu, conforme exigiu, conforme me obrigou a fazer, com toda a intensidade de sua agonia.

Bem, ela suspira, interrompi você, daqui por diante vou ficar calada. Leia de novo, desde o começo.

Um homem pequeno de olhos salientes, lábios grosseiros e mãos grandes está ali parado olhando para ela. Ela sente sua presença antes de vê-lo. Uma brisa desagradável invade o círculo que a cerca. Ela abre os olhos e o vê de cabeça para baixo. Apoiado no batente da porta, bermudas, camisa florida, os lábios muito vermelhos, como se tivesse acabado de devorar uma presa. Com tranqüilidade ela desencosta as pernas da parede, baixa uma delas, a outra, vira-se e fica em pé. O homem solta um leve assobio de admiração que soa como desdém.

Quando era pequeno, ele diz, eu sabia fazer isso. Plantar bananeira. Tudo isso aí.

Níli não responde. Talvez ele tenha apenas se enganado de sala. Talvez estivesse procurando o salão de ginástica.

E então?, ele diz com o mesmo tom forçado, calmo e ameaçador, ioga?

Ela começa a enrolar os colchonetes que ficaram estendidos desde a manhã. Três mulheres de férias resolveram revigorar o corpo com ela, não pararam de tagarelar e rir, e não conseguiram sequer erguer uma perna no ar.

Sim, ela responde em tom de "você tem algum problema com isso?". Ioga.

E o que é ioga?, por favor, me faça lembrar. Ele tira um maço de Noblesse, dá uma ou duas batidinhas, puxa um cigarro. Ioga é — quer fazer o favor de não fumar aqui? Os olhares se confrontam. Ele balança a cabeça lentamente da direita para a esquerda, como que censurando uma criança pequena. Os lábios se arredondam mandando um beijo zombeteiro: por você, qualquer coisa, gracinha. Ela sente como todas as partes de seu corpo são vasculhadas numa rápida avaliação, e fica imobilizada, incapaz de se mexer, e a raiva começa a fermentar dentro dela. Diga para mim — ioga é alguma massagem? Massagem é no fim do corredor à direita. É massagem terapêutica, ela não se contém e diz. E isso, como se chama, não é terapêutico? Ah-ah, ela pensa, vamos acabar com isso rapidinho, aliás, experiência é que não falta. Endireita-se, fica ereta, uma cabeça mais alta que ele, cruza os braços sobre o peito: não, senhor, ela articula claramente cada palavra, massagem como você quer, nós não temos aqui. Aliás, ela também sabe dar aquele sorriso: largo, claro, trinta e dois instrumentos de desprezo direto na cara.

Mas ele não se impressiona. Ao contrário, parece estar se divertindo. Sua língua passeia calmamente dentro da boca, abaixo do lábio inferior, formando pequenas protuberâncias que se movem de um lado para outro, e Níli pensa no movimento ondulante de filhotes dentro da barriga de uma mãe prenhe.

Ele sorri ironicamente: mas eu não perguntei o que não é, perguntei o que é.

Respiração profunda. Esperar. Não lhe dar o prazer. Responder a ele a partir do seu lugar tranqüilo. Vejamos você, não só quando está sentada no topo da montanha, sozinha, entre as nuvens do azul. E sim aqui, com isto.

Então você não sabe o que é ioga? Mais uma vez a língua se revira dentro da boca lasciva. Então como está escrito aqui "sala de ioga"?

Porque aqui se ensina ioga, i-o-g-a, e, para a massagem que você quer — ela adianta a cabeça, testa contra testa, e sua larga face felina se eriça —, você pode solicitar alguma mulher por telefone. Peça o número ao rapaz da recepção, nos hotéis próximos há moças que farão com o maior prazer. Agora, por favor, queira me desculpar. E, zangada, volta a enrolar os colchonetes. Mas não é para mim, ele traga, e troca o pé de apoio, a verdade é que é para o meu filho.

Seu filho? Ela endireita o corpo lentamente, você-me-quer-para — e põe as duas mãos vigorosas sobre os quadris, você acha que eu tenho cara de quê? E joga a cabeça para trás, os cabelos muito curtos se arrepiam de eletricidade; em Nova York e em Calcutá essa postura, em conjunto com seu corpo enorme, sólido, fazia milagres quando surgiam problemas. Quando alguém passava dos limites. Suas meninas ficariam atônitas, pensou ela, se a vissem agora, com a rudeza saindo de dentro com tamanha facilidade, como um canivete. Ela própria se espanta com a facilidade com que volta a representar esse personagem.

O homenzinho também fica impressionado. Dá meio passo para trás, e mesmo assim insiste em manter o olhar para a frente como se estivesse se forçando a dar a informação até o fim: ele acabou de completar dezesseis anos, em Pessach, a situação é essa. E não tem mãe. Achei que —

Sim? Que foi que você achou? Que eu vou pegar o seu garoto e — o quê? O quê, exatamente?! Sua face enrubesce, o atrevimento dele é inacreditável, mas o que se pode esperar quando do se aceita essa humilhação, duas semanas por ano, nos pacotes de férias e de viagens dos sindicatos, do Mashbir, da Delek, e sabe-se lá de quem mais, para mostrar a eles "a coisa da ioga".

E, em meio à sua irritação, ela percebe: a linha torta que surge e se rompe sob a boca dele, o piscar de olhos incessante, a mão que começa a alisar uma fina corrente dourada no peito; um colapso rápido, quase imperceptível, subitamente o acomete bem diante dos olhos dela, passando de um ponto a outro. Sua face fica ainda mais repulsiva, insidiosa e assustadora. Deve ser da direção do sindicato, ela pensa, dos operários das metalúrgicas de Haifa, ou dos armazéns de Lod. Maltrata os subordinados e bajula os superiores. Quem você acha que está intimidando aqui, posso ler você como um livro aberto, músculos curtos e tensos, um jeito de andar que aprendeu nos filmes, e, além de tudo, tem pé chato, dores lombares e prisão de ventre.

Ele fica imóvel, crispado e encolhido sob o olhar dela, e isso a leva a ter mais vontade de retaliar, de lhe dizer com toda a doçura o que ele realmente é. Ou simplesmente me deu na telha — ela pensa mais tarde, abatida — descarregar um pouco em alguém, lembrar o gosto disso. Mas então, afinal, algo que ele disse antes penetrou na sua mente, o que ele tinha murmurado sobre a mãe — e por que você está se enrolando com ele? —, e, na sua opinião, o que eu posso fazer, ela pergunta, ainda mantendo frieza na voz, com esse seu filho?

E ele, com seus olhos de galo: é um bom menino, veja, não vai criar problemas, eu garanto. Ao menor problema, venha imediatamente falar comigo.

Problemas?, ela ri compulsivamente, que problemas?

Não, não, ele é bom, é mesmo, só que tem um pouco, isso, tem umas idéias, tem a cabeça avoada — rugas de raiva e esperteza na testa se suavizam levemente, e uma clareza dolorosa e inesperada passa pelos seus olhos —, e ele está comigo desde pequeno, por que a mãe dele foi morrer, Deus a tenha, ele tinha só um mês, e eu pensei —

Ele se interrompe e lança um olhar de estupidez e impotência para ela. Um homem sem nenhum eco no corpo, ela sente, e cruza os braços e pondera. Ela tem três filhas, de dezesseis e meio, onze e oito anos, de três homens diferentes, e o último se foi há cinco anos, e ela sabe muito bem o que é isso, dia a dia, hora a hora. E este sujeito aqui, de lábios carnudos e pernas tortas, com um cartaz dizendo "não-amado" grudado nas costas e no peito, mas quem é ela, porra, para julgá-lo?

Ele sente de imediato a voz dela amaciando. Um serzinho carente como ele precisa estar atento a qualquer mudança. Rapidamente, depressa demais para o gosto dela, relaxa os ombros, cruza um pé sobre o outro... Pensei, não fique brava de novo, escute até o fim: vi a placa aqui, escrito ioga, o que pensei?, que vamos ficar uma semana aqui, eu e meu filho, e ele é um bom menino, de verdade, só que não tem amigos, está me entendendo? Aqui ele sente que talvez tenha conseguido um ponto de contato, e se apressa em aprofundar o assunto, entusiasmado: ele é muito sozinho. Ninguém! Não se relaciona com ninguém, pode passar a semana inteira — não se relaciona! Sua segurança começa a voltar, algo no produto que ele está vendendo está sendo bem recebido: e ele é um garoto, acredite, quando você o vir vai entender, você — você tem olho pra isso. Eu percebi logo de cara. Só que — inclina-se um pouco para a frente, baixa a voz — ele é sozinho, sem garotas, namoradas, sei lá. Nada! Então eu pensei, eu disse comigo mesmo, pensei se você, se —

Vamos lá, diga logo, Níli grunhe, cansando-se da sua óbvia premeditação, talvez também incomodada por ouvir as palavras explícitas, como num filme barato; afinal, quantas vezes na vida se ouve uma coisa dessas?

Pensei, ele engole em seco e enrijece, talvez você possa pegá-lo, pegá-lo em particular, por dinheiro, e fazer dele um homem.

E imediatamente recua, e endireita a minúscula estatura o

máximo que pode, e outra vez para ela parece um pequeno galo, penas arrepiadas, cujo medo o leva a se tornar perigoso. Seu peito estreito se expande, ele respira rapidamente, e de súbito um dos olhos começa a vagar.

Ela permanece de braços cruzados, refletindo. Deixa pra lá — de repente ele descarrega —, não era para ser. Bobagem. Esqueça. Vira-se para ir embora, talvez assustado consigo próprio, com o que acabou de propor, com o que seus ouvidos acabaram de ouvir da sua boca, e Níli, sem saber o que deu nela, mesmo depois, ao contar a Liora, é difícil explicar, só que de repente lhe ocorreu que tudo bem, que tudo está muito bem, que isso é bom. É como se eu tivesse adivinhado, ela diz a Liora, como se tivesse sentido por intermédio dele o que me esperava, e além disso, seus ombros suspiram profundamente, eu? — que já experimentei de tudo, com todos os sexos e todas as cores, Liora completa a frase sozinha — de repente me assustar com uma coisa dessas? Liora, no telefone, em sua casa, passa a língua sobre os lábios como se os lubrificasse antes de uma conversa séria, mas Níli sabe quando fechar os olhos com prazer e abraçar o próprio corpo. E pensei cá comigo — ela ri —, que venha o garoto, vamos bater um papo com ele, explicar os fatos da vida, saber quem é quem, e o que pode acontecer? Ela sai correndo atrás do homem, que efetivamente está fugindo dela, e tem de novo a mesma sensação — de que, logo que ele disse aquilo, algo se revelou. E, quando ele se volta, ela vê em seu rosto o constrangimento, olhos vermelhos, marejados, e lhe diz com delicadeza, arrependendo-se profundamente de como o tratou até este momento, mande-o agora, estou esperando por ele.

Mas eu pago, ele diz quase aos gritos.

Você não paga nada. E ri intimamente: é por conta da casa.

Mas é trabalho extra, ele insiste, fungando.

Nada. Mande o garoto.

Por um instante ele fica parado ali, confuso, desconfiado, sem entender a lógica econômica. Apesar de tudo, quer agradecer de algum jeito, revira os bolsos das calças justas demais e não acha o que procura, na verdade nem sabe o que procura, até que no final tenta apertar a mão dela, mas os dedos se desencontram, ouça, se algum dia precisar de alguma coisa lá no norte, nas pedreiras —

Ponho as folhas de lado, estendo o braço em busca da xícara, agarro-a com as duas mãos e tomo grandes goles de água. Até agora não ousei encará-la. E estou morrendo de vontade de fumar um cigarro. Morrendo de vontade. Que silêncio ela fez enquanto eu lia! Um silêncio abissal. E fiquei segurando as folhas o tempo todo entre mim e ela, com ambas as mãos, mas só nas últimas linhas a tremedeira passou um pouco —

Até agora, ela diz baixinho, não sabia como seria.

E agora?, eu pergunto. Forço-me a olhar direto para ela. É hora das críticas. Ela vai dizer que não é bem do gosto dela, que agora é complicado demais. "Espertóide", ela vai dizer, vamos deixar isso pra lá. O que é que ela sabe? O que realmente pode entender de tudo isso, no estado dela? E, pensando nisso honestamente, quando foi a última vez que ela segurou um livro depois do colégio?

Já faz alguns meses, ela diz, que estou aqui deitada pensando — quê? ela vai ficar aí sentada do meu lado lendo? e daí? o que será de mim? A voz dela está distante e tensa. Não lhe ocorre pensar o que será de mim. Velhos hábitos, difíceis de apagar.

Apesar de tudo, você escreveu essa história, ela diz vagarosamente.

Não consigo decifrar sua reação. Não tenho idéia se o que li até agora a faz lembrar alguma coisa que aconteceu ali, se consegui chegar perto. Se falaram desse jeito, ela e o pai dele, se foi isso que passou pela cabeça dela quando ele veio com a sua proposta. Sei tão pouco, quase nada. "Pegálo em particular, fazer dele um homem" — foi isso, foi isso que ela me contou em tom de brincadeira, imagino, quando voltou de lá. Talvez tenha pensado que eu ia achar divertido, um fato interessante do trabalho dela que me revirou as entranhas. E houve mais um ou dois detalhes que vazaram e fiquei sabendo, por mais que tentasse evitar, e o final da história obviamente eu sei. Mas no meio — um buraco negro, o abismo do silêncio dela, desde então até hoje. Na verdade, até mesmo agora, o que é que ela me diz? Não diz nada. Respira pesadamente. Não por minha causa. Espero que neste momento não seja por minha causa. Cada respiração exige um esforço enorme. Ela é muito grande e robusta. Ocupa a cama inteira. Arrumo pela terceira vez as folhas, sem saber se devo continuar a ler ou esperar que ela diga algo, me dê algum sinal, um rumo. E nada. E o que mais me desespera é descobrir quão pouco consegui imaginar lá em casa, em Londres, ao escrever, o que viria a sentir aqui ao ler para ela. Minha presunção me deixa horrorizada, e a minha genial idiotice: achei mesmo que seria capaz de ficar aqui sentada de pernas cruzadas e contar a ela uma história que inventei sobre ela e ele?

E você me fez uma pessoa tão brava, ela diz.

É um conto, tento lembrá-la secamente, mas de súbito sinto um aperto, como se tivesse esquecido algo.

Quando foi que você me viu brava desse jeito?

É só um conto, Níli, digo irritada. Na boca já sinto o gosto do fracasso anunciado. De fato, de onde foi que tirei sua raiva naquela situação, o ar de dona da verdade que lhe atribuí e que não combina nada com ela?

E você também se lembra do nome da Liora.

Não mudei nenhum nome, digo, nem o da Liora, nem o seu, nem o meu.

Ela reflete longamente. Vai captando aos poucos: você também está na história?

Meu coração pesado pressiona uma articulação especialmente frágil no meu caminho rumo a ela: sim, eu também faço parte da história.

Mas agora ela me surpreende. Tenho a impressão de ver a sombra de um sorriso, quase um ar de satisfação: prossiga.

Obviamente, no instante em que ele se vai, ela cai em si. Você ficou maluca? E o que pretende fazer exatamente? E o garoto, quantos anos tem, ele disse? Dezesseis, em Pessach. Quer dizer que por enquanto tem quinze e meio. Fantástico. Um ano mais novo que Rotem, e você só tem o triplo da idade dele. Meus parabéns. Anda pela sala, nervosa, junta os colchonetes, espalha de novo, pondera, fica parada, fita o interior da bolha do momento. O que isso tem a ver com ioga?, ela suspira, e seu coração começa a deslizar ladeira abaixo, aquela ladeira conhecida, o que isso tem a ver com as promessas que fez a si mesma um dia, quando esteve na luz? Senta-se numa cadeira de plástico num canto da sala. Na barriga, um tremor fino e gelado, o frio de um mentiroso enfim descoberto. E toda aquela baboseira sobre estar na luz?, ela se recrimina, quando foi que você realmente esteve na luz? Endireita as costas, estica os braços junto aos quadris, buscando tranquilidade dentro de si, onde pudesse estar contida, ainda que um vazio de alívio, um perdão momentâneo. Porém, um bichinho gordo, de pescoço inchado, salta dali e lhe crava os dentes com destreza; e, vamos supor, se você realmente esteve lá em algum momento, lá na sua luz, então fez sombra sobre outra pessoa, não é assim? Não é essa a porra do princípio de "estar na luz"? Ela se levanta, anda pela sala, apóia as costas numa das paredes. Outra coisa vem cutucá-la por dentro: por que ele veio fazer essa proposta justamente a você? que foi que ele sentiu em você? é isso que as pessoas de fora sentem sobre você? Força-se a se desencostar da parede, o veneno da humilhação tola, ocasional, já se espalhando por dentro. Como é possível que você sempre atraia essas coisas esquisitas, não importa até onde você fuja e o quanto tente se esconder delas, não adianta, o ímã sempre funciona. Ela se percebe diante do pequeno espelho sobre a pia, os olhos verdes e intensos disparando fagulhas contra ela. Com um movimento furioso ajeita o cabelo curto, vira o rosto de um lado para outro, observa lateralmente o impressionante nariz, levemente quebrado na base. Você achou que aqui estava segura, é?, um retiro de veraneio familiar, a meca do tédio. Examina com cuidado os dentes, grandes e bonitos, lambe os lábios e tenta ocultar um sorriso, e se assusta: espere um momento, que acha que está fazendo?

Ela foge até a janela. Abre-a, sente-se sufocada, fecha-a. Sua sala de ioga se localiza justo acima do estacionamento dos ônibus de turismo, de cuja fumaça e barulho ela se queixou recentemente; a gerente de atividades — pelo menos cinco estágios acima dela na cadeia alimentar — sorriu e disse: a escolha é sua, queridinha. Quatro ônibus expelem um novo ciclo. Os recémchegados param um instante, perplexos e lerdos por causa do calor, parecendo um grupo de refugiados que acaba de digerir sua desgraça. Só um garoto, que desceu descalço, salta loucamente de uma perna para outra. Ela lê os cartazes: "Funcionários da prefeitura de Natânia em férias no mar Morto". Os vapores de calor embaçam os morros atrás dos ônibus. Basta, é o último ano. Óculos novos para Inbal e, depois, ao diabo com o dinheiro! Seus braços envolvem o corpo com força, mas até mesmo ele, o corpo, o magnífico corpo, o deleite da vida dela, de repente parece um tanto estranho, pesado, e, quando ela caminha, move-se junto com ela pela sala como que enquadrado numa moldura larga, com uma placa dourada embaixo, "corpo de mulher". E se você telefonar para Liora, ela pensa de início, pois, no momento em que disser isso a outra pessoa, especialmente Liora, quem sabe tudo não se resfrie e se dissipe. Mas o garoto, ela espia, talvez já esteja a caminho daqui, só de pensar o que está se passando na cabeça *dele*, e Liora, de fato, é uma verdadeira autoridade nesses assuntos — desde os dezessete anos com o mesmo Dovik. De repente ela se dá conta: o que significa "não se relaciona"? Será que no fundo não é retardado? Pense, Níli, pense rápido, não é brincadeira, e para ele decerto não é brincadeira, é questão de ser ou não ser.

E com essa expressão ela enfim toma consciência de que está assustada, fica imóvel por um momento, amarrada, ela, que realmente fez de tudo, da Índia à Etiópia, que com alegria e generosidade ensinou a homens e mulheres amados, e não a poucos discípulos, como estimular e quando controlar e como enlouquecer, e mesmo nas aulas em hospitais, e até em lares de idosos, usufruía da sua experiência com fé e intenção profunda, onde tocar e como afagar e onde apenas roçar como pálpebras, pois isso os manterá sempre felizes e vigorosos, sempre, mas aqui, de repente, é algo totalmente distinto, e, ainda que não aconteça nada — e por certo não acontecerá, sua idiota —, porra, que merda, para que eu precisava disso?

Você não tem a menor pena de mim, ela diz quando paro para beber. Mas não há tom de queixa na sua voz, pelo contrário até.

Devemos parar?

Não. O travesseiro.

Arrumo o travesseiro sob sua cabeça. Quando me debruço sobre ela, sinto-me sufocada.

Também sinto esse cheiro, ela murmura, é sempre assim no final.

Quem como ela para saber? Depois de acompanhar tantos homens e mulheres até o último portão... ensinando-os a dizer adeus, despedir-se da vida sem raiva e sem mágoa. Orgulhava-se de ser esse o seu grande talento, a sua arte.

E como você inventa bem, ela diz. De onde tirou tanta imaginação? Com toda a certeza, de mim não foi.

No meu íntimo, faço a tradução — quer dizer que não há semelhança. Não se parece nem um pouco com o que aconteceu ali.

Sabe o que mais eu lembrei? — ela ri baixinho consigo —, enquanto você lia, lembrei como você costumava inventar coisas quando era pequena, era uma mentirosa sem igual...

Quando ela diz isso, o fio vergonhoso da mentira se estica dentro de mim, desde a base da barriga até as glândulas lacrimais, e por um momento desfruto dele, em toda a sua extensão, e penso em Melanie, e como ela aos poucos está me redimindo, até mesmo disso.

No final das contas, ela diz, sou uma pessoa sem um pingo de imaginação. E o senhor seu pai também, não lembro que imaginação tenha sido o forte dele.

Talvez por causa do que ela disse antes sobre o hábito de mentir, ou simplesmente por causa da relação insuportável que se criou dentro de mim entre ela e Melanie, reajo de imediato: e se for uma coisa que não adquiri de ninguém? e se por acaso for algo particular, só meu?

É isso que realmente penso, ela me surpreende, evitando

a provocação, recusando-se a entrar na nossa habitual briga de gatos. É assim que eu enxergo você, desde que veio para cá, anteontem; olho para você e penso, basta, já não me dói, o parto acabou.

Chegou a hora, respondo incontinente. Trinta e cinco anos na sala de parto decididamente é o bastante, enfio a faca mais fundo e abro um largo sorriso para ela, mas ambas sentimos que deixei escapar de súbito uma frase que parece um filme em que não há sincronia entre os lábios e a voz. O parto acabou, ela diz.

Ela é outra, eu percebo, diferente daquela que conheci, não só por causa da doença, algo nela está mudado, e eu não sei o que é, e isso me deixa nervosa e ataca minha perna sem compaixão.

O que é que há?, ela se agita, que foi que você viu?

Hein, nada, não é nada, murmuro, e ela me fita nos olhos atentamente: não agora; na hora que você olhou — que foi que você viu?

Por um momento nossos olhares se fixam um no outro. Observando e sendo observadas sem dó. Certificando-nos de que a arma proibida não será usada.

Uma hora depois, quando já está claro para ela que o jovem não virá, e ela começa a se acalmar e até mesmo começa a considerar o caso uma boa história para quem um dia vier a se interessar pelas suas memórias (e ele ainda me diz, eu peço muito a você que ajude meu filho a ser... não, um momento, como foi mesmo que ele disse? e a pequena e familiar pontada de remorso mordendo o coração, puta merda, mais um gancho de história que se perde) — ouve-se uma leve batida na porta, e ali está ele, alto e magro, e Níli pensa, não pode ser, o pai dele não é pai dele. *Príncipe egípcio*, são as duas palavras que lhe ocorrem, e nem mesmo o leve indício de bigode consegue dar à sua face um ar bobo — nem o do pai nem o dos jovens em geral. Ali está ele, olhar baixo e, em virtude do cabelo curto e preto, por algum motivo parece mais velho do que é, e um tanto melancólico.

Meu pai me disse que você vai me dar alguma coisa.

Voz fechada, enrolada. Faz com que ela se lembre de Rotem, que recentemente também adotou uma fala nasalada, como se quisesse tampar mais um caminho para fora; ela fica olhando, sem saber o que fazer com o rapaz. Cruza os braços na sua frente, depois atrás, e ele não se mexe, deixando que ela o examine, e por um instante ela se deixa levar pelos seus braços caídos e pela cabeça baixa. Ele está tão solto que decerto existe aqui algum confronto, sim, igualzinho a Rotem, que parece ter prazer em zombar desafiadoramente de seu corpo imenso: *vejam só que batata, a dona Mahabarata tem sangue de barata*. Porém, talvez por isso, os outros sentidos dela estão alerta, aguçados o máximo possível. Sua pele começa a captar primeiro todo o seu calor incomum — talvez esteja doente, ela pensa —, e então ela realmente depara com a parede fina e transparente que o cerca, e então pressiona e retrocede; nesse momento algo dentro dele investe na direção dela, e Níli congela no lugar, suas narinas escurecem, e ela inspira com profunda concentração animal: fome. Sem dúvida. Fome de órfão, ela identifica, ui, uma velha amiga, e está muito forte nele, tirânica como uma paixão, e também muito mais velha que ele. Se é que existe idade para uma fome dessas, ela pensa, e sua boca seca de repente, que está acontecendo aqui? quem é ele?

Ele ainda não diz uma palavra, apenas se curva um pouco quando ela se aproxima e ergue os braços para ele num gesto de devaneio, passando-os devagar diante do rosto e em torno dos ombros e do peito dele, e retira subitamente as mãos com espanto e dor, não pode ser, ela pensa ao dobrar os dedos chamuscados. Mas é fato, você sentiu. E involuntariamente se afasta um ou dois passos. Tem a impressão de que os joelhos estão moles, e olha de novo para ele, de lado, um jovem de quinze anos e meio, de calças compridas, quem anda de calças compridas aqui neste calor?, e sapatos pretos. Sapatos? Aqui?

Venha, ela se esforça para sorrir, faça o favor de entrar.

Ele dá alguns passos para dentro, obedecendo com ar rude, os ombros puxados para cima, mas mesmo assim ele é bonito demais, ela pensa, observando com doce comoção sua nuca esculpida. Fecha a porta atrás dele, apóia-se na porta e respira fundo: e agora, que fazer? Ele dá mais alguns passos, como que atraído para dentro, e só pára quando está em frente ao tapetinho peruano que ela trouxe, e que estendeu exatamente no seu ponto particular nesta sala; então ele vira um pouco o corpo, inconscientemente, com a naturalidade de um girassol, e se detém com o rosto diante da janelinha alta demais, de onde — subindo numa cadeira — se pode ver um tanto de mar, e que é sua fonte de vida e energia neste local. Ela acompanha os movimentos dele, cautelosos e surpresos, como é que ele sabe? Ela conclui que ele anda arqueado, como muitos adolescentes, sobretudo os mais altos, pressão demais entre as espáduas, pernas fracas, todo o peso sobre a lombar, mas aqueles mesmos três ou quatro últimos passos foram totalmente diversos, ele na verdade deslizou para dentro, e havia algo suave, quase como uma cobra, no fluxo dos seus membros, e, assim que parou, enrijeceu de novo e os ombros tensionaram.

Ah, uma secura toma conta de sua garganta, como você se chama?

Kôbi.

Eu sou Níli. Seu pai — ele lhe disse o que eu faço?

Ioga.

Você sabe o que é ioga?

Não.

E quer aprender ioga?

Tanto faz. Dá de ombros, enfiando o pescoço entre eles.

Meu pai disse que eu, que você vai me dar —

Nesses momentos, cheia de ansiedade, ela acha que a ioga provavelmente poderia ajudá-lo muito, por exemplo — corrigir sua postura, aumentar sua autoconfiança, e até mesmo criar para ele um lugar totalmente livre do pai, um espaço só seu. E passa pela cabeça dela a idéia de que talvez tenha chegado a hora de encontrar nomes novos e mais frescos para suas fórmulas habituais, para os mantras das aulas; e lhe ocorre que, desde o instante em que ele entrou até agora, ainda não olhou para ela, só está ali imóvel, com seus olhos escuros, tenso e deslocado, como se tivessem lançado um feitiço sobre ele, arrancando-o de seu lugar e mandando-o para uma terra maldita. E de súbito ela se sente triste e banal em relação a ele, cujo pai o obrigou a vir até aqui, e também em relação a si própria, por ter de estar aqui, nesta sala nua, horrorosa, com um rapaz estranho, em vez de aproveitar a última semana das férias de verão com suas filhas. Mas ela se recompõe, e verifica se os ventos intensos e intrigantes que o cercam ainda estão soprando — nada, sumiram, como se houvessem desligado uma chave, como se jamais tivessem existido.

Ela se põe ereta, sugando força da terra, parece que houve aqui algum engano, talvez ela própria tenha provocado aquilo pela tensão de sua vinda, sim, sem dúvida, trata-se apenas dela e de suas fantasias e anseios infantis. Ela massageia as articulações dos dedos, estala umas contra as outras, volta a ser a artesã dedicada preparando as ferramentas de trabalho; nem mesmo se permite divagar sobre os estranhos momentos de pouco an-

184

tes, quando de súbito sentiu que estava despertando para a vida, pois foi justamente a fome que sentiu nele que lhe trouxe de volta coisas havia muito esquecidas; estranho, essa fome que durante anos a conduziu erroneamente, como uma drogada, a qualquer um que apenas abrisse os braços para ela; e de fato, só recentemente, talvez esteja envelhecendo, talvez o fogo esteja se apagando, até ele está se afastando dela um pouco, aquele mendigo, aquele impostor charmoso, ela ri sozinha com lenta tristeza, onde você está, meu querido? Venha, ela diz ao jovem, fortalecendo a voz, vamos ver se você pode ser um iogue.

Ai, ela diz, tentando se erguer um pouco da cama, não imaginei que seria tão —

Tão o quê, eu grito. Preciso levantar, dar uma volta, fazer alguma coisa com as mãos.

Tão, ela suspira, tão desconfortável este travesseiro.

Arrumo o travesseiro mais uma vez. Melhoro o travesseiro, essa é a expressão correta, e tenho a oportunidade de vivenciá-la com as minhas próprias mãos, mas não me sinto assim, pois outra vez lamento o cheiro especial que ela perdeu, uma mistura de laranja com jasmim e saúde, e ela percebe, é claro, e vê minha expressão, e novamente não melhorei nada. Os cabelos novos dela são finos e frágeis, e por algum estranho motivo são atraídos pela minha mão, e esse movimento minúsculo me confunde. Que querem de mim, pelo jeito não ouviram nada sobre mim ainda. Cabelos delicados, de bebê, como se pedissem que os afagassem. Observo-os e caio na cadeira na frente dela, subitamente exausta e esvaziada, e ela também parece ainda mais doente. Como se uma doença menor, particular, surgisse dentro da doença grande, e me parece que só agora está começando a ficar claro para nós duas onde entramos e o que nos espera.

É tão certo aquilo que você escreveu sobre essa fome, ela diz em seguida, só me pergunto de onde você tirou. De onde tirei o quê?, fico aflita, sem saber se devo rir ou chorar. Ela não responde. Eu não pergunto. Mais uma vez isso me atinge: como ela me conhece pouco! Ou é incapaz de conhecer. De outro lado, obrigo-me a lembrar — posso ver nisso uma conquista, mais que uma conquista, um pequeno empreendimento de vida. Ela me olha, e eu olho para ela, e de repente, em silêncio, sem nenhuma demarcação de tempo, era como se não houvessem passado dezoito anos, a jovem que eu era, gorda e problemática, entra em casa e a encontra na cozinha, sentada com o robe semi-aberto, os olhos completamente mortos, e ela diz com o rosto de pedra: escute, Rotem, aconteceu uma coisa.

Só faltava você ter pena de mim na história, ela diz depressa, vou perceber imediatamente se tiver.

Eles começam com estiramentos leves, flexões delicadas dos joelhos até a barriga, rotações laterais, alongamentos do braço e da perna. Mas um instante depois ela pára, lembra-se de algo. Faz com que ele sente. Conta-lhe quem foram seus mestres, de onde ela vem, onde estudou. Escuta a própria voz, os nomes suaves e prolongados que irrompem de sua boca. Nomes dos mestres, das regiões, dos *ashrams*. Uma época ela costumava iniciar assim toda primeira aula de um aluno novo, envolvendo-o na sua linhagem. Agora ouve o acúmulo de tensão nas articulações de sons macios, e olha com suspeita nos olhos do jovem, verificando se ele sentiu alguma coisa. Levante-se, diz, e corrige o movimento que ele faz para levantar, mostrando-lhe como passar de um estado a outro, e pensa, o que acontece comigo?

a troco de que eu lhe falei deles e de mim? o que eles têm a ver com o que faço aqui e por quanto tempo mais vou continuar mostrando essas cartas de referência cujo prazo de validade já venceu? Há um silêncio estranho na sala. Agora ela ensina com cautelosa contenção, o que não é de seu feitio, e ele coopera sem entusiasmo, como se estivesse participando de um experimento obrigatório. Os exercícios em pé o deixam cansado, e as seqüências de rotações o constrangem; vez ou outra ele perde a concentração e começa a sonhar, mas, quando ela pergunta se deseja fazer uma pausa, ele dá de ombros e diz, com a mesma voz carregada e obstruída, que pode ser mais um pouco.

Níli vai ficando inquieta. Duas vezes ela olha para o despertador ao lado da pia, e as duas vezes ele percebe. Não é simplesmente mais uma aula-horrível-comum. Aqui há algo mais, assustador, como observar por um longo tempo uma fotografia fora de foco. Tudo é complicado, as calças compridas e justas atrapalham os movimentos, a cada toque dela ele se retrai, e, toda vez que ela comenta sobre seu corpo — quando descreve, por exemplo, como os músculos das coxas se distendem quando ele se curva —, ele dá um sorriso envergonhado e se desliga outra vez. Você não está aqui, ela o censura, onde você está? E ele não responde, e ela sente como se o estivesse impedindo de se concentrar em alguma coisa, e se ressente de leve da decepção que ele provocou após a promessa que lhe fez quando entrou na sala, e fica espantada com o fato de ter se enganado tanto em relação a ele, e se pergunta que anseio patético incendiou sua imaginação a ponto de ela quase acreditar. Reiteradamente ela se recrimina com aquela citação escolhida do Swami — pô, qual é o nome dele?, caralho, com os nomes está ficando cada vez pior —, "o cachorro que chupa um osso seco imagina que o sangue que escorre da sua boca vem do osso", ou algo assim.

Mas, quando a hora enfim termina, ele, para sua surpresa, pergunta num murmúrio profundo se pode vir outra vez, e Níli hesita um instante, uma fração de segundo, e obviamente não consegue suportar a dolorosa contração dos olhos dele — e, mais que isso, a rapidez com que ele está treinado para ocultar essa dor —, e diz, sim, é claro, por que não?, venha amanhã, estou o tempo todo aqui. E ele olha para o chão e pergunta se pode ser hoje mesmo, já, agora. E Níli quase solta um berro: agora? qual é a pressa? Porém, mais uma vez, talvez a expressão de seu rosto, talvez a estranha obrigação que ela sente de muni-lo de algo contra seu pai.

Lá fora já escureceu. Por trás das minhas costas, do outro lado da pesada porta, estende-se a sala de visitas, enorme e sombria, revestida de grossos tapetes, atulhada de esculturas e mobília pesada e decorada. É sem dúvida a casa mais rica em que ela morou na vida, e, no instante em que entrei, já fiquei sabendo: esta casa não pode revivê-la. Levanto-me, fecho a persiana elétrica e acendo a luz numa pequena luminária de ferro. Sua haste é esculpida na forma de um homem e uma mulher abraçados, as faces voltadas para a luz — e fico ali parada por um momento. De onde ela tira forças para se manter tão calada, penso, como é que não me diz uma única palavra sobre a história? Sobre o jovem na minha história? Afinal, é a primeira vez que ele tem voz entre nós. Que ele fala, diz coisas. Pergunto-me se ela está em condições de captar o que significou para mim dar a ele voz e palavras. E um corpo. O mais difícil foi o corpo. Experimentei os mais diversos corpos, e nenhum deles servia. Durante semanas andei por Londres à procura de um corpo que combinasse com ele, e, quando o encontrei, comecei de repente a vomitar, nas minhas fases mais difíceis não vomitei daquele jeito, dias e noites a fio eu escrevia e vomitava, e pensei como meu corpo estava despreparado para que eu desse um corpo a ele. E ainda mais um corpo tão bonito.

E você deu para si mesma duas irmãs, ela diz. Aparentemente só agora tinha notado.

Sim, parabéns para nós.

Antigamente ela costumava rolar de rir de cada bobagem que eu dizia. Era a coisa mais fácil do mundo fazê-la dar risada, era como fazer rir uma criança. Em elevadores com pessoas estranhas, nas conversas sérias com meus professores, bastava uma palavra minha em voz baixa para levá-la a explodir em gritinhos incontroláveis. Nas noites de Seder em Pessach, na casa de Liora, ela era minha eterna refém, implorando com olhares aterrorizados que eu fizesse valer minha influência sobre ela. Agora era como se eu tivesse tocado uma área de pele morta, sem nervos nem sensações.

Eu, eu não entendo nada de escrever, ela diz numa fala ligeiramente vacilante, grave e estranha, que a doença lhe impôs. Mas me interessa saber por que você achou que precisava.

Por nada... não sei. Simplesmente pularam para dentro da página, as duas. Um parzinho, como Tico e Teco: Inbal e Éden.

A cabeça dela se move devagar. Seus olhos se cravam em mim, um tanto opacos, descoloridos, mas sem deixar escapar nada.

Realmente não sei, eu dou uma risadinha sem graça, tola, talvez eu também tenha pensado que —

O quê. Agora, no fim de suas forças, ela nem sempre consegue curvar as palavras numa pergunta.

Vejo que não vou sair dessa facilmente, e tento reconstituir o que houve de fato. Pelo visto eu achava que precisava

189

de mais duas à minha volta. Para estarem comigo. Imagine você, tento despertá-la, encontrar algum calor nela, você e eu — e mais duas. O tempo todo mais duas. Por que não? Coitadinhas, ela rosna. Talvez seja só de brincadeira, mas assim mesmo me deixa abalada. A lei implícita diz que só eu posso dizer coisas assim sobre nós.

A segunda aula se passa exatamente como a primeira, e Níli registra consigo mesma que o rapaz de algum modo consegue tirá-la do equilíbrio, não fica muito claro como, afinal ele não faz nada de propósito para irritá-la, mas é como se ele se esforçasse para se envolver numa capa de tédio e aborrecimento e, no entanto, apesar de tudo, não concorda em desistir, e tenta fazer, com uma espécie de teimosia desajeitada, os exercícios e posturas que ela propõe, passando lentamente de um exercício a outro, como se provasse sapatos numa loja, e de vez em quando se apega a um deles mergulhando longos minutos em determinada postura, fechando os olhos de uma maneira que desperta nela um pensamento doido, de que talvez ele esteja querendo se lembrar de algo; mas depois, repentinamente, ele se desliga e volta a se cobrir com sua capa de embotamento.

Perto do fim da aula, ela lhe explica os benefícios do fluxo do sangue para o cérebro e, para demonstrar, faz uma parada de mãos; na verdade, também o faz para relaxar e acalmar-se, ao mesmo tempo que lhe conta sua história predileta, sobre Nehru — ou teria sido Gandhi? De repente até mesmo os fatos mais seguros estão minados, as historietas curiosas que ela recitou mil vezes, até mesmo elas, estão em erosão rápida, inexorável, provocando rachaduras em todo o comprimento e largura de sua consciência. Nehru, decide ela, tenho certeza de que foi Nehru. Eu tinha um truquezinho para lembrar isso. A careca dele, por causa das bananeiras. Mas Gandhi também era careca. Ui.

Na época em que ele esteve preso, todo dia plantava bananeira e fazia parada de mãos, pois descobriu que essas posturas o preenchiam com uma sensação de liberdade interior, ela conta, e mesmo com todo o seu esforço muscular as palavras fluem com um som suave e prolongado, e, de cabeça para baixo, ela vê a expressão dele se modificar, como se alguém tivesse acendido uma lâmpada empoeirada, e ele pergunta se também pode. Níli retorna à posição normal e fica em pé. Uma ligeira tensão repuxa seu corpo. A parada de mãos não é tão simples como parece, ela explica, e em geral é desejável realizá-la após um ou dois anos de prática. Eu sugiro que... mas ele não escuta o que ela diz, apenas pergunta se pode experimentar, e subitamente sua fisionomia está intensa e focada; ela gesticula com os braços sem saber o que dizer, tem uma péssima experiência com paradas de mão executadas por principiantes, a maioria deles não ousa jogar de fato as pernas para cima, erguem uma perna no ar, vacilam e caem de volta, ou as mãos fraquejam por causa do peso, ou outros ainda, de tanto medo, jogam as pernas violentamente, um deles chegou a quebrar o nariz dela. Mas o rapaz, Kôbi, insiste e pede pela terceira vez, e Níli concorda. Apóia as costas na parede e se prepara para segurar as pernas dele, pronta para levar um chute no rosto, e sabe que merece tudo o que levar. E fica atônita de ver como ele joga a perna esquerda para cima com graça e leveza, depois junta a perna direita, chegando aos braços esticados dela com a precisão de um acrobata ou dançarino.

Fica assim por alguns segundos, ela não acreditava que ele fosse capaz nem sequer disso, e, mesmo quando os braços dele começam a tremer, ele não desiste, como que esperando a definição clara da linha divisória entre seu corpo frágil e sua força de vontade, e só então baixa com um movimento preciso, pernas esticadas e pés grudados um ao outro. Estende-se no chão entre as pernas dela, a testa entre as palmas das mãos, e Níli rapidamente massageia as costas dele, entre as espáduas, para dissolver a tensão, e desta vez ele não se retrai ao seu toque, ela tem a impressão de que está até apreciando. Mas, depois de ele permanecer imóvel durante alguns minutos, ela por alguma razão fica preocupada e o vira com força, só para ver seus olhos encarando-a, reveladores e profundamente abertos, súplices.

Para quê, *exatamente*?, Liora exige no telefone, recusando-se a ficar impressionada com as interpretações de Níli. Não tenho idéia, Níli murmura, e se recompõe em seguida — pra que, porra, fui contar a ela, justamente a ela, por que não sou capaz de aprender nunca? —, mas é como se ele estivesse me pedindo alguma coisa, quero dizer — ela engole em seco, ui, meu Deus, não a nossa dança de sempre —, algo que ele não pode pedir explicitamente?

Liora, três anos mais velha, sua irmã, e desde os sete anos também sua mãe, e aos quarenta e dois, por causa de uma miserável complicação com o banco, sua administradora forçada para assuntos financeiros, endireita com um movimento rápido seu corpo mirrado, lacônico. E as massagens? Já chegaram a isso?

Não, não, Níli recua, como se algo tivesse sido profanado. Veja, um minuto depois que ele entrou, até esqueci que é isso que... e ri admirada, não, eu realmente só estou ensinando ioga para ele. E fica muito séria: na verdade, só estou fazendo com que se lembre.

Ní-li, Liora suspira, curvando-se, como uma professora zangada que repreende um aluno adormecido.

Níli inconscientemente dá de ombros, põe a mão sobre sua própria boca larga, expressiva. A cara grande, cara de leoa sardenta, fica por um instante perdida: Lilush, que foi que você perguntou?

* * *

Baixo um pouco a página e olho para ela. Ela está lá, deitada de olhos abertos, fitando o teto.

Você se incomoda por eu escrever dessa maneira sobre ela?

Não.

Não? Pensei — eu tinha certeza de que na verdade — Ela vira a cabeça com esforço. Observa-me perplexa: Liora não me importa.

Toda vez que tentava trocar os nomes — eu explico, e fico com raiva de mim mesma por estar me justificando —, de alguma forma me soava como mentira, mas talvez na versão final eu troque.

Não troque, não. Ela não está sugerindo. Está mandando. Eu nunca ouvi dela esse tom de voz. Ela fecha os olhos por causa da dor, ou da fraqueza: que seja tudo como na vida real.

Como na vida real?, mal consigo me conter para não gritar; todos esses meses implorei que ela me contasse algo, que me desse alguma pista, uma direção.

Os meus silêncios ela consegue ouvir muito bem. Sempre teve uma boa comunicação com eles. Contrai os lábios e em seguida os estica. Notei que neste momento ela tem uma expressão nova, indescritivelmente irritante. Uma expressão rebelde, ao mesmo tempo velha e infantil. Ela nunca foi assim comigo. Tão impositiva. E dura, e não razoável. Faz uso sem hesitar de algum privilégio concedido aos doentes terminais.

Ela segura os ombros dele e o ajuda a levantar. Pergunta hesitante se já tinha feito parada de mãos alguma vez, e ele diz que não, e o que sentiu agora que fez?, não sei, ele gagueja, tudo estava invertido, vi tudo invertido... e na escola, você nunca fez? Não estou na escola. Então, onde você está? No internato. Sua voz se torna mais débil, escapa dela. Internato? Que internato? Hessedavraham. O que disse? Hessed Avraham. Um internato religioso? Sim. Você é religioso? Não. Ah. Ela se cala, tentando digerir. Informação demais fluindo de uma só vez. Um momento, e não fazem ginástica no internato? Sim, mas eu fujo. Não estou ouvindo direito, o que foi que disse? Que eu fujo. Por que foge? Ele passa o peso de um pé para o outro, eu não... não gosto muito de ginástica... fica parado, encolhido, sem olhar para ela, e ela se balança e diz, quer saber, vamos tentar voltar às coisas que fizemos antes, vamos ver o que acontece. E o faz sentar no colchonete com as pernas estendidas para a frente, e lhe pede que tente se esticar para cima e trazer o corpo todo, comprimento e largura, por sobre as pernas. Ele se curva com vagar e estica os braços, centímetro por centímetro, até que enfim seus dedos toquem as pontas dos pés.

Silêncio. Níli, com voz contida, pede a ele que tente permanecer assim mais um pouco, apesar do formigamento que percebe nos ombros dele e de seus tendões curtos; ele fica nessa posição, demorando-se na dor por um longo tempo, muito mais do que ela imaginava que ele agüentasse, até que ela sente, junto com ele, a dor lentamente se dissolver e sumir; ela vem e senta a seu lado, até que os últimos ecos de dor desapareçam.

O que você acha, ela sugere, quem sabe agora não tenta fazer uma parada de ombros? Na aula anterior ele havia caído repetidas vezes, e numa delas chegou a cair para trás, batendo com força no chão. Agora, fica deitado de costas, concentrado no corpo, e em seguida — panturrilhas, joelhos, coxas — se ergue com facilidade, como que puxado para cima, e assim se mantém, ereto e preciso, uma linha vertical humana, apoiando as costas nas mãos, sem escorregar, e ambos permanecem em silêncio, ambos atentos à sua postura, e, depois de ele realizar nove respirações completas, ela sugere que tente baixar a perna esquerda fazendo a ponte, cuidado, ela diz, é um exercício forte, e segura suas costas, mas não há necessidade, ele desce devagar, num movimento quase perfeito, e então traz também a perna direita e permanece nessa posição, formando um arco, com uma expressão de profunda contemplação na face.

E então tem início de fato a primeira aula deles, pois agora ele já está lá, por inteiro, respondendo com entusiasmada timidez ao que ela tem a lhe oferecer, e, mesmo que ele não pronuncie uma única palavra, nem sorria uma única vez, ela sente como seus membros aprendem a ter prazer nos movimentos, distendendo-se e se movendo e ocupando o espaço como pintinhos dentro da casca. E sempre de novo ela precisa lembrar a si mesma que não deve ir tão depressa, ele é um completo novato, tenha cuidado, amanhã não vai conseguir mover um dedo de tanta dor. Mas ela não consegue resistir ao ingênuo entusiasmo dele e à sensação crescente de que em cada um de seus movimentos e torções ele parece tentar chegar mais fundo dentro de si, e pressionar algum núcleo oculto, contraído. E essa sensação também emite em seu próprio corpo ondas de calor, que vão se expandindo até tocarem aquele ponto de prazer que não tem nome em nenhuma língua, bem fundo nas entranhas, na fronteira entre a cócega e o anseio; e o que é mais espantoso, ela pensa, é como por meio do corpo ele parece se recordar de algo, apenas por meio do corpo, e quase simultaneamente nota como ele é flexível, como se tivesse passado a vida se exercitando, e ele volta a repetir, não, detesto ginástica, e ela resolve não forçá-lo por enquanto, talvez mais tarde descubra que apesar de tudo ele pratica algum tipo de esporte ou dança, dança?, que dança que nada, ri ela, você viu como ele anda, totalmente duro, um zumbi, mas que outra explicação pode existir para esse movimento suave, musical?, como se uma vida secreta inteira estivesse preservada sob o gelo. Ela não cessa de tentar compreender o que sucedeu para provocar a súbita mudança, e não consegue, mas, toda vez que tem a impressão de que ele está prestes a lhe escapar, logo o faz praticar a parada de mãos, e de imediato ele se lembra, e de novo são carregados para longe, e a sala se enche da respiração de ambos, pois ela também, sem se dar conta, começa a trabalhar a seu lado, é difícil se conter, o corpo dela se move sozinho como que ao ritmo de uma música, fazia tempo que não lhe acontecia algo assim, nem aqui nem em nenhum outro lugar. E ela não pára de se censurar por estar exagerando, por não estar tendo cuidado com ele, isso não é ioga, ela sabe, não foi assim que você aprendeu, não foi assim que você ensinou, mas já está um pouco embriagada, não é de admirar, uma felicidade aguda dessas numa barriga vazia, e com uma avidez sem limites ela suga os momentos tentando gravá-los na memória, como se fossem uma resposta surpreendente que lhe é proporcionada em sonho, uma resposta definitiva e decisiva para a discussão que havia muito ela achava que tinha perdido, e daqui a pouco vai acordar e esquecer tudo. E ela absorve dentro de si o cheiro novo e intenso do corpo dele, e, exatamente no mesmo instante, ele — como que percebendo cada sensação e fração de pensamento dela — murmura "desculpe", desculpar de quê?, ela pergunta, que eu, quer dizer, estou suando, e ela se comove, não, não, não peça desculpas, o suor é uma continuação do nosso corpo, uma continuação boa do nosso corpo; e até mesmo essa frase, já dita milhares de vezes aos alunos nos vinte anos em que ela leciona, soa-lhe agora clara e fresca... Esfregue-o com força, espalhe por toda a pele, curta o suor, não existe cheiro melhor que o cheiro do nosso suor. Ele a fita, confuso, e, hesitante, esfrega na pele o suor dos braços, e por um fugaz instante sua expressão se transforma, torna-se suave e exposta, e frágil, e Níli vê pela primeira vez a tristeza oculta no fundo de seus olhos, e pensa, lá nem mesmo a ioga poderá chegar. Fica parada diante dele de pernas abertas, esfregando-se com generosidade, sua face larga, lenta, abre-se, expande-se como um enorme balão que durante o inverno todo se manteve dobrado e guardado num depósito, e diz a si mesma, tome cuidado, isto não é brincadeira, dê a ele apenas aquilo de que ele precisa, lembre-se do que combinamos, ser e não ser.

Essa fome, ela recorda outra vez quando faço uma breve pausa para respirar. A fome dos órfãos, tenta lembrar-me. Seu pensamento, como sempre, vaga de um lado para outro num fluxo incessante. Pergunto-me o que ela chegou a ouvir na meia hora passada, desde que o coloquei entre nós.

É tão certo isso que você disse, como você descreveu isso. Seus olhos penetram em mim, implorando que eu lhe diga de onde sei, que a liberte da suspeita de que foi por intermédio dela.

Às vezes, eu me contorço, uma pessoa pode sentir um órfão dentro de si mesma, não?

Você?, ela se espanta, você sempre foi tão forte, nunca precisou de ninguém. Mesmo quando você ainda era criança, eu tinha inveja de você por isso.

Eu, silenciosa e indulgente, sugo todo o ar do quarto. Apesar de tudo, ainda fico surpresa de ver como, até hoje, cada falha dela crava um novo prego em mim. Em seguida, da maneira mais explícita possível, peço-lhe que não tente outra vez fazer esboços da minha personalidade.

Minha perversa personalidade, acrescento com um sorriso doce. Poderia ter dito "nociva" ou "devassa", poderia não ter dito nada. Em "perversa" há outra coisa, algo condescendente, capaz de definir hierarquias, que corta o ar entre nós. Não vamos brigar agora, Rotem. Por que haveríamos de brigar? Folheio as páginas. Espero as coisas se assentarem um pouco. Folheio para trás, procurando o lugar onde mencionei aquela fome, que durante anos a levou por caminhos errados, como a uma drogada. Apenas no avião para cá apaguei a frase que vinha em seguida, e *vezes sem fim a colocava diretamente entre duas fileiras de agressores, exploradores e aproveitadores.* Por que apaguei? Ao que parece, não queria magoá-la demais. Por que apaguei realmente? Talvez tenha me ocorrido que eu também estive uma vez naquela posição, entre aquelas duas fileiras. Que eu também fui conduzida por ela, por aquela fome dos órfãos que minha mãe sentia.

Às quatro da tarde lembrou, assustado, que o pai queria que ele fosse torcer por ele no campeonato de gamão, e Níli sobe até seu quarto; no chuveiro, ela agradece a Deus por não ter se esquecido dela nem naquele buraco remoto, mandando-lhe mais um presente de sua coleção de perdidos-não-reclamados, e reza para que continue a lhe mandar esses presentes, e que ela continue a aprender, crescer e se tornar mais rica.

Em seguida, para se secar, ela anda nua pelo quarto, observando a própria imagem no espelho da porta do armário e no espelho sobre a parede, sua pequena rebelião contra Rotem, que a segue de quarto em quarto quando ela passeia assim pela casa e, com o zelo e o furor de um eunuco de harém, vai baixando as persianas e puxando as cortinas à sua volta; Níli pára, senta-se com um suspiro e liga para casa, escuta os quarenta e nove segundos de música feroz que Rotem gravou na secretária eletrônica, depois a voz hostil como um latido: se precisarem mesmo, deixem um recado, mas, cá entre nós, é melhor que se arranjem sozinhos; e tenta preparar o que dizer e não se enervar e não cometer um engano que a obrigue a pegar o carro e viajar imediatamente para Rishon e chegar a tempo de apagar a mensagem antes que seja ouvida; e, tão entretida está com seus pensamentos e em lamber os lábios, que não presta atenção no sinal de gravar, então sente um empurrão por dentro e diz num tom contrito de censura: Rotem? Rotem querida? Você está aí? Filhas? Sou eu, a mamãe. Espero que esteja tudo bem em casa, que vocês estejam se virando bem e aproveitando as férias... As palavras soam como pedregulhos. Frases de um livro de conversação para turistas. Ela sente — não, ela sabe — que Rotem está lá, ao lado do telefone, escutando-a com um sorriso zombeteiro. Ela vê aquela boca na sua frente, um pouco inchada de amargura, espiando por entre as cortinas dos longos cabelos, atenta a qualquer deslize dela, inclusive ao menor erro de hebraico. A boca de um juiz da Suprema Corte, Níli pensa, e estende as mãos para alisar essa boca, aplainar as pequenas protuberâncias em seus ângulos, e Rotem recua para, Deus me livre, não ser tocada, para que um corpo não toque no outro. Escutem, queridas, preciso me apressar agora, tenho muito trabalho por aqui, mas vou ligar de novo amanhã e conversamos, e sexta-feira já vou estar em casa, são só mais alguns dias, passa rapidinho, e sábado vamos aprontar juntas, ela encerra subitamente, aliviada, e veste uma blusa branca nova, e passa as duas mãos sobre o busto, a barriga e as pernas, como que apagando as sardas de sua alma, passando-se a ferro e renascendo; e ambos, ele e ela, retornam à sala de ioga praticamente no mesmo instante, encontrando-se perto da porta vinte e cinco minutos antes da hora combinada, e ela vê que ele trocou as calças por bermudas e vestiu uma camiseta de malha cor de laranja que reluz em contraste com seus olhos de carvão, e que está calçando sandálias de dedo que expõem seus artelhos longos e graciosos, e mais uma vez as palavras *príncipe egípcio* cintilam dentro dela. Ao fechar a porta, ela pergunta, em tom casual, por que até então havia ficado de calças compridas naquele calor, e ele dá um sorriso agudo e delicado, porque isso irrita meu pai.

Eles continuam a trabalhar, uma hora de aula e quinze minutos de intervalo, e, quando a noite cai, prosseguem sem intervalos, só um longo e purificador relaxamento após um esforço demorado: ficam deitados, colchonete ao lado de colchonete, olhando para o teto, misturando-se um com o outro. E você não se cansa?, pergunta Liora, que volta a telefonar às onze da noite, preocupada com a conversa anterior, não se cansa? Mas eu me recarrego o tempo todo, estou cheia de energia, acho que não vou nem conseguir adormecer esta noite. Liora, o lastro desse balão nos últimos quarenta e sete anos, semicerra os olhos desconfiada, agora se concentre — enquanto dobra com movimentos incrivelmente ágeis, movimentos de um exímio carteador de rua, as dezenas de pares de meias e de roupas de baixo recém-lavadas, de Dovik, Ofer, Ronni e Shahar — e tente me explicar, sem sânscrito nem repolho, qual é a história dele.

É isso, não faço idéia, Níli estica os dedos desamparada, mas ele simplesmente conhece, conhece de dentro, o corpo dele, como é que eu posso explicar, é como se o seu espírito pudesse chegar sem problema a qualquer canto do seu corpo — a voz dela vai ficando frágil; *repolho* foi o nome que Liora deu, anos atrás, a todos os "assuntos espirituais" de Níli, e Níli até se resignou a ele, num esforço de autozombaria —, e interessante, veja só, Lilush, que justamente os exercícios que requerem força, sabe, todas aquelas flexões de braço e abdominais e tudo o que a moçada gosta de fazer feito maluca, ferrando as costas para o resto da vida? Isso não é para ele, sério, ele é fraco de mais, em relação a um jovem da idade dele é realmente muito fraco — como se deixasse o corpo atrofiar de propósito, ocorre-lhe a idéia estranha, assustadora —, mas essa flexibilidade, essa fluidez! putz, esse prazer do corpo, às vezes encontro em pessoas que fazem ioga pelo menos há dez anos (esse tom, pensa Liora, arrepiando-se toda, esse tom velado); pois não é só corpo no caso dele, entende? No caso dele, vem de outro lugar, totalmente diferente, é como se ele — e ela se cala, e, através de todas as montanhas que as separam, lança a Liora um olhar que é capaz de dirigir apenas a sua irmã, como se não houvesse amadurecido um dia sequer desde os sete anos de idade, o olhar teimoso e rebelde de uma menina cuja boca uma pesada mão tapou para que enfim parasse de dizer bobagens, porém seus olhos reluzem, emitindo centelhas de palavras —

Mas de súbito, inesperadamente, em completa oposição às normas da *dança*, ela se interrompe; e, com uma sagacidade de que muito se orgulha, suspira: sabe o que mais? não importa. Talvez realmente esteja tudo na minha cabeça. Diga, Lilush, como vão as crianças?

Espio de lado, e vejo um sorriso. Um sorriso pleno. A velha Níli de sempre. Num instante me sinto preenchida por um orgulho patético e irreparável. Não está claro para mim exatamente por quê. Pelo fato de ela achar que enfim escrevi um trecho bom? Por ter inserido em seu nome uma pequena queixa sobre Liora? Não sei. Só sei que não é realmente o meu orgulho, é o orgulho dela em mim, o sentimento quase real, e bem depressa eu o enterro bem fundo, o orgulho-de-segunda-mão — o mais fundo possível, nos depósitos de emergência que nunca utilizei. As prateleiras estão carregadas de frascos lacrados contendo conservas de orgulho (e alegria, e entusiasmo, e gosto-pela-vida, e outras delícias), e ela não pode saber disso, e eu também não posso, talvez um dia, não sei, talvez depois que, ou quando for mais fácil. Quer dizer, nunca. De olhos fechados, ela reage imediatamente às minhas mudanças moleculares: o que é que eu posso dizer, nunca pensei que fosse ter uma filha escritora.

Há suavidade na sua voz, e eu já me exalto toda. Não seja sacana, ordeno a mim mesma. Conceda isso a ela. Mas sua voz também tem uma satisfação provinciana, iletrada. É como se a voz se erguesse e se inclinasse na minha direção, uma língua grande e carnuda se revirando dentro de mim em busca de uma fenda. E imediatamente sinto o ronco na barriga, o fogo inexperiente dos quinze anos — de mim para ela, já e agora, e não importa o que ela queira, impedir tudo o que seja possível impedir. Exterminar com um olhar ou comentário ou silêncio irônico as gordurosas ondas de presunção ou nostalgia. Por um longo momento realmente brigo comigo mesma, as duas mãos empurrando para dentro a alma que se curva e treme com aquela voz, com o dote que ela em geral traz consigo, até mesmo nos telefonemas para Londres, até ali, quando ela de repente parava no meio da frase, concentrando-se em si própria, e, sem a menor capacidade de se conter, surgia com o anúncio, como uma tola profetisa, com sua voz calorosa e retumbante, meu doce, está na quase na época de você ficar... E eu perdia a paciência, reclamava dela, que parasse de forçar caminho para dentro da minha alma e saísse voando do meu ventre, e, além disso, hoje não é o meu dia — obviamente uma hora depois, no relógio.

Você sabe — digo, para minha completa surpresa, e está claro para mim que aquilo que corajosamente lacrei de um lado começa no mesmo instante a vazar de outro —, você nunca me disse nada sobre aquele livro que publiquei, que escrevi, *A turista desvairada*.

Ela não responde. Resolvo imediatamente deixar pra lá e ir adiante. Mas e os cigarros?, pergunto a mim mesma, como vou passar esta noite sem cigarros? Pedi a você que lesse, eu a lembro e ouço exatamente o som da minha voz.

Mas eu lhe disse — ela obviamente me rechaça, os lábios fazendo beiço —, você não lembra que eu lhe disse? Eu lembro. Não lembro. Que importa? Por que estou implicando com ela?

Eu tentei, Rotem, duas vezes até. Simplesmente não entendia. Não... que posso dizer? Estou velha demais para esse estilo pós-moderno.

Não é bem isso, eu digo. Mas agora não importa. Vamos continuar —

Eu senti, ela suspira, senti como se, como se você não quisesse que eu entendesse. E se corrige: como se quisesse que eu não entendesse.

Eu rio: que você não —? Mas por que eu haveria de... e me calo, estarrecida. Do que será que ela está falando? Num piscar de olhos, ambas inspiramos e sopramos. Todos os sopros do passado nas nossas velas. Lembro que em seguida, logo na continuação, há uma frase que descreve uma cara dela ridícula e um tanto distorcida, uma cara de boneca de meia, e penso se devo pular a frase, poupá-la disso, agora, e mais que tudo penso nela lendo o meu livro, vejo-a brigando com ele linha após linha, a ruga se aprofundando entre seus olhos.

Uma época ela já foi parecida com Simone Signoret. Pessoas na rua costumavam chegar perto e lhe dizer isso. Agora, sua cabeça grande, careca, move-se lentamente no travesseiro e se vira para mim: Rotem, basta. É impossível consertar o que ficou para trás.

Mas uma amiga que trabalha na Steimatsky em Rishon

me contou que, quando o livro saiu, ela entrava na loja duas vezes por dia e disfarçadamente, com sua transparente dissimulação, dava um jeito de arrumar dois exemplares sobre as mesas expositoras, para que ficassem bem visíveis.

O sorriso malicioso dele ao dizer, isso irrita meu pai, ficou cutucando a mente dela. De súbito, ele se parecia com o pai, com lascas de maldade e mesquinhez. Assim, perto do fim da aula, ela lhe pede que fique em pé na sua frente e estique os braços para os lados, que os abra o máximo possível, e vai puxando e erguendo os braços dele mais e mais, imagine que está bocejando com as axilas. Agora feche os olhos. Agora sorria.

Os olhos dele se abrem imediatamente: para quê?

Quero que sorria. Que lhe importa? Para você ver o que um sorriso faz conosco por dentro.

Mas como, sem mais nem menos?

Sim. O que há? Mesmo que seja só um começo de sorriso. Veja o que acontece.

Ele olha para ela preocupado, desconfiado quase. Não consigo assim, sem mais nem menos... Por um momento, encaramse, olhares se avaliando mutuamente e recuando como duas linguagens estranhas, e Níli acha que às vezes ele é um pouco simplório. Pense talvez em algo engraçado, ela sugere, digamos, algo engraçado que tenha acontecido com você. De repente ela se assusta: alguma coisa engraçada já lhe aconteceu, não?

Claro, sei lá, o tempo todo.

E então?, ela diz.

Mas eu não consigo rir duas vezes da mesma coisa.

Eu consigo rir dez vezes da mesma coisa, ela se agita numa animação desajeitada, mas no meu caso isso não significa muito, eu também choro dez vezes pelo mesmo motivo.

A brincadeira, que de forma alguma era brincadeira, não caiu bem, pareceu até mesmo machucar. Níli repara na pequena contração na sombra detrás dos globos oculares dele e se cala. E, repentinamente, o pouco que havia entre ambos parece derreter. Ele está parado, e seus ombros parecem se curvar e encolher por vontade própria. Ela o vê se distanciar, inalcançável, de súbito um estranho, e adivinha que esse instinto de distanciamento talvez seja a essência de sua sabedoria de vida, e por um longo momento fica imobilizada, sem recursos, e sente latejar uma cicatriz que já se abriu e se fechou infinitas vezes, em seu ponto abandonado, dolorido, mas então ela se recompõe, respira fundo, enfia dois dedos compridos na boca, alarga-a para os lados, revira os olhos rapidamente em sentidos opostos, faz as sobrancelhas dançarem para cima e para baixo, e abana com graça as orelhas.

Ele a examina, e sua face se abre surpresa, até mesmo atônita. Ela vê as pupilas dele dardejando. Tem lugar um rápido diálogo interior: render-me a ela ou não? Acreditar ou não na mulher que se faz de idiota com tanta facilidade? Mais um longo olhar, um tanto confuso, busca resistir, mas é atraído, e as caretas continuam, sobrepõem-se umas às outras, e então ele fecha os olhos, estica os braços para os lados, mergulha dentro de si e ali desaparece. E durante algum tempo nada sucede, Níli congela na sua frente uma das caretas, exagerada como uma boneca de meia esticada sobre uma imensa mão. Após uma eternidade — ela nunca fracassou nesse pequeno truque — brota um sorrisinho cauteloso nos cantos de seus lábios, um pouquinho trêmulo, e vai crescendo até se abrir completamente, como se o sorriso fizesse graça para si mesmo, divertisse a si mesmo, e os lábios se alargam e os olhos se reviram sob a pele fina das pálpebras, e uma comichão de prazer desce rolando desde a nuca de Níli até o início das nádegas.

E aí, o que você sentiu?, ela pergunta quando ele abre os olhos.

É demais, ele ri, e puxa a cabeça para cima, num movimento que ela ainda não conhecia e que não imaginaria nele, e seus olhos ficam semicerrados, formando duas fendas de reluzente prazer, é como se eu tivesse visto nuvens na minha mente, sabe, nuvenzinhas violeta, eu nunca —

No entanto, ao enxergar sua alegria nos olhos dela, ele junta os lábios num aperto firme, e se cala de novo. Muito polido e diferenciado. Bem lapidado, sem arestas. Por um momento ele a faz lembrar-se de si mesma, no banco, depois de descobrir que havia sacado muito mais dinheiro do que podia.

Rápido para a parede, ela comanda, alarmada. Parada de mãos!

Rotem, tenho um pedido.

Qual?

Não se vire.

Como?

Você fica o tempo todo virada para o outro lado.

Desculpe. Eu me arrumo, constrangida, só agora percebo que todo o meu corpo está rijo.

Eu quero ver a sua cara.

Ah, que é isso?, o que há para ver na minha cara?

Não é verdade. Ela, um soldado veterano, mobiliza-se de imediato, com o que lhe resta de forças, para me proteger de mim mesma. Você inclusive ficou tão mais bonita desde que esteve aqui da última vez. E esse corte de cabelo, bem curtinho, finalmente se pode ver seu rosto.

Antes de eu ter tempo de anular o elogio, de ridicularizá-lo, de me enfear, Melanie surge e me preenche toda. Níli parece perceber, pois imediatamente vira a cabeça para o outro lado.

Mas ele tem alguma coisa com a barriga, ela reflete em voz alta no dia seguinte, às seis e quinze da manhã, ainda sonolenta, assustada com o toque do telefone que invadiu seu sonho: ele tem uma espécie de tique, fica o tempo todo mexendo nela, como se verificasse se ela está lá... E, enquanto fala, percebe que não quer contar mais nada, não a Liora, não quer dar margem aos palpites dela, mas pela manhã sua determinação fica fragilizada, sempre. Ontem à noite mostrei a ele como puxo a barriga para dentro e a enrolo — e ela enxerga de novo os olhos do rapaz recuando de susto ao ver os músculos dela rolando perpendicularmente de forma rija, virando para a direita e para a esquerda ao longo da barriga —, e ele de fato começou a se sentir um pouco mal... Liora, na casa dela em Jerusalém, diante da geladeira aberta, prepara, enquanto conversa, a lista de compras para o dia, toca distraidamente sua barriguinha, o único pingo de flacidez em todo o seu corpo, puxa-a para dentro, conquistando um suspiro. É exatamente isso, prossegue Níli, captando o suspiro, e, num momento raro, sente-se de imediato compelida a partilhar da inquietação de Liora, dentro da mesma redoma morna, fraternal; pois no nosso caso, ela diz, a barriga sempre é um assunto importante, quer dizer, dez vezes por dia eu deparo com isso durante o trabalho — Liora sente que ela faz questão de enfatizar a palavra *trabalho* — "minha barriga está muito grande", "está caindo", "está uma geléia"... e quantas emoções, quantos insultos, e as gravidezes, e, depois, a barriga vazia —, mas nos homens? E ainda mais num rapaz da idade dele?

Beleza, Liora a despacha do nicho em que estava tentando entrar, então agora você também é a psicóloga dele?

* * *

Silêncio. Só se ouve sua respiração, pesada, cortando o ar. Não agüento mais. Vou lhe perguntar sobre ele, sobre o rapaz, o garoto. Afinal, não passava de um garoto. Respiro fundo. A respiração dela se interrompe. Pergunto se houve alguma conversa assim, ou mais ou menos assim, entre ela e Liora. Não, ela diz com cautela, fechando sem trancar: Liora só soube no final. Só depois de tudo. Tento entender o que essa nova informação diz acerca da minha história. Ou acerca da minha imaginação. Por algum motivo, essa possibilidade nem sequer me ocorreu, e parece que justo isso me alivia internamente, quer dizer — não ter chegado nem perto de adivinhar. É como se uma asa presa fosse libertada.

Ela está pensando. Atualmente, leva muito tempo para pensar. O que é que eu tinha de perguntar, mesmo? Tão miserável, necessitada. Durante anos eu o apagava e ele se insinuava de volta. Mudando de forma, mudando de composição, aparecendo para mim na chuva, na terra, nas xícaras de café preto, nos troncos de árvores. E sempre com insistência, com melancolia, com o desespero de quem teme ser esquecido. Depois, quando descobri o potencial que ele continha, nossas relações começaram a se estabilizar; já sabia onde achá-lo toda vez que precisava de uma argamassa rápida. E num estágio mais avançado aprendi a produzi-lo eu mesma. Uma porta giratória na loja de ferramentas na Finchley, rodando-a depressa algumas vezes (o movimento veloz associado aos reflexos); ou abaixar para amarrar um cordão de sapato ao lado do cano de escapamento de um carro que acabou de ser ligado (dez, quinze inspirações bem rápidas, carros europeus são preferíveis aos americanos para esse objetivo). Havia também uma trepadeira no pátio de uma igreja em Hendon, uma trepadeira enorme, enferma, talvez já morta, mas ainda imponente com seus ramos secos entrelaçados, que criavam uma multidão inteira de rostos quase humanos. E havia aquelas feridas de um tipo especial, horrível, que vi apenas nas faces e nos braços de jovens retardados que eram levados para passeios em grupo em Primrose Hill: eles passavam, sempre na mesma hora, diante da empresa de mensageiros em que trabalho; e alguns outros métodos ocultos de transferência, que me tiram do meu contexto por alguns segundos, e me conduzem por uma trilha lateral com uma sensação de vertigem e rápido esgotamento, um ataque epilético único e exclusivo, não totalmente desagradável, que inventei para mim mesma, meu barato particular, minha criaçãozinha que vai se sofisticando mais a cada dia.

O garoto, ela diz, estou ficando acostumada a ele.

Acostumada? Tento entender o que ela está me dizendo. Não soa bem. Não é como perder tempo com Liora. De súbito estou outra vez desesperadamente longe da realidade. Afastada como na ocasião, quando aconteceu. Ponho as folhas na mesinha de café a meu lado, tiro os óculos e massageio os olhos, que já começam a arder. De novo o velho incômodo, de que o mundo é uma espécie de imenso jogo das cadeiras e eu nunca consigo achar uma cadeira vazia, nem mesmo com ela, sobretudo com ela. E já está tão claro para mim que ela não é absolutamente capaz de se ligar na minha história. Ela fica o tempo todo só olhando de lado, lembrando o que aconteceu de verdade e fazendo pouco da minha imaginação patética, exagerada. Vidência por vidência, tudo bem — é o que ela deve dizer consigo a cada nova bobagem minha —, já desisti faz tempo de mudá-la, mas pelo menos uma gota de intuição!

Quando você lê, ela diz em voz lenta, rascada, intoxicada pela doença e pelos remédios, sinto como se as coisas que você conta realmente tivessem acontecido. Minha boca está seca. A perna esquerda está incomodando especialmente. Espero detalhes. Talvez enfim ela diga algo sobre as coisas que de fato ocorreram. Ela sinaliza com a mão para que eu prossiga.

Às vezes, no fim da aula, ela o faz sentar numa cadeira, ensinando-lhe o segredo de sentar corretamente, o alongamento dos músculos das coxas, e como ficam os pés, e os tornozelos, e desenha a raiz que se estende do seu cóccix para dentro da terra, sugando energia e dissipando nela as toxinas do corpo e da alma. Depois, ajoelha aos pés dele e verifica quão plantados no chão estão seus pés descalços, longos e morenos. Ela os vai enraizando, pressionando levemente cada dedo. Isso também é ioga?, ele pergunta, e ela diz que sim, que é a ioga dela, mesmo que nunca tenha feito um aluno jovem como ele sentar numa cadeira durante a aula, sempre no chão, mas talvez, de todas as coisas que ela está lhe ensinando, talvez ele carregue consigo, ao sair, justamente a lembrança dessa cadeira de plástico branca e comum, ela pensa, talvez como o homem sobre quem leu em algum lugar — ela nem faz força para lembrar onde, sem chance —, que sonhou que estava passando pelo paraíso e ganhou uma flor, e, ao acordar, tinha uma flor na mão; e o mais importante é lembrar como pisar direito, ela diz, espalhar pelo chão os dedos dos pés, agarrar a terra com alegria, ter prazer com ela a cada passo. E cita: a morte começa nos pés, é lá que se desenvolve nosso descuido de nós mesmos, nosso auto-abandono —

De hora em hora ela começa a ver o corpo dele por dentro, as cores das suas diversas sensações. A cor escura e áspera de seus pontos de resistência. Excitações de espanto e alegria o atravessam como raios de luz, e reluzem nela instantaneamente. Ela abre os olhos, e ele também — será que ele está ouvindo as minhas pálpebras? ou talvez simplesmente esteja treinado para estar sempre em guarda —, e ela sorri para ele seu sorriso caloroso, que nos últimos tempos tem sentido sobre a face como a careta surrada de um palhaço cansado, de uma Poliana velha e enrugada, e pergunta o que ele gostaria que fizessem agora, ou seja, qual é a coisa que ele gostaria de mudar, consertar, aprender.

O-que-quer-dizer?, as sobrancelhas dele se erguem admiradas, é possível consertar as coisas com ioga?

Claro que sim, ela sorri, a ioga é —

Por onde começar, ela se pergunta, e como começar, e nós temos tão pouco tempo para estar juntos, e tudo o que eu disser será superficial e barato. Veja, ela respira fundo, ioga é um método, simplesmente um método que nos ajuda a ampliar nossos poderes físicos e espirituais, e a ligação entre nossa alma e —

E interrompe, pois as pupilas dele se dilatam como que puxadas por um fio interno, e os olhos quase se fecham de prazer. Encantada, ela observa as pálpebras se agitando, até que o olhar dele retorna.

Diga mais uma vez.

Ela pronuncia as palavras bem devagar, olhando para a face dele com tensa expectativa — abre-te, sésamo —, e vê como a magia funciona outra vez. Sentindo a urgência de elevá-lo novamente, acrescenta algo que numa certa época estava afixado na parede de seu estúdio em Jerusalém, "Quando a minha consciência estiver pura e límpida, a realidade se refletirá nela de forma precisa". Houve tempos em que o significado dessa frase era concreto e lúcido como uma sensação corporal, o paladar ou o olfato. Agora ela sentia apenas a mordida do vazio, mas, ao fazer soar as palavras aos seus ouvidos, palavra por palavra, pode sentir o solo dele se umedecer.

Inacreditável, ela pensa, e força a mente a buscar lá no fundo algo do seu primeiro mestre: "Um pensamento errado é conhecimento incorreto, não baseado na forma da coisa". Mas desta vez ele a encara sem expressão alguma. Faz-se um silêncio longo e vazio, e subitamente ela fica preocupada: você entende o que isso quer dizer?

Não. O quê?

Eu não... veja, uma vez, há anos... e se cala embaraçada, pois há dez ou vinte anos, mesmo quando recitava isso para seus alunos, também não entendia completamente, e na verdade sempre foi assim, e não só com referência à ioga, sempre, quando o ar vibra ao gongo de uma frase polida e precisa, ou alguma verdade aplainada e ecoante — Níli sente então uma espécie de pontada obscura na têmpora esquerda, queimadura de um insulto previamente conhecido, e se recolhe toda, e as palavras se espalham e flutuam em seu cérebro numa espécie de desistência por exaustão, transformando-se em nuvens delicadas de impressões que aos poucos se dissipam. É assim que eu capto as coisas, tudo é intuição para mim, ela explica, com um dar de ombros, a si própria e àqueles que lhe são caros, reconheço na vidência, não conheço na evidência... escute, ela se precipita para ele com estranho fervor, a verdade é que tenho tanta cabeça para coisas abstratas, e de modo geral sou muito fraca em teoria. Na verdade, também em fatos, por alguma razão se sente obrigada a acrescentar com um sorrisinho torto, bem ensaiado, de alguma forma os fatos nunca são efetivamente absorvidos dentro de mim. É isso, a situação é essa. E se cala, surpresa consigo mesma.

Mas, para aprender ioga — ele pergunta, confuso com a

confissão dela —, não é preciso saber essas coisas? Frases como essas?

Veja, ela diz com simplicidade o que deveria ter dito em lugar de todo o discurso — quando eu faço, eu entendo. No corpo eu entendo.

Antes que ela termine de falar, ele se levanta, corre para a parede, coloca-se sobre as mãos, jogado como uma fruta madura demais prestes a arrebentar. Permanece ereto, um minuto, dois. Seus braços já tremem, a testa está enrugada pelo esforço, e ele ofega, olhando para ela sem vê-la. Algo chama a atenção dela. O relógio de pulso, que ele se esqueceu de tirar. Um relógio antiquado, esquisito, que ele sempre usa ao contrário, de modo a cobrir a parte interna do pulso, está agora virado para ela, exibindo a hora errada. Três horas adiantado.

Ele baixa uma perna, depois a outra, deita-se e relaxa. Com a cabeça entre as mãos, murmura, eu quero que você me ensine, se há algo assim na ioga, a fazer com que eu não... como se, como não sofrer de barulho.

Explique um pouquinho mais para mim, ela sussurra, acho que estou entendendo, mas —

Ele se endireita. Ela já sabe: no momento em que ela não o entende, ele logo perde a paciência: o tempo todo há um barulho, certo? Então como... como fazer de um jeito que, que seja possível, no barulho —

Uma minúscula onda se manifesta na garganta dele, de toda maneira ela verifica com cuidado, ele só tem quinze anos, pelo amor de Deus, tudo bem, quinze e meio: a que barulho exatamente você se refere? Ela se lembra dos armazéns: vocês moram num bairro meio barulhento, não é?

Ele a olha de um jeito que ela jamais esquecerá. Um olhar de censura, penetrante, decepcionado. Desesperado quase. Ela se encolhe. Sua idiota. O que é que você achava? Acorde. Comece a entender o que está se passando. Sabe de uma coisa, ela se recompõe, vamos aprender juntos. Sente-se no colchonete, na minha frente. Os dois sentam de pernas cruzadas. Eretos. Níli fecha os olhos, focalizando seu interior. É como se eu tivesse ali um lugar, ela diz, um lugar quieto, e posso chegar a ele sempre, de imediato, em qualquer situação, quase. Ao menos antigamente eu conseguia, ela pensa, praticamente no mesmo momento. Aos poucos você poderá ir encontrando o seu lugar, ela faz um esforço para sorrir, e sua mão puxa para baixo um fio invisível diante do centro do peito dele. Imediatamente ela sente o fio tremer, e ouve com os dedos as flutuações zumbindo no corpo dele. Pode senti-las o tempo todo, como se dentro dele batesse um coração adicional, mas distante, subterrâneo. É uma questão de treino, ela diz, anos de prática, saber onde está sua quietude, então você pode chegar lá, onde quer que você esteja, no meio do maior barulho, da maior poluição sonora, na situação mais crua e grosseira, ela sussurra, os olhos fechados com firmeza, você poderá se introduzir lá e ficar protegido. Ela respira devagar, a amargura das palavras penetrando na garganta. Que resta disso?, apenas conversa fiada, palavras, repolho. Ela não quer nem pensar em quantas vezes conseguiu realmente entrar e permanecer lá desde que saiu de Jerusalém, que foi exilada de Jerusalém, do seu pequeno e adorado apartamento, que ficou caro demais, dos alunos que a acompanharam anos a fio. De seus dias de esplendor. Suas mãos se crispam sobre os joelhos. Os dedos desenham dois zeros. Agora, só um apartamentinho espremido, humilhante, em Rishon, e a infelicidade das filhas, arrancadas do lar por causa dela, por causa de sua criminosa inépcia para gerir seus assuntos, e, mais que tudo, Rotem, o desprezo de Rotem, o ódio de Rotem, o desenho terrível que Rotem pendurou em seu quarto, que se repete e se repete como uma maldição, e se apresenta desde então em praticamente todo contato de Níli com o mundo: *A minha família na cadeia alimentar.* E já faz três anos que ela se debate com ioga numa cidade onde ninguém a conhece, regateando cada centavo com os tesoureiros dos *moshavim* e diretores dos centros comunitários; mas ele, Kôbi, quer saber como é lá, quando ela está no lugar quieto dela, e Níli balança a cabeça de olhos fechados, que pode dizer a ele?, como descrever o seu lugar, que se tornou um ninho?, que dizer a ele sobre o bichinho gordo de pescoço inchado que sempre está lá espreitando, à espera dela?

Apesar disso, mais uma vez, como sempre, ela fecha os olhos, ergue um pouco a cabeça, a face como que pronta para um beijo, e, para sua surpresa, lá está ela, num piscar de olhos, um presente inesperado ao alcance da mão. E o local está vago, esperando por ela, cordial, e ela aperta as pálpebras e se contrai, sabendo que já, já serão cravados os pequenos e afiados dentes —

Silêncio absoluto. Ela respira fundo, envolta numa sensação rósea, densa. Meu Deus, ela pensa enquanto sente um leve aperto na garganta, onde você esteve até agora?, quase perdi contato com você.

E só após alguns momentos se lembra dele, de Kôbi, e com pesar se obriga a retornar a suas pupilas, e ali está ele, aguardando, um pouco ressentido por ter sido deixado de fora, mas ávido, como um homem deixado à deriva num barco ao avistar o mergulhador subindo à tona: como é lá? que foi que você viu?

Não consigo explicar com palavras, ela sorri, revigorada, ocupando o espaço em torno de si como o aroma de uma tangerina que se descascou, quando você estiver lá, saberá, sentirá sozinho. E, ao ver a frustração estampada no rosto dele, acrescenta depressa: mas há uma coisa que você pode sentir, sim, minhas mãos começam a ficar quentes quando estou ali, muita energia se acumula nelas, às vezes a pele chega a vibrar, de verdade, e ela sorri diante dos seus lábios que se escancaram de espanto. Posso tocar?, ele pergunta, até agora não tinha pedido para tocar nela, apenas ela o toca, com cuidado, corrigindo posturas, endireitando o pé, e a pele dele quase sempre se contrai um pouco, como num pequeno choque elétrico, pele de um garoto que não foi tocado o bastante; claro que sim, pode tocar. Ele estende a mão e toca na palma da mão dela aberta. No mesmo instante anuncia: não estou sentindo nada, e puxa a mão de volta. Espere um momento, ela ri, pressionando a mão dele contra a sua, magnetizando-se internamente, levando consigo o toque de seus dedos surpreendentemente macios, e logo se concentra, irradiando calor interno; longos fios de suavidade cintilante fluem por seus membros, e ela passeia dentro de seu corpo, na bela cidade de Brahma, e está plena e generosa consigo mesma até a ponta dos dedos, pronto, agora você vai sentir. Uau, ele deixa escapar, eu também consigo chegar nisso? Se treinar, ela diz com seriedade, poderá chegar ainda mais longe. É mesmo? como você sabe?, e ele dá um sorriso irônico, e por um momento revela algo infantil, subitamente um sorriso de dentes de leite. Eu sei, ela responde, sabe, essas coisas eu sei bem.

Um telefone toca num dos quartos distantes da casa. Com um piscar de olhos ela faz sinal para que eu não atenda. Ficamos sentadas contando os toques e adivinhando quem poderia ser.

Nada de telefone, ela decreta, até terminarmos.

Será que não é Walter? O gosto do nome dele na minha boca não é agradável.

Eu disse a ele que não ligasse.

Walter era o adido para Assuntos Comerciais da embaixada alemã em Israel. No final de seu serviço aqui havia efetuado uma pequena e particular deserção. Um homem alto, fino e hesitante. Um pouco frágil para o meu gosto, e um tanto humilde, até mesmo para os padrões dela. E, além de tudo, não olha nos olhos. Ele a conheceu há cinco anos, na rua, e se apaixonou perdidamente, uma paixão tipo Sigfried, que foi, como descobrimos, o primeiro amor de sua vida. Eles tiveram um ano de felicidade. Então, ela adoeceu. Ela vive repetindo que, justamente depois que ficou doente, ele começou a amá-la ainda mais. Ela acha isso estranho. É como se ele amasse também minha doença, diz. Como se estivesse pronto para fazer um trato, sabe, de realmente adoecer no meu lugar. Eu conheço a voz dela e sei o que a incomoda, e não faço com ela a aliança que procura. Mas ela não consegue desistir, e me lança um olhar atravessado: não lhe parece um tanto esquisito? O que é esquisito?, eu me faço de inocente, ele te ama. Quando se ama, isso inclui tudo. De qualquer modo, ela murmura, para que ele precisa disso?

Silêncio. Algo úmido e lodoso no ar. Percebo que estou de novo sentada de costas para ela. Por que será que tenho essa tendência, essa raiva dela, sempre de novo, como uma ansiada memória de infância queimando na garganta?

Ela também mergulha em si. Não tenho a menor idéia de onde ela esteja, e nesse momento também não me interessa. Eu me debato com um antigo turbilhão, hoje totalmente supérfluo mas que apesar de tudo ainda me suga com gosto. O caso é que ela sempre soube se guardar das aflições dos outros.

Quem a conhece não vai acreditar, mas ela dispunha de uma defesa, e eu deparei com essa defesa, realmente dei de cara com ela. Cheguei a me chocar com ela. Era como se fosse uma camada de proteção invisível, obviamente espiritual, mas muito densa, muito bem guarnecida, que a cercava por inteiro e formava dobras na parte traseira, de modo que nada nem ninguém tinha permissão de atravessá-la. E, quando por fim me atrevi a perguntar, acho que tinha uns doze anos na época — só de pensar que pude falar com ela desse jeito, chegar perto dela e perguntar desse jeito, diretamente —, ela explicou que graças a essa defesa, esse seu limite, podia dar de si a mais e mais pessoas, fluir sem restrição. Justamente porque nenhuma delas podia extrair o poder que ela ali guardava. E, quando insisti, pois daquela vez eu insisti mesmo — lembro-me da sensação vaga e assustadora de estômago embrulhado, e de como, de repente, o que ela disse se congelou num bloco, em palavras, num veredicto —, ela explicou com absoluta sinceridade, com sua ingenuidade pecaminosa, que, se permitisse a alguém penetrar ali, e extrair algo, ela deixaria de ser ela própria.

E também deixaria de ser pura, acrescentou, e não poderia ser o instrumento absolutamente límpido, o duto translúcido para as forças de cura que a atravessam. Eu entendi e não entendi. Como podia entender uma coisa dessas? Ela tentou explicar. Contou-me sobre o mar de néctar no coração. Sobre a ilha formada de pedras preciosas. Disse que eu também tinha um lugar como esse dentro de mim. Tentei sentir. Eu só via escuridão. Ela continuou falando, e eu a vi na sua ilha como um animal redondo, perfeita, uma criatura-círculo mitológica, suave, pálpebras cerradas, estendida num repouso eterno e completo, a cauda enfiada na boca. E o que vai acontecer se eu ficar doente?, eu quis perguntar, o que vai acontecer se eu precisar de todas as suas forças?, até mesmo das suas forças *de lá*? Não perguntei. Para mim bastou um toque na cerca eletrificada. E ela, como de hábito, ouviu meu silêncio, e, em vez de responder, ficou repetindo, insistindo em me ensinar como cuidar de mim, e como não permitir que a tristeza do mundo, ou qualquer outra coisa, penetrasse no meu lugar interior. Nem mesmo seu gosto pela vida, enfatizou reiteradas vezes, e naquela época eu não tinha nem uma única alma no mundo para amar. Nem mesmo o seu maior maior maior amor — não deixe entrar lá. E então sorriu, seu sorriso encantador, sedutor: nem mesmo eu, não me deixe entrar.

E no terceiro dia, no final de uma aula exaustiva, depois de extenuá-lo com cinqüenta e quatro saudações ao sol consecutivas, e depois de conduzi-lo ao lugar onde sua mente se esvaziasse de todo e qualquer pensamento — e então é que ocorre, ela sente como isso se espalha por ele, por ele inteiro, o brilho, a quietude, o cristal interior —, ele está deitado no colchonete, uma almofada sob a cabeça e outra sob os joelhos, e ela o guia suavemente para o relaxamento, e, no silêncio que se instala, ela pensa que tinha valido a pena vir a este hotel horroroso por seis anos, duas semanas por ano, e suportar a grosseria e a zombaria e a ignorância, apenas para poder aperfeiçoá-lo dessa maneira — e para mim também é bom, ela sabe disso, vê-lo assim, abrir-se como uma flor nas minhas mãos —, e sua voz fica mais doce de alegria e reconhecimento, e ela lhe fala das plantas dos pés relaxando, dos joelhos que aos poucos se assentam, do quadril que se solta, do peito... como o corpo é bonito, ela diz com uma admiração que de repente volta a impressioná-la, o corpo é tão bom e precioso. Doce, doce corpo nosso, ela sussurra, que nos dá tanta coisa boa e alegria, basta sermos bons com ele, basta prestarmos atenção nele, pois ele é sábio, veja como ele sempre sabe antes de nós o que queremos, e o que é realmente bom para nós... ela se solta, abre-se, basta compreender o que ele quer nos dizer, nosso precioso corpo, basta amá-lo como ele é, exatamente como ele é...

Um som de engolir abre seus olhos. A face dele está contraída como um punho fechado com força. Os ombros puxados quase até as orelhas, as pernas retorcidas pressionadas fortemente uma contra a outra.

O que há, Kôbi?

Ele abre os olhos. Seu olhar está sombrio, confuso: Quê? Por que você parou?

Achei que... está se sentindo bem?

Sim, não sei... ele se levanta, desarvorado: vamos fazer uma pausa. Estou com fome.

Espere — ela sai correndo atrás dele em direção à porta, não posso permitir que você vá neste estado. Não entendo o que aconteceu, ela suspeita de si própria, talvez quando se entregou a si própria por um instante, tenha começado o estrago.

Mas ele já vai saindo a passos rápidos. No corredor, põe-se a correr. Ela retorna e senta. Você o está usando, dizem-lhe as pontadas na barriga, não foi capaz de se controlar, é? Desde o instante em que ele entrou aqui, você o está usando, é isso mesmo, uma presa fácil caiu do céu para o seu ego voraz, você nunca ouviu falar de "anular o eu"? Não é essa a essência da ioga? E quanto ao item de cancelar a vontade pessoal, a mesquinhez, a competitividade, o interminável acerto de contas com o mundo? E veja como cada célula do seu corpo continua a gritar, eu, eu... não é verdade, ela protesta debilmente, apoiada contra uma parede interna, mas, se reconhecer isso, mesmo que seja um pouquinho, qual é o problema em reconhecer, reconhecer o quê, que inferno, que pecado ela cometeu aqui?

Com um movimento brusco, ela se levanta, desvencilha-se e anda rapidamente pela sala, fazendo um trajeto de linhas truncadas; todos esses anos — resmunga consigo, balançando as mãos na sua frente —, todos esses anos eu dizia, já nas primeiras aulas, sempre costumava dizer que discordo da ioga nesse aspecto, e que, do ponto de vista pessoal, não estou disposta a me anular em nome da ioga, todos esses anos, eu dizia isso ou não dizia? E que a ioga devia nos aceitar como somos, com a nossa própria história, com todas as nossas cargas e complicações e necessidades, com a nossa história pessoal, dizia ou não dizia? Pois talvez segundo os livros e as teorias, e segundo tudo o que vocês ouviram até hoje, na verdade talvez eu não lhes ensine ioga, ela subitamente pára e declara com voz macia para as paredes vazias, banhando-as com seu sorriso largo e caloroso, o sorriso da primeira aula, mas por certo vou lhes ensinar a minha ioga, a ioga como eu entendo, como eu acredito... E continua falando tranqüilamente, com sua voz saciada, juntando as mãos com humildade, oferecendo-lhes todos os seus pequenos segredos, seus defeitos cativantes, permitindo-lhes que decidam se querem ou não aceitá-la como ela é, superando com facilidade as vozes ruins dos colegas, que sempre a acusaram de charlatanice, de ignorância, de falta de base teórica e filosófica; e se reveste de sua bondade, de sua cornucópia de fartura, capaz de calar todas as bocas malignas, e evoca as dezenas, talvez centenas, de discípulos que a reverenciam, e os enfermos que tratou por meio de um trabalho de infinita paciência, milhares de horas de exercícios e posturas e respirações e massagens e imaginação dirigida, por um tornozelo torcido, um músculo contraído nas costas, intestinos presos, coração partido; e os doentes terminais, a quem acompanhou com compaixão e coragem até a morte, que se habituaram a ela mais que aos calmantes e analgésicos — à voz, ao toque das mãos dela em seus corpos sofridos. Houve aqueles que quiseram apenas a presença dela junto ao seu leito na hora derradeira; uma mulher, jovem, de quem ela cuidou nos últimos meses de vida, implorou que ela fosse uma mãe para seu filho de três anos, "como você foi mãe para mim"... Ela anda, vira-se, anda de novo pela sala nua e vazia, mas a memória a envolve como uma doce neblina, sorri para este, afaga aquela, sugada por uma espécie de auto-amamentação, até que finalmente pára no lugar, baixa um pouco a cabeça, e do fundo de seu ser, sem intenção alguma, produz-se a antiga centelha, quase esquecida, a centelha do seu encanto e sedução, que se irradia e se espalha qual um feixe de luz sobre as quatro paredes, e Níli fica parada, em pé, um sorriso ligeiramente sonhador na face, olhando para ele.

Ela respira pesadamente. Abre os olhos. Seu olhar diz, você está me matando, mas com a mão faz um gesto assim, para que eu continue, depressa. Não estou segura de que terei força. De página em página vai ficando cada vez mais difícil. E também me parece tão miserável amontoar todas essas palavras e frases longas apenas para tentar captar um momento de vida, ou uma faísca da emoção dela, e eu agarro a caneta e faço um enorme xis sobre o último trecho, e ela imediatamente diz: nem se atreva. Sua voz contém um tom de reprimenda, como se eu tivesse furtado algo dela, e eu imediatamente solto a caneta, e, repreendida, fico sentada, encarando a folha. O que ela quer realmente, e por que insiste? Como se nos castigasse a ambas. Como se nos pusesse juntas em julgamento.

Com relação à ioga, ela grunhe após um minuto. Ignora totalmente, com seu jeito habitual, evasivo, felino, o peso acumulado nos últimos momentos.

Eu sei, ensaio um sorriso fingido de desculpas: tudo o que há aqui eu tirei de um único livro, para principiantes, que achei na biblioteca em Londres. Você terá de me ajudar um pouco mais nisso.

Uma frase que contém um verbo no futuro. Um erro grosseiro. Ela aperta os olhos de dor. Trago a cadeira para mais perto dela — como confortá-la?, como compensá-la do que estou lhe provocando nas linhas escritas e no falar? Ouça uma coisa, digo, quando escrevi isso, vi o quanto, apesar de tudo, consegui captar da ioga, mesmo sem perceber, das coisas que você dizia, de ver você praticar, dos milhões de aulas a que acabei assistindo no estúdio e no apartamento em Jerusalém, aliás — sorrio —, desde que nasci.

Você ficava lá deitada no seu cestinho de bebê, ela diz, imediatamente persuadida por mim, pelo calor que de repente passei a transmitir; ainda é tão fácil comprá-la, ela ainda tem tanta sede de mim, ainda, ainda, como é que ela ainda não se encheu de mim? Ficava deitadinha com a chupeta, de olhos abertos, uns olhos enormes. As pessoas da aula ficavam doidas de ver como você ficava quietinha.

Só que nunca fiz uma aula com você, digo silenciosamente.

Nem uma massagem. Ela responde com os olhos e ajeita a cabeça no travesseiro. Pena que você nunca me deixou lhe fazer uma massagem, diz, fiz massagem em todo mundo, só não fiz em você.

Estendo o braço e toco sua mão. Não preciso fazer disso uma grande coisa, mas é a primeira vez em muitos anos que toco nela. De algum modo, não consegui firmar o hábito de trocar toques com ela. Quando nos encontramos, anteontem, fiquei ao lado da cama, assombrada, tentando achar a Níli dentro dela. Walter chegou a me preparar para isso antecipadamente, do caminho do aeroporto para cá, e mesmo assim eu não estava pronta. Fiquei imóvel alguns instantes, sem conseguir mexer um dedo, por pouco não respirava, até que Walter, atrás de mim, soltou uma espécie de soluço, quase cômico, e foi embora. Então sentei, e começamos a falar, sem um toque humano sequer.

E agora, não está claro como, percebo meus dedos e os dela entrelaçados. Os dela são imensos, grossos e cheios de líquido, e meus dedinhos vermelhos espiam entre eles. Não é uma visão... sei-lá-o-quê. Esfrego-os um pouco para ela. Procuro as articulações no meio da carne inchada. Não acho. Meus movimentos são desajeitados, de nada servem. Não tenho aquilo, que posso fazer? Além do mais, não sou por natureza uma pessoa realmente compassiva. Também tenho medo de que, se der um aperto de incentivo, doa, ou ela pense que, por algum motivo, eu quis machucá-la.

Mas justamente ela não solta, continua a segurar. De repente sinto seu medo. Pela primeira vez. Não é possível que eu esteja enganada. Como jatos brancos jorrando e fluindo para dentro de mim, e há listras frias de branco que se espalham rapidamente por todo o meu ser, e é como se ela já me chamasse de lá, do outro lado do portão, e por um momento isso de fato me paralisa, puxa-me de volta para um lugar ruim, e eu consigo saber com clareza como será quando ela não estiver mais aí, e toda a força de que vou necessitar para não ser de novo arrastada para lá. Depressa me recomponho. Realmente não estou segura de que isto que está ocorrendo aqui seja uma coisa sensata. Temo sobretudo o efeito que possa ter sobre ela: ela ainda é capaz de pensar que, se ela e eu chegamos a uma situação destas, é sinal de que o fim está realmente próximo.

Vamos continuar?, pergunto.

Lentamente, com um sorriso encorajador, vou separando os dedos dela dos meus. Mantenho um ar alheio. É incrível como sei vestir exatamente, mas exatamente mesmo, a expressão que encontrei anos atrás na enfermeira-chefe no pavilhão de doentes mentais do Homerton Hospital, em Hackney, que era capaz de torcer meu braço para trás com a maior facilidade, eu mal pesava quarenta quilos na época, e me aplicava uma injeção de Hipnodorm suficiente para pelo menos cinco horas de sono, e ainda me dava o sorriso viperino dos vitoriosos: *It's all right, love, we're almost there*. E agora sou eu, é minha vez, como é maravilhoso o ciclo da vida na natureza, e de um lugar muito distante vejo minha mão dar dois ou três tapinhas carinhosos no braço dela, e ouço a mim mesma rindo alto: você sabe o que foi para mim escrever sobre ioga?

Ela vacila um pouco. Está digerindo o que fluiu agora entre mim e ela. No seu corpo, seu discernimento e rapidez de apreensão continuam aguçados como sempre. Sem dúvida ela ainda é mais aguçada que eu. E talvez não apenas no corpo. Não sei. Às vezes penso, talvez seja porque ela não consegue entender nada. E talvez eu é que tenha ferrado tudo entre nós. Pois às vezes, como neste momento, quando ela aperta os lábios desse jeito e se desliga de tudo, me parte o coração ver até que ponto ela é disciplinada, o quanto se treinou para parar a fim de não me conhecer até o fim, pois é isso que exijo dela, essas são as condições do contrato, o que eu sempre quis; e então também a trato com desdém, é óbvio, pois por um segundo ela parece um bichinho de laboratório, um rato ou uma cobaia, condicionado a não entrar nunca num determinado cubículo, especialmente desejado. Mas foi assim que eu quis, recito para mim mesma o que estou proibida de esquecer por um instante sequer, foi exatamente assim que eu quis. Nesse meio-tempo, fica claro que de repente fiquei esperta, e estou conversando animadamente com ela a respeito da minha breve pesquisa sobre ioga, e como me meti nesse assunto, e cito um dramaturgo, não me recordo quem, inglês ou irlandês, agora o nome dele me fugiu — o pior de tudo são os nomes —, que disse que a coisa mais complicada para ele, sempre, é escrever "de dentro" sobre seu inimigo —

Eu espero, ela murmura, que você esteja se referindo à ioga.

Quatro ou cinco vezes ao longo dos dias que passaram juntos, acontece de alguém se inscrever na recepção para a aula dela, ou alguma voz bate à porta e pergunta se pode tomar aula, e Níli controla com esforço a expressão facial e inscreve a pessoa para a hora do almoço ou para a hora do jantar, de toda maneira ela jamais come no refeitório, e então, durante a aula forçada — se é que se pode chamar aquilo de aula, aquele remexer mecânico dos membros, aquele sacudir de banhas moles —, ela lança incansáveis olhares furtivos para o pequeno despertador, e conta os minutos, admirada com sua rudeza emocional interna, anunciando a si própria que aparentemente chegou ao fim de sua trajetória profissional se aposta tanto nele contra todas as chances. E repetidas vezes tem de lembrar a si mesma que não deve fazer comparações, e que deve se entregar por inteiro a todo mundo que precise dela; mas no final de cada perturbação dessas, depois que o inoportuno vai embora, ouve-se uma leve batida na porta, nem tímida nem exigente. Apenas um "estou aqui". Ela se levanta do colchonete, jovial, cheia de doçura e aceitação.

Então você simplesmente teve uma paixãozinha por ele, cutuca a sempre lúcida Liora, enfiando-lhe a palavra em toda a sua extensão, como um alfinete numa borboleta; e ela se espanta de novo, pela milésima vez, com a incrível variedade do talento-para-complicações da irmã, perguntando-se o que fará desta vez para se safar, e quanto lhe custará. Mas Níli sabe com certeza absoluta que, não, isso não é amor, nem atração, não se preocupe, e ele também não está apaixonado por mim, ela dá uma risadinha, sou velha demais para ele, e isso está acontecendo num plano totalmente diferente, é outro departamento, Lilush, e o que você acha, vamos conversar depois que ele for embora?

Não entendo como ele não está apaixonado por você, Liora cospe a frase da garganta como um caroço, e solta uma risada sem graça e acusadora, mas Níli também percebe um leve e surpreendente suspiro se insinuando entre as palavras, e por um instante tem a impressão de que Liora, com seu jeito tortuoso, está reconhecendo algo, está me concedendo isto, até que enfim; mas nem mesmo isso a deixa realmente feliz nesse momento, e ela apenas pensa que dois minutos de conversa com a irmã a esgotam mais que um dia inteiro de trabalho. E Liora de súbito se inflama, censurando-a por estar novamente brincando com fogo e, como de hábito, parecendo achar que sempre haveria alguém para limpar sua sujeira, e aproveita para lembrá-la de algumas besteiras passadas; Níli escuta a lista toda, vários itens provocam um sorriso de prazer, e a única coisa que a deprime é que já faz três anos — desde aquele doce baixinho de Trinidad que trabalhava na construção em frente e lhe escrevia versos encantadores em inglês, com giz nos pilares da obra, e a deixou sem um tostão na praia de Rosh Hanikra —, três anos que não consta em seu currículo detalhado nenhuma transgressão significativa passível de ser criticada; Liora persiste, cuspindo palavras atrás de palavras, e Níli consegue visualizar como o olhar da irmã está vagando, sem ver, pelas paredes da casa, pelos objetos, móveis e utensílios domésticos, e como, enquanto fala, ela vai sugando deles com triste ansiedade as reservas de força para o dia-a-dia, e Níli sabe também qual é a aparência dela agora — como nos ataques histéricos que tinha quando criança, e depois quando moça, ao desconfiar que Níli seduzia e roubava os poucos rapazes que a procuravam; de um instante para outro, perdia a cabeça, pirava, transformava-se numa velha horrível, e Níli, com os olhos arregalados de medo, metia-se dentro da tempestade de membros e berros e cuspidas como se entrasse numa casa em chamas, e punha os braços em torno dela, e Liora congelava no meio da torrente, assustada, como se despertasse de um estado hipnótico, e assim ficava por um longo tempo, perdida.

Mas depois, à noite, o humor dele está ótimo. Níli está confusa: achou que ele talvez nem voltasse, que possivelmente ela tivesse tocado em alguma ferida aberta ao falar sobre o corpo dele, mas aí está ele de novo, recusando-se a conversar a respeito do que aconteceu, caminhando a passos largos pela sala, abrindo amplamente os braços, exigindo que ela lhe ensine tudo o que sabe. Tudo?, ela sorri, sim, tudo, e ela ri, meus melhores alunos, ouça bem, se depois de dez anos de aprendizagem eles começarem a entender que ainda não sabem quase nada, então posso realmente me considerar uma professora venturosa, diz, permitindo-se um tempo presente roubado, mas você quer de qualquer maneira saber tudo agora, é? Sim, sim, ele se entusiasma, e ela se interrompe por um instante, uma fria mão passeia em seu interior, pois ele talvez, com sua estranha crueza, sinta que não tem muito tempo; mas nesse momento ele parece tão vivo e florescente que ela sem demora apaga o medo e, quase transbordando de prazer, encontra dentro de si o movimento mais esquecido e lhe oferece o vaso de sua alma. Venha cá, ela ordena com entusiasmo, pondo uma das mãos nas suas costas e a outra no seu peito, e lhe mostra como ficar em pé, como se curvar para pegar um objeto no chão, insinua algo sobre yin e yang, e dá algumas pequenas dicas práticas: esses são exercícios de massagem para os órgãos internos que você pode fazer enquanto escova os dentes de manhã, e é muito importante também escovar a língua, limpá-la das bactérias noturnas — seus modestos tesouros de sabedoria —, e entre uma coisa e outra ela conta com cuidado, para não assustá-lo, sobre sua narina solar e sua narina lunar, e sobre as duas metades do corpo, duas entidades distintas e separadas uma da outra, e ele escuta com sombria atenção, os lábios repetindo as palavras dela, recitando, engolindo; e o que você disse ontem, os chacras? E ela mostra cada um dos chacras, e toca o alto da cabeça dele, cabelos bem curtos, surpreendentemente macios. Por meio deste chacra você pode se conectar com o cosmo infinito, ela diz, e verifica com o olhar se ele ainda não se esquivou — afinal, Liora não é a única que faz caretas quando ela começa a viajar rumo ao Universo, e Rotem logo tapa os ouvidos com as mãos e se põe a cantar em voz bem alta. Mas ele, ao contrário, cada idéia dessas o excita e vibra dentro dele, despertando nela o desejo de lhe dar cada vez mais, despejar nele tudo o que sabe, e como o tempo é curto! Daqui a dois ou três dias ele vai sumir, e ela nunca mais o verá. Na verdade, por que não? Por que você não pede o endereço dele? Não, isso não entra em cogitação. Mas por que não? Você poderá lhe mandar livros, fitas sobre os mais diversos temas, não só ioga, enriqueça um pouco a vida dele, prepare um estojo de sobrevivência pessoal para ajudá-lo em seu sofrimento; basta, sua sonhadora, pés no chão! E por que você não pede na recepção os dados dele? Pelo menos para você ter em caso de... porque não, ela pressiona a si mesma com dois dedos fortes, porque algo nele próprio a impede, pois está claro que o segredo do encontro dos dois está no fato de acontecer uma única vez. Porém, mais que tudo: talvez seja melhor para ele — quer dizer, que ela não se jogue inteira sobre ele, com tudo o que carrega, e ela sabe muito bem do que está falando, não é preciso entrar em detalhes, mas, por exemplo, com ela aqui, no hotel, longe das filhas, talvez, no final das contas, seja bom.

Quer dizer, pode muito bem ser que justamente por sua ausência, é isso mesmo, esteja fazendo bem a elas, mais que — respira fundo — quer dizer, quer dizer.

Vamos fazer uma pausa, digo, voz rouca. Não agüento mais, preciso de um ar diferente. De preferência, fumaça. Ela permanece calada. Sua face está contraída de dor. Para dizer a verdade, digo quando já não consigo suportar seu silêncio, pelo menos umas vinte vezes achei que você fosse me interromper. Por quê? Sua voz chega de muito longe. E eu, meu Deus, que foi que eu fiz? O que escrevi aqui e quão profundamente a feri agora? Se eu tivesse filhos, lembro a mim mesma, talvez soubesse como é preciso se comportar nessas áreas. Se eu soubesse como me comportar nessas áreas, respondo a mim mesma, esperta como sou, talvez tivesse filhos.

Pensei que você fosse dizer, tento de qualquer maneira fazer minha voz soar animada, achar um tom de conversa caloroso, como se não a tivesse assassinado um minuto atrás, que você fosse ao menos dizer o que passa pela sua cabeça quando ouve toda essa... essas minhas verdades-fantasias.

Rotem, ela diz, como se com isso encerrasse a discussão.

Eu me calo. Cada pergunta a mais vai soar idiota, vai soar faminta, e não há força no mundo que me faça lhe perguntar sobre ele e sobre ela, mas, por exemplo, penso nela no meu coração, por exemplo, quando descrevi a queimadura que você sente no cérebro, toda vez que deixa escapar algum fato, que expõe sua ignorância, sua burrice, como você não me pergunta onde eu, sua gênia, sua enciclopédia ambulante, o prodígio da sua criação, aprendi a descrever de maneira tão precisa?

230

Eu tenho de saber, Níli, finalmente estouro, basta, eu preciso ouvir agora se algo do que estou tagarelando aqui há duas horas está próximo da realidade, um pouco que seja. Mas essa é a realidade, ela diz devagar, com suavidade inesperada. Quase com compaixão, diz: é exatamente a realidade que eu quero escutar.

Às dez da noite, antes de se separarem, ele subitamente se lembra. Escute, tira do bolso, hesitante, duas notas de cinqüenta, olha para o lado, meu pai mandou lhe entregar.

Não quero seu dinheiro. Mas o olhar dela se fixa nas notas por um instante, pesarosa com seu valor nominal aos olhos do pai.

Pegue, pela ioga... para que nós... para continuarmos.

E lhe explica, desconcertado e sem jeito: ele — quando fala do pai, simplesmente diz *ele* — não é capaz de entender uma coisa destas.

Que coisa destas?, ela pergunta.

Como esta. Que se faça alguma coisa sem dinheiro. E dá um risinho: ele tem um ditado, que não existe refeição grátis.

Níli ainda hesita um instante, acariciando a si própria com as palavras *para que nós* (ou talvez *para nós dois?* como foi mesmo? não importa, o principal é que...), diga, algo desperta dentro dela, você lhe conta o que nós fazemos?

Ele dispara um olhar astuto que engloba tudo o que existe nele, e ela percebe que ele está contando ao pai, ou insinuando, exatamente o que o pai deseja ouvir.

Com um sorrisinho cúmplice ela pega as notas da mão dele. Depois que ele sai, com um gesto amplo as coloca no sutiã, rindo na cara do fiscal do imposto de renda, com seus respeitáveis óculos, que há três anos a vem perseguindo: sinto muito, isenção de gorjetas.

* * *

Um som agudo, quase um relincho. Ela ri baixinho, de olhos fechados, e círculos de calor se expandem dentro de mim. Ela pede chá. Só água quente e folhas de hortelã. É a única coisa que a vi ingerir nestes dois dias, além de pílulas e iogurte. Na cozinha examino o conjunto de talheres polidos. Há talheres e utensílios que não reconheço. Que podem povoar qualquer instituição, desde um instituto de beleza até um porão de torturas. Por algum motivo, isso me enche de alegria. Pego um utensílio depois do outro e levo até o quarto para mostrar a Níli. Ela pisca o olho e define: "secador de alface"; "fatiador de melão"; "tirador de caroços".

E aí, o que você quer?, ela diz em tom de provocação quando trago uma coisa de alumínio e borracha que parece um aparelho para fazer clister em pássaros, não vou trocá-lo agora.

Refere-se a Walter. Ela sempre teve um raro talento, descarado e sem limites, de se ligar a homens e transformá-los em patronos. Isso sempre me deixou doente, desde pequena, o seu joguinho feminino de sedução, e eles também se assustavam, é claro. Mas Walter, para variar, não sumiu na hora da verdade, portanto faço minhas reverências a ele. Sua mãe é uma mulher extraordinária, disse ao me trazer anteontem pela manhã do aeroporto para cá. E também foi ele que pagou minha passagem. Toda vez que tentava falar dela, seus olhos se enchiam de lágrimas e ele engasgava (eu, assim que me encontrei com ele, logo reconheci: um órfão com certificado; de nascença). Ela é realmente especial, eu disse, e fiquei me concentrando na estrada que se turvava diante dos meus olhos. Depois, fizemos a viagem em silêncio, e eu briguei com a tentação de tirar o volante das mãos dele, dar meia-volta e pegar o primeiro avião de volta para casa. Desde que nasci, a vida inteira, vinham pessoas que a conheciam e declamavam frases como essa, como se alguém as tivesse tirado de um dicionário de chavões e ditado as falas: maior que a vida. Mulher que só se vê em filmes. Mãe-Terra... Agora ela explica em tom cauteloso que já está bem acostumada a ele, e às manias dele, e às lágrimas dele quando a olha furtivamente. E também ao gosto dele em matéria de arte, acrescenta com secura, essas esculturas todas. Talvez ele tenha alguns defeitos, Walter, e ambas concordamos nisso meneando de leve a cabeça, mas ele lhe prometeu que a manterá em casa até o último momento. Ela pestaneja, indicando os quartos espremidos que se amontoam no escuro, e diz: pelo menos vou morrer com uma bela decoração.

Você vai morrer?

Assim, sem mais nem menos, de súbito, com absoluta estupidez, impotente, na voz de uma garotinha de três anos. Escapou.

Na manhã seguinte ele chega pálido, esverdeado. É a barriga, ele se justifica, está doendo muito, não consegui dormir a noite inteira. Eu já sabia, diz Níli. Sabia o quê? Que você não está se sentindo bem. Como você sabia? Sabendo. Ela gira em torno dele, preocupada, eu senti durante a noite, e agora, antes de você entrar, a sensação estava muito forte. Mas como é que você sabia?, ele exige saber, e ela explica em tom casual que toda vez, antes de ele vir, fica alguns minutos sentada em silêncio tentando sentir o que ele está sentindo. Você fica sentada aqui — ele está de boca aberta, a dor parece sumir por um momento —, mesmo quando não estou aqui você pensa em mim? Diga-me, ela o interrompe, costuma ter dor de barriga? Sim, às vezes... mas ontem foi a pior de todas, não consegui dormir nada... então você prefere que a gente cancele a aula hoje? Não, não sei, está doendo demais... enquanto ele fala, a dor parece aumentar, ou talvez a fala intensifique a dor, o sofrimento. Mostre-me onde dói. Mas a mão dela já se estende sozinha e toca no ponto exato, logo abaixo da curvatura das costelas, do lado esquerdo, uma dor bem interna, profunda. Ele geme: como você sabia onde... agarra seu pulso com força, olhos cravados ferozmente nos dela, com aquela fome de órfão. Mas também com desconfiança: como você sabia?

Agora, deite-se. Não fale. Ele obedece. Deita-se. Cada movimento dói. Ela ajoelha ao lado do colchonete, traseiro apoiado no calcanhar. Passa a mão direita sobre o núcleo da dor. Começa a puxar para dentro de si, extraí-la dele. Longos minutos se passam. Ela não se move. Canta internamente uma melodia silenciosa, monótona. Pergunta-se quem o teria criado, por certo não esse pai, talvez alguma avó, ou alguma tia. Ou ninguém. Ele adormece e acorda vezes seguidas. Seu corpo está debilitado, a testa suada. Ela enxuga o suor com a mão. Nota que ele acompanha com o olhar, buscando ver se ela vai secar a mão no colchonete. Quando ele faz isso, ela observa com o rabo do olho seu relógio de pulso, que ele faz questão de usar na mão direita e se recusa terminantemente a tirar. Agora, está cinco horas adiantado. A Tailândia, talvez? Coréia? Nova York são horas a mais ou a menos? Ele geme baixinho. Abre os olhos sofridos. É sugado por um cochilo. Ela ouve o zumbido, seus dois corações batendo, um grande, pesado, e um pequeno, arrastando-se atrás. Se ela ao menos soubesse o que de fato se passa com ele, quem dentro dele se debate tanto. Alisa-o com delicadeza e se pergunta se ele próprio sabe; às vezes tem a impressão de que ele ignora totalmente o que se passa em seu interior, e às vezes tem certeza de que ele sabe muito bem. Neste momento, por exemplo, mesmo ele se entregando desta maneira às suas mãos, ela pressente que ele apenas lhe permitirá ajudá-lo a carregar seu pesado fardo, só por alguns dias, com a condição de que ela não tente uma única vez espiar para ver o que há lá dentro. Seu abdome sobe e desce. Os intestinos e o estômago quase viram ao contrário, e afundam criando turbilhões na pele aveludada e suada. Agora, bem lentamente, ela tentará respirar para o seu interior. Para o interior de quem?, ele se apavora. Para o interior da sua dor. A voz dela está doce e macia, recusando-se a entrar no pavor dele, ela não se recorda de um pânico como esse em nenhum dos jovens de quem tratou, e agora expire sua dor para dentro das palmas das minhas mãos. Ele segura o braço dela, cabeça puxada para trás e os dedos beliscando sua pele. Ela volta a se endireitar, ajeitando os joelhos. Seu corpo está desconfortável, e ela rapidamente sabe que alguma coisa não está em ordem. Há algum engano por aqui. A dor já se dissolveu, ela tem certeza, mas é como se ela se recusasse a abandonar o corpo. Ela toca, pressiona e solta, escuta com os dedos. Estranho: agora parece que é o corpo que está se agarrando com toda a força à dor, que não quer desistir dela.

Estou aqui, ela diz a Kôbi quando finalmente compreende, deixe que ela se vá, você não precisa dela. Eu fico aqui. E, após um instante de hesitação, acrescenta, e vou ficar.

Reiteradamente ela o acalma, promete e, com peso no coração, repete a promessa que não deve fazer. Aos poucos, como um punho que se abre com esforço, dedo após dedo, a dor se libera. Ela sente as ondulações entrecortadas que se formaram nas palmas das mãos irem se dissolvendo. A face sobre o colchonete vai ficando mais tranqüila, confortada. Ela envolve a barriga dele com as duas mãos, movendo-as lentamente em largos círculos, e continua fazendo isso durante um bom tempo, até a cabeça dele pender para o lado, a boca ligeiramente aberta com um leve ronco, serenidade.

* * *

Duas horas depois, ela acorda. Vê que ele está sentado no canto da sala, joelhos dobrados, puxados até o peito, observando-a. Ela se ergue devagar, senta-se, alisa os cabelos. *Eu cochilei?* Ele comemora uma pequena vitória: *quando acordei, vi você dormindo.* Ela boceja, abre sua boca enorme, só se lembrando de cobri-la tarde demais — nem Einstein parecia tão inteligente quando bocejava, certa vez lhe explicara Rotem com doçura —, *quê? você está louco? já é meio-dia. Perdemos metade do dia. Dê a mão para mim.* Ele estende a mão, ajudando-a a levantar, mas ela senta de novo. Na verdade, cai sentada para trás, soltando sorrisos embaraçados, e ele, do alto, sorri vendo a confusão dela. Há uma certa graça branda, bovina, no jeito molenga e pesado dele neste momento. Ela fixa o olhar nos dois colchonetes, dá-se conta de que ela e ele dormiram aqui, lado a lado. Pergunta-se o que ele teria pensado ao vê-la ali estirada daquela maneira, exposta a ele.

Sabe do que me lembrei?, ele diz, como que respondendo ao pensamento dela, *uma vez, quando eu tinha três ou quatro anos, acho que quatro, no parque aquático, meu pai me levou lá uma vez, ali eu me borrei todo de medo.*

Dos tobogãs de água?, Níli pergunta em tom solidário, lembrando-se de si própria com as filhas naqueles infernos aquáticos, adivinhando o que um garoto como ele teria sentido lá.

Não. De repente comecei — ele ri consigo —, *tive uma idéia, e se todos menos eu forem bonecos, não gente de verdade?*

Que idéia!, ela ri, *e o que seu pai disse sobre isso?* (Ele fala, e uma engrenagenzinha na cabeça dela começa a girar mais rápido que as outras, escute, ele está lhe contando algo.)

236

Meu pai, ele apóia um dos joelhos no chão ao lado dela, e fala com uma satisfação estranha, esquisita, que a amedronta um pouco, meu pai me agarrou por aqui, com a mão — ele agarra com os dedos a fina pele do antebraço —, e me beliscou, torcendo os dedos deste jeito até eu chorar, e ficou o tempo todo rindo e perguntando: e isto? isto é real? Se isto é real — tudo é real!

Seus olhos clareando, ela vê. À pele morena se sobrepõe um grande círculo claro, e se dissolve. Ela esfrega a face. Pensa vagamente, o fato de eu ter dormido aqui, de ele ter me visto dormindo, parece que o abriu mais do que tudo o que fiz e disse a ele...

Quer saber a verdade?, ele sorri consigo, até hoje às vezes eu penso assim, nas pessoas, como se fossem bonecos, só que atualmente não me importa.

E eu sou o quê?, ela pergunta, e imediatamente se arrepende, eu sou real?

Ele olha para ela de uma distância de vinte centímetros. Dedos invisíveis se mexem dentro dela, deixando pequenas marcas no fundo. Finalmente, não sem certa dificuldade, ele diz: você é.

Então, com uma urgência súbita, ela agarra o braço dele com a mão no relógio, solta rapidamente a grossa pulseira de couro, e entre sua mão e a dele correm tremores microscópicos de medo e recusa e rogo, mas ele não recolhe a mão, e ela tira o relógio e, receosa, vira para si a parte interna do pulso; e vê, de certa forma sem surpresa alguma, como se já soubesse há tempo.

Os lábios dele ficam brancos. O olhar feroz a adverte de que não deve perguntar nada. Ela que não ouse. Ela retira a mão. Pensa nebulosamente, ainda está fresca, parece que a pele ainda está quebradiça no lugar, como se tivesse acabado de ser beliscada, isso não aconteceu há muito tempo, meio ano atrás, um ano, não mais que isso. E pega de novo a mão e a coloca exatamente sobre o pulso esquerdo dele, na parte interna, e esfrega com suavidade e cuidado a pele delicada de sua mão na dele, fazendo-a absorver, massageando e absorvendo, absorvendo e amaciando. Ela pensa, este garoto esteve no inferno e voltou, este garoto conhece o caminho. Fecha os olhos e vê diante de si, por algum motivo, os chuveiros do seu internato, um cano de ferro saindo do teto, uma saboneteira rosa, quebrada nos cantos, chão de cimento cinza, e a ferrugem pingando no chão em grossas gotas.

Estamos chegando perto, ela diz, ou pergunta. Difícil saber. Não tenha medo, digo, compelida a protegê-la, não feri você lá.

Não, não é isso, de jeito nenhum, ela diz. Parece outra vez surpresa por eu não perceber o que realmente lhe interessa neste momento.

Bebo mais um pouco de chá. Olho de lado para ela, furtivamente, e me passa pela cabeça, ela está madura. É isso. Essa é a mudança pela qual ela passou. Talvez mais ainda que a doença. Ela é simplesmente uma pessoa madura. Ela, enfim, é mais madura que eu.

Esse pensamento me derruba um pouco. Por um momento, sinto-me afundar, atrapalhada comigo mesma: onde isso me coloca agora? E é também um tanto injusto, penso, isso acontecer justamente agora, quando não há mais tempo de se acostumar e se organizar. Como posso reaprender, na minha idade, a andar, falar, ser?

De repente, uma lembrança. Quando eu acordava de manhã, ela já estava plantando bananeira, a camiseta arriada

cobrindo seu rosto, os seios enormes, que pareciam tão fláci-
dos, caídos ao lado do pescoço. Eu ficava imóvel, olhando para eles como se fossem a continuação do meu sonho noturno —
Uma lembrança doce. Quem foi que a enviou? Por que
agora?

Eu lhe preparo a última bateria diária de comprimidos.
Conto vinte e um comprimidos. Quase cada um deles tem um
contracomprimido, destinado a anular os efeitos colaterais.
Oxalá anulasse, ela sorri ironicamente, mas não anula é nada. Todos eles só anulam a mim, de forma lenta e meticulosa,
mas, quando eu morrer, puf!, o parquinho de diversões fecha.
Ela apita sua nova risada, divertindo-se com a vingança. Antigamente nem aspirina ela tomava, nem quando tinha enxa-
queca. Toda dor que ela sentia, ela vencia sozinha, com me-
ditação e relaxamento. Dou-lhe os comprimidos e aproveito
para olhar as pílulas que ainda há na gaveta, há algumas de
que me lembro daqui e dali, as pílulas e sua riqueza de expressão: os vermes rastejantes que o Anafranil derramava no
fundo da garganta, ou a ressaca generalizada pela manhã depois de uma farra noturna com Elatrol, e similares, e outros epi-
sódios parecidos. Mas ela não sabe nada sobre esse capítu-
lo da minha vida, e eu, obviamente, tenho me contido para
não demonstrar tal conhecimento; apenas meu cérebro enve-
nenado começa, em poucos instantes, a verificar a possibilidade de surrupiar alguns para alguma época difícil, ao mesmo tempo que faz cálculos asquerosos sobre as quantidades
de que ela ainda vai necessitar, e sobre o que será feito com
os restos da medicação que aí está; e, por mais que eu tente,
não consigo controlar tais pensamentos, e me consolo com a
idéia de que esses são os mesmos hábitos de sobrevivência

dos quais, pelo visto, nunca se consegue demover turistas desvairados; mas sei que jamais poderei dar, de consciência tranqüila, um testemunho honesto a meu favor.

Rotem, ela murmura baixinho, faça o favor de fechar a gaveta.

Ela pede que eu passe um paninho molhado em seus lábios. Em seguida, cochila um pouco. Ou mergulha em pensamentos. Não tenho como saber. Neste momento ela tem longas ausências, simplesmente não está aí. É levada para longe. Fico sentada, olhando para ela, tentando me recobrar da pequena reunião de reencontro de turma que tive aqui. Vejo como sua respiração vai se acalmando, e respiro junto com ela, do jeito que ela costumava me acalmar quando eu era menina. Tento fixá-la na memória deste jeito, armazenar suprimentos. Sei como as pessoas se apagam da minha mente após algum tempo. Mesmo agora, um segundo depois que falamos, não sou capaz de lembrar como eram seus olhos abertos olhando para mim. E, por mais que tente, sempre volto a ser arrastada para fora desse olhar, e isso, por si só, começa a me deixar irritada, a ponto de eu quase cometer o erro de despertá-la.

Mas então suas respirações, apesar de tudo, passam a agir sobre mim, e me sento e aos poucos consigo desfrutar a situação, chegando mesmo a me entregar a uma tranqüilidade suspeita, como se de repente tivesse se instalado dentro de mim uma calma verdadeira; e isso talvez seja porque, quando ela dorme, não sinto o tempo todo partículas minhas serem sugadas incontrolavelmente por ela, e há nisso um prazerzinho roubado, de poder estar assim ao lado dela, é como olhar para o sol durante um eclipse.

Penso no que acabei de ler para ela, sobre as pessoas-bonecos, sobre o relógio que ela tirou do pulso dele. Viro minhas mãos e observo o lugar onde há muito deveria ter se criado uma cicatriz só pelos pensamentos que já tive, e Níli suspira dormindo, um suspiro fino como um soluço, e já estou de novo intranqüila, sinto o corpo todo pinicar, e toda a minha bagunça de pensamentos, e, por mais que tente, não consigo compreender de forma racional que em pouco tempo, talvez semanas ou dias, ela não existirá mais. Essa pessoa não existirá mais. Não existirá mais uma Níli no mundo. Essa entidade. Minha mãe. Levanto-me, saio, quase corro.

No banheiro do Walter tento me acalmar, sem êxito. Fico ali sentada, no assento de madeira estofado, decorado com algum tipo de ornamentos roxos, admirando os progressos que a humanidade fez no campo de instalações sanitárias e seus luxuosos equipamentos — ao mesmo tempo que eu chafurdo em latrinas para pagar meu dízimo. Penso como será minha vida num futuro muito próximo, depois que ela se for. Por exemplo, um assunto secundário, qual será minha relação com esta terra, será que algum dia vou querer voltar para cá, mesmo que só para visitar, ou quem sabe não seja esta a minha penúltima vinda? Começo a sentir um aperto no peito, mas não saio. Tenho a impressão de que meus dedos incharam um pouco aqui, durante a visita. Parecem inclusive mais vermelhos que o normal. Ou talvez seja só por causa da luz de bordel que há aqui. E também estão descascando mais que o normal, meus dedos de lavadeira. Nas últimas semanas voltei a roer as unhas feito um coelho faminto. Já, já vou me acalmar. Embalo-me para a frente e para trás, canto em surdina alguma coisa, e não adianta. Um cigarro adiantaria. Um baseado seria a salvação. Esta casa me deixa louca. No banheiro do Walter não preciso endireitar nem mesmo os quadrinhos pendurados que retratam pastores. Penso em coisas que não existirão mais. Há coisas que existem apenas entre ela e mim, e talvez eu as esqueça quando ela não estiver mais por aí. Sei que vou esquecer. De repente me amarga o coração pensar que me restarão, por exemplo, apenas tão poucas oportunidades na vida de sentir aquela brisa, a respiração do bichinho de laboratório que passa diante da cela proibida. Este fato, que dura no máximo um décimo de segundo — seu fungar de tristeza, a pequena onda que se ergue dentro de mim quando ela se posta diante da minha abertura e corre o risco de errar, e em seguida a segunda onda que se ergue quando ela por fim obedece e se vira para ir embora submissamente, como quem dá de ombros e — o quê? desiste? abandona? renuncia? e passa pela minha cabeça uma idéia tola, como é que o meu corpo vai saber criar esses materiais sozinho daqui por diante? talvez eu descubra que ele necessita deles, que são essenciais? que só graças a eles eu consigo manter algum tipo de equilíbrio? E imediatamente eu reclamo, que besteiras são essas, por que você fica se anulando desse jeito como se não tivesse existência própria? Mas a fraqueza persiste, uma fraqueza de corpo e uma fraqueza da mente, ao mesmo tempo. Fico sentada e soluço um pouco, para minha surpresa. Tinha esperança de evitar isso, pelo visto é um trailer do luto, o ato de abertura para a grande orfandade, e talvez no fundo isso seja um sinal animador, como a alegria que tive quando descobri meu primeiro fio de cabelo branco, e senti que apesar de tudo estava inserida na biologia deles. Mas nem mesmo essa estimulante reflexão consegue fazer que eu me levante do assento, e fico ali chorando em silêncio, que ela não ouça, e coço a parte de trás das pernas, ao longo de todo o comprimento delas, com os dez dedos abertos, e isso me traz exatamente para o lugar certo, inunda-me de profundo prazer até eu sangrar incontrolavelmente, tanto por causa dela como por causa do que vai desaparecer com ela, e aqueles materiais que só ela consegue gerar em mim, e também porque mesmo agora fico furiosa de pensar sobre as coisas de segunda mão com que nos acostumamos quando permanecemos tempo demais na sombra, quando nos acostumamos a receber uma luz-de-segunda daquele que está inteiro na luz, quando nos acostumamos a ficar em silêncio e na penumbra quando ela preenche com sua voz e seu riso e suas cores todo o recinto, qualquer recinto, e que aos poucos vamos transformando isso em ideologia, adotando a sombra, jurando fidelidade à penumbra, abstendo-nos com tolo e miserável orgulho de tudo o que é de primeira mão, e depois, e isso acontece terrivelmente depressa, esquecemos o que é possível pedir, esquecemos que nos é permitido, acostumamo-nos a fazer fotossíntese da luz da lua. Mas agora basta, o que será de mim, preciso voltar. Lavo o sangue das pernas, ponho um pouco de papel higiênico para absorver e secar, limpo o chão em volta, calculo quantos dias são necessários para as feridas cicatrizarem, para que Melanie não descubra, por mim pode descobrir, faz quase um ano que não faço isso, e não me arrependo, era exatamente disso que eu precisava agora, como uma boa masturbação, e lavo os olhos com água fria dando umas boas piscadas, e devolvo minha face a mim mesma, redesenho minha expressão ligeiramente amarga e um tanto ferida, para que Níli não desconfie de nada.

Na noite anterior à minha viagem para cá, quando eu já me achava num estado de cinzas e pó, depois de fazer e desfazer a mala três vezes, e declarar, é isso, não sou capaz de viajar, Melanie me fez sentar numa cadeira e começou a cortar meu cabelo. Mais ou menos uma vez a cada dois meses, quando eu elegantemente começo a desabar, ela faz isso, e, de alguma maneira, não está claro por quê, isso me põe de volta nos eixos, purifica-me. Não o resultado final, que de qualquer forma absolutamente não me interessa, só a sensação de que ela está trabalhando minha cabeça, pondo minha cabeça em ordem, e que durante uma hora inteira essa cabeça não é minha, não está sob minha responsabilidade, não é minha culpa. Agora, no espelho, tento olhar totalmente de fora para mim, e, como de costume, chego à conclusão de que na realidade não amo muito essa mulher que vejo. Não é que não ame, simplesmente tenho pena dela. Sei o que pensaria se a visse andando na rua, se passasse ao lado dela no metrô. Senhora, eu lhe sussurraria, acalme-se, solte um pouco a bunda, não seja tão dona da verdade até o buraco do seu cu. Apóio-me no espelho e refresco a testa. Sopro um bafo quente no vidro e escrevo com o dedo, Melanie.

Eu adoro escrever o nome dela em hebraico. Não tenho muitas oportunidades. As letras hebraicas fazem que o nome pareça "meu anjo".

E essa tal de Melanie — ela pergunta no exato instante em que volto do banheiro —, você já escreveu alguma coisa sobre ela? Ela também está nas suas histórias?

Espero um segundo, conto até um milhão: ainda não. Mas estou juntando material, sobre essa tal de Melanie.

Desculpe.

Sentadas. Quietas. Um leve borbulhar soa em algum ponto debaixo dela. Está sendo drenada por um sistema de tubos, cujo mistério completo só a muito custo consegui evitar que ela me explicasse e revelasse.

Examino interessada as paredes em volta.

Você chorou?, ela pergunta.

Um pouco.

Isso é bom. Chore mesmo. Depois também, não se contenha. Mas sempre se lembre de enxaguar os olhos com camomila.

244

* * *

Ela nunca escondeu de mim sua opinião sobre Melanie. Justo ela, que fez de tudo e mais ainda com todo mundo — de repente, quando a coisa era comigo, sua abertura de cabeça sumiu. Com surpreendente criatividade sacava argumentos e os declarava com todo o rigor, num tom de responsabilidade que eu jamais havia conhecido. Melanie é um caso sem futuro e sem continuidade, quer dizer, sem uma próxima geração, e ela está na verdade impedindo você de finalmente encontrar o verdadeiro amor, com toda a profundidade e plenitude que existe entre uma mulher e um homem, creia-me, e outros argumentos dialéticos forjados nas sombrias oficinas de Rishon Letsion.

Eu pondero um pouco antes de decidir se este é o momento certo para abrir essa discussão sobre o assunto. Parece-me que ela não tem a mínima idéia de onde estive e do que fiz nos meus anos de "exílio", enquanto eu produzia furiosamente o material para a redação da turista desvairada. Tenho vontade de simplesmente lhe contar, sem culpas nem lamúrias, sobre todos os anos que vivi sem amor, por nenhuma alma viva, e como ensinei a mim mesma a tornar insípidos os fluidos corporais, e como treinei o sangue para fluir apenas por atalhos e nas redondezas das áreas predeterminadas. E como olhava para os casais apaixonados como se fossem pessoas doentes, malucas, uma devorando a alma da outra pelos lábios. E como, na banheira, era capaz de convencer a mim mesma de estar vendo um halo de podridão azulada emanar do meu corpo.

Ou se ela ouvisse a história de como quase adotei uma menina, pois pensei, ao menos uma menina para ficar comigo, uma criatura viva, com existência possível de ser comprovada. E, por meio dela, tocar aquela artéria que aparentemente passa por todo ser humano. E já havia contratado uma advogada "despachada" que, em troca da hipoteca de todos os meus bens, condescendia em fechar os olhos — quando chegamos ao item "histórico médico" — para a história que o tremor das minhas mãos contava; mas desisti no último momento, fiquei apavorada. De qualquer modo, sabia que só estava tentando falsificar meu pequeno certificado de membro da espécie humana. Uma garotinha filipina de um ano de idade, trago até hoje a foto dela na carteira. Agora ela tem sete e meio, justinho esta semana. Onde será que ela está e o que aconteceu com ela?

Talvez eu lhe dê apenas uma lista resumida com os títulos dos acontecimentos, choques e chafurdices; os detalhes, felizmente para mim, já nem eu mesma lembro, só os nomes e os rostos, e sobretudo o formato das costas que viraram para mim. É verdade que às vezes também faço confusão entre o que aconteceu e o que inventei depois sobre o assunto, nos contos, nas coisas que escrevia —, porém durante esses três-quatro-cinco anos, isso é certo, passei de mão em mão, fui reduzida a vinténs, raspei direitinho o fundo do poço, até que uma vez ouvi a meu lado uma voz me dizendo, acho que já chega. E, quando me opus, dando até chutes e cotoveladas, ela disse, se você precisava provar algo a alguém, tenho a impressão de que já provou. E acrescentou com absoluta tranqüilidade: provou tão bem, que quase refutou a si mesma. E eu lati: vá embora, dê o fora, eu sou maligna, e ela riu e simplesmente me jogou nas costas como a um saco, como a um ferido de batalha, e me carregou por alguns desertos, e absorveu em silêncio os venenos que fui liberando, e me explicou ao longo do caminho que isso só tinha acontecido por eu ser uma total e completa ignorante, uma espécie de menina-

246

loba em relação a tudo o que se referisse a uma vida em conjunto, a uma vida de casal, que aos poucos isso iria parar de me doer tanto, o prazer.

E de repente eu desisto. Arrependo-me da dureza no meu coração e me viro para ela, desembaraçando-me mais uma vez da confusão em que me meti sem perceber. Ponho as folhas de lado e espreguiço. Basta, digo a mim mesma, e depois também a ela, já basta, e ela não pergunta o que basta. Eu lhe conto sobre a fazenda do pai de Melanie no País de Gales, com seus verdes pastos, os quais ensinei a família a chamar de "queda minha". E o riacho que corre assim, inocente no seu leito, no quintal da casa, e os carneiros, que são os carneiros mais carneiros do mundo. Explico a ela que, quando as vacas sentam, é sinal de que vai chover, e, se o céu estiver vermelho como fogo no crepúsculo, é sinal de que vai chover, e, se o céu estiver claro — também é sinal de que vai chover. Tiro da bolsa uma pedra que trouxe de lá, uma pedra preta e branca, do tamanho de metade de uma maçã, e cujo centro parece um olho aberto, minha pedra da sorte, a qual Melanie sugeriu que eu trouxesse na viagem, e a coloco ao lado dela na mesinha-de-cabeceira. Aquece-me o coração dizer o nome dela em voz alta. Estou menos solitária quando o nome dela está na minha boca. Melanie já se acostumou, eu digo, toda vez que ela me conta algo especial, uma história, ou uma memória de infância, imediatamente tiro uma caneta e anoto. Ela até inventou um ditado: contar segredo a uma escritora é como abraçar um batedor de carteiras.

Níli digere. Gradualmente e com dificuldade as palavras passam pelos fios que aos poucos vão se fechando em seu cérebro. Mas, quando por fim ela ri, ri de todo o coração, e um raio brilhante consegue reluzir em meio ao nevoeiro de seus olhos, e eu, com absoluta surpresa, em vez de ser eletrocutada, derramo alegria sobre eles.

* * *

Ela faz com ele o exercício que na infância chamavam de "avião". Deita-se de costas com as pernas estendidas, erguidas no ar, e ele apóia a barriga nas plantas dos pés dela, enquanto suas mãos seguram as dela com força: tem certeza de que não vou cair? Não se preocupe, eu sou forte. Mas isto também é ioga? É a minha ioga, ela sorri, poupando-o de todo o discurso. Venha, suba.

Ele sobe, e a surpreende com sua leveza, como seus ossos são leves, ela pensa, e no mesmo instante ele contorce o rosto de dor, uma dor terrível, e faz um sinal com os dentes cerrados de que suas entranhas estão se rasgando com isso. Quer descer? Não, ainda não. As plantas dos seus pés sentem a barriga dele se contraindo para ela. Ele geme, e sua face se retorce e enrubesce, e mesmo assim ele ainda permanece mais um tempo, e mais, e então, quando a dor se torna quase insuportável, ele subitamente faz uma respiração, a primeira, e mais outra, e mais uma, e ri baixinho, surpreso, e tenta respirações um pouco mais ousadas, mais amplas e profundas, e ela sorri, acima da sua face ele flutua e respira, olhos fechados e totalmente concentrado, e o abdome dele amolece e se torna fluido, aninhado nas plantas dos seus pés. Ela tenta sentir o que se passa ali, qual é o problema dele com a barriga, e não consegue; ele plana acima dela, e então deixa as mãos, e também a cabeça, penderem no ar, sorrindo consigo como num sonho, e ela o observa e suspira de leve por dentro: certa vez, em Dharamsala, num mercadinho onde ela vendia batatas e aulas de reiki, e Rotem, ainda bebê, ficava presa às suas costas num grande xale, como era o costume local, ouviu pela primeira vez a história do dalai-lama, como foi escolhido aos quatro anos, quando soube apontar a dentadura falsa do dalai-lama anterior; ali, em Dharamsala, muito longe de casa, e do homem que tinha lhe dito que, se viajasse, não teria para onde voltar, pensou mais de uma vez no milagre da escolha, dizendo consigo, esperançosa, que esse milagre está aparentemente relacionado com a capacidade de fazer a escolha certa de uma alternativa entre um sem-número delas. No entanto, havia muito desistira de tal esperança — quer dizer, de fazer uma única vez, com os diabos, a escolha certa de verdade, uma escolha que o tempo e a vida não acabassem mostrando errada, e que assim não viesse a transformá-la em objeto de zombaria — e desistira também, obviamente, do desejo tolo e pretensioso de ela própria ser a escolhida para alguma coisa. Mas, à medida que foi ficando mais velha, muitas vezes adorava fantasiar a felicidade dos monges tibetanos no momento da escolha certa: como teriam rido entre si e se enchido de alegria, e que alívio sem dúvida sentiram por terem sido mais uma vez redimidos da solidão, da aridez, do temor de estar num mundo sem um menino como esse.

Ela respira fundo, os pés enfiados na barriga dele como se ela estivesse calçando um par de chinelos, como se fosse uma região familiar. Os braços flutuam acima dela, as articulações tão finas e delicadas. Neste momento ele está incrivelmente bonito, permitindo-se relaxar, esquecer, esmaecer. E, de tão relaxado, sua boca deixa escapar uma gota de saliva em cima dela, e ele de imediato enrijece, os olhos se arregalam, ela consegue efetivamente ouvir o alarme soando dentro dele, alertando-o do perigoso gotejar, e ele salta de cima dela, ajoelha-se a seu lado e rapidamente a limpa com as mãos, afinal era uma simples gotinha de saliva na testa dela, mas Níli vê a expressão dele, ali deitada, rejeitada, e sente dentro de si um toque gelado, metálico.

Quinze minutos depois, ele está de novo contente. Pela primeira vez consegue dobrar as pernas numa postura de lótus quase perfeita, e enfrenta bravamente as dores dos músculos distendidos de forma quase insuportável; em seguida, descruza as pernas e se deita de costas, libertando-se aos poucos da dor. De súbito, ela não sabe por quê, talvez como sinal de gratidão por ela silenciar sobre outros assuntos, ele lhe revela seu grande sonho: ser dono de um restaurante. Um restaurante?, ela repete estarrecida, por que um restaurante? O que ele tem a ver com um restaurante? Sim, mas primeiro ele precisa estudar. Preparar-se. No ano que vem, já vai começar a trabalhar de garçom. E seus estudos? Ah, responde com um gesto de desdém, ele tem a intenção de deixar o internato. São um bando de fanáticos, e ele nem acredita em Deus. Você não acredita em —, ela se apruma e observa: mas então o que é que está fazendo lá?! Ele é que me obrigou, mas a partir do ano que vem vou fazer só conforme a minha cabeça. Espera aí, espera aí, ela se mobiliza, identificando a ponta de um fio, tentando desfazer o nó, explique-me por que não acredita em Deus. Mas ele não está de modo algum interessado em levar uma conversa teológica: lá no bairro tem um sujeito, antes trabalhava para o Grinberg, e agora abriu um restaurante chinês e está disposto a aceitá-lo em experiência a partir de abril, e ele está decorando desde já o cardápio e os pratos e os preços. Ele sorri ingenuamente: quer ouvir uma coisa engraçada? Quando você falou de yin e yang, pensei que eram nomes de pratos.

De repente ela sente um vazio interior, pois ele está planejando um futuro para si. Ela respira, como se ele a tivesse pegado pela mão e ajudado a saltar sobre o abismo daquela cicatriz.

Ele se levanta: está disposta a me fazer um favor?

O que você quiser.

Espere um instante, não vá embora.

Ele sai correndo. Ela fica lá, deitada, um pouco confusa,

então ri baixinho. Desfruta do ínfimo orgulho que pelo visto todo adulto deve sentir quando algum adolescente confia nele. Especialmente eu, faz questão de lembrar com uma fisgada: e o que você pensa em fazer quando crescer, Níli?, perguntara Rotem com um sorriso malévolo dias antes, quando Níli tentou ter com ela uma conversa simples, normal, de mãe para filha; e Níli se encolheu toda em torno do fio ácido enrolado dentro da sua barriga, já tendo pedido, exigido, a Rotem algumas vezes que parasse de chamá-la pelo nome, pois agora até as irmãs menores estão começando a fazer isso, como que experimentando, e, quando ela as corrige, sente-se uma impostora, indigna do tratamento.

Felizmente, ele volta logo, interrompendo o ritual do sacrifício. Traz na mão um longo cardápio, em cuja capa de couro falso há toscas imitações de escrita chinesa: pegue. Faça um teste comigo.

Ela ri: o que eu devo fazer?

Pergunte. O que eu sei menos são os números dos pratos.

Ela corre os olhos pelo cardápio com ar sério: seis, anuncia.

E ele, sem vacilar: sopa de barbatana de tubarão.

Hum... ótimo. Vinte e um.

Chow mein. Esses são fáceis, pergunte os mais caros.

Ela mergulha de novo, e ressurge altissonante: quarenta e nove!

Quarenta e nove... sua testa se contrai, um momento... um momento... já sei! Pato com boritos de feijão, porção para dois.

Grande!, ela ri, mas são brotos de feijão, não boritos.

Ele dá de ombros: como é que eu vou saber?

Quê, você nunca comeu comida chinesa?

Ele sorri. Agora pergunte os vinhos.

Ela examina prato por prato, recitando junto e corrigindo os erros. Sugere métodos engraçados para ajudá-lo a lembrar, presenteando-o com todos os seus truques secretos para memorizar fatos complicados, e se pergunta onde estava escondido todo esse seu talento educacional, e por que não o empregava em casa, quando preparava as meninas para as provas.

Vejo-me falando, discursando com um entusiasmo que me surpreende. Eu não culpo você, de forma nenhuma culpo você pelo que aconteceu. Nem quero que você fique em suspense até o final da história. Você vai ver isso pelo jeito como terminei a história, o ponto exato que escolhi para terminar, e do meu ponto de vista é de fato o que estou dizendo a você aqui... de tanto entusiasmo o copo começa a saltar na minha mão, derramando gotas de água na folha, e eu olho para minha mão e afinal percebo que algo está se aproximando, o meu encontro que não falha, está chegando, já, já vem chegando, pelo visto as coceiras de antes, no banheiro, era isso que estava coçando; e não é só na história que é assim, digo a ela quase gritando, para conseguir antes que me paralise, e na vida também não é assim, basta, Níli, acabou, pensei muito nisso, pensei sobretudo nisso enquanto escrevia, e hoje tenho tanta certeza de que você se entregou a ele com generosidade e abundância, porque você é assim, você é assim e simplesmente não pode ser diferente — as palavras se embaralham, sobrepõem-se umas às outras, minha voz está rouca como se eu tivesse berrado durante horas, e não sei o que de tudo isso estou conseguindo pôr para fora, porque meu maxilar já está travado, e daqui a pouco vão começar os arrotos, e eu sou obrigada a parar, porque nunca falamos disso, e no início, quando ela quis, depois que aconteceu, eu não deixei, calei sua boca, começava a ter crises, chamava-a de assassina, e agora a tremedeira já provoca os movimentos de agarrar, subindo pelas pernas e ao mesmo tempo curvando meu pescoço, pois talvez seja justamente essa a sua generosidade, eu grito, e a força do seu toque, o seu toque, exatamente por isso talvez ele não talvez não talvez ele não tenha sido capaz de suportar —

Ainda vejo seu olhar aterrorizado, parece-me que consigo dizer que ela não precisa se preocupar, mas já estou no auge do flamenco, procurando apenas não cair da cadeira, não cair, ela escapa o tempo todo de trás de mim, não tenho mãos para agarrá-la e cuidar de que a minha cabeça não seja jogada e meu maxilar dói e eu tento me concentrar no fato de que finalmente consegui dizer aquilo, pus para fora, dei a ela, dei-lhe esse presente, e alguém grita, e eu não tenho certeza se sou eu ou é ela, e então o gosto amargo toma conta dos dois lados da minha boca, e eu sei que o clímax já passou, desta vez saiu barato, só mais um ou dois segundos, é quase engraçado ver como os ombros e braços se jogam para os lados de maneira fragmentada. Agora parece mais uma dança break do que flamenco. Até dá para ouvir meus dentes, sinal de que o maxilar se destravou, e desta vez tudo é um pouco mais breve do que costuma ser, pois eu já apresento o grande final, inclusive chamando a cortina num crescendo de grunhidos —

Agora silêncio, e uma espécie de prazer. Aos poucos o calor volta a todos os membros, junto com um pinicar, mas muito suave, quase lambendo de leve os mais diversos lugares. É um número quase humorístico do corpo, não de um humor muito seleto, mas ao menos se vê que ele tenta. O que há de novo aqui é o fato de eu não ter me incomodado muito por ela ter visto. Como se de repente estivesse claro para mim que ela de qualquer maneira adivinhou que tenho esses números no meu repertório. Quer dizer, que não mergulhei numa acomodação desde as convulsões, a asfixia, os ataques e os vômitos dos meus dez aos quinze anos, e também fui aperfeiçoando mais e mais meus métodos. Examino mais uma vez a mim mesma, e, sim, não me incomoda que ela aparentemente já saiba há tempo, talvez não os detalhes mas o essencial, ela sem dúvida sabe do negror criativo interior. A quem estou tentando enganar? Tento adivinhar o que mais ela sabe, e penso que ela é extraordinariamente sábia por não ter me dito nada sobre isso, nunca. E agora desce sobre mim uma calma narcótica, como sempre acontece depois. Aqui e ali ainda solto algum espasmo gracioso esquecido nos porões, mas de modo geral tudo já passou, e fico ali sentada, exausta, molhada de suor, uma geléia, incapaz de abrir os olhos pois as pálpebras pesam uma tonelada, e rio comigo mesma, como tudo se revira e no final retorna ao seu lugar natural, ela a sadia, e eu a doente. Ela é a saúde, e eu a doença. Ela estende a mão e alisa a minha, de cima a baixo, delicadamente, uma vez e mais outra, vinte, cem vezes, com tanta delicadeza, e calma, e do jeito certo, que de alguma forma chega a mim, atravessando todas as oscilantes fortificações internas.

Depois de eu fazer com ele seu exercício adorado de abrir as costas, ele diz, agora vou fazer para você.

Tem certeza? Eu sou pesada.

Tudo bem.

Sou muito mais pesada que você.

Ele já está com as costas voltadas para ela, estendendo os braços para os lados. Ela vem e se posta atrás dele, costas contra costas. O cabelo dele toca o cabelo dela. Eles entrelaçam os braços. A pele quente dele tocando a dela.

Devagar, ela pede. Receia que ele se sinta humilhado se não conseguir erguê-la.

Ambos, em muda coordenação, fortalecem o entrelaçamento dos braços. Ele inspira com a máxima calma. Firma as pernas. Neste momento parece tão maduro. Ela dá uma olhada para trás, para o relógio dele. No país onde ele está vivendo hoje, ela presume, as pessoas estão almoçando. Sorri consigo. Sem que ele saiba, ela tem prazer em estar ali com ele, uma passageira clandestina em suas viagens secretas. Enquanto ela pensa, ele se curva e suas pernas saem do chão, e uma sensação deliciosa, misturada com um pouco de susto, toma conta dela. Ainda está cautelosa, certificando-se de que ele agüentará. Descobre que ele é mais forte do que ela achava. Às vezes, nos exercícios de força, mesmo nos mais fáceis, ela vê a barra de suas bermudas tremerem com o esforço, e seu coração se condói.

Está difícil para você?

Não.

Se estiver difícil, avise.

Ele, como resposta, curva-se um pouco mais, erguendo-a ainda mais no ar. Ela se permite relaxar o corpo. Fecha os olhos. Fica espantada de como ele sabe achar o centro de gravidade comum a ambos, e como seu corpo é sábio. Em respeito a ele, decide lhe conceder mais meio minuto, mas aos poucos vai se fazendo silêncio na sala, e só se ouvem suavemente suas respirações interligadas. Sem se dar conta, também está totalmente relaxada, incapaz de resistir ao que é bom quando chega. Suas costas estalam e se abrem, os órgãos internos se soltam devagar ao abraço da consciência, derramando-se para os lados. As respirações dele a preenchem. São absolutamente sem esforço. O maxilar inferior se solta. Ela suspira com delicadeza, lentos pensamentos pairam dentro dela, sem conexão alguma. Já, já vai ficar bom, ela sabe, memórias preciosas, imagens queridas, ela se espalha dentro de seu corpo, abre espaço para o prazer, mas como sempre, um segundo antes de ficar bom, ela — como todo mundo que levanta âncora ou decola — precisa passar pela alfândega, pagar as taxas, faz seis meses que o forno está quebrado e não há dinheiro para consertar, e a antiga geladeira que comprou de uma viúva russa faz da vida dela uma desgraça: se não a descongela toda semana, sua cozinha se transforma numa verdadeira paisagem da Sibéria. E de onde vai tirar dinheiro para pagar aqueles técnicos filhos-da-puta para consertá-la, e do que cuidar primeiro, dos dentes de Éden ou dos olhos preguiçosos de Inbal, ao menos dentes e olhos saudáveis ela deveria ser capaz de lhes legar. E os telefonemas diários do banco, e as mãos compridas do senhorio, disposto a toda espécie de arranjos com ela, mas a questão não é essa, ela explica a si mesma pela milésima vez com uma falsa determinação, como se dizendo isso a si mesma racionalmente pudesse de alguma maneira resolver os problemas, a questão é a escassez, e como a pobreza a está cortando em pedacinhos, essa é que é a questão, o seu medo enorme e paralisante de que talvez não tenha mais uma vida espiritual. Antes de tudo, preocupe-se em ter ao menos um par de calcinhas sem furos, cutuca Rotem, e Níli geme, Rotem outra vez, Rotem de todos os lados, basta, por favor, já não tenho força de continuar a carregá-la nas costas, e Rotem, com seus princípios, com sua querida e enviesada racionalidade, parece se vingar de mim no ponto que mais me machuca, destruindo o corpo dela, inchando e engordando, quando foi que isso começou, quando foi que ela conseguiu me escapar assim por entre os dedos?... mas agora ela já se acha num estado de torpor, enfim, a taxa foi paga, até que relativamente bem depressa. Apesar de tudo — respira aliviada — há algumas vantagens em ser um joão bobo. As idéias submergem, dentro em pouco desaparecerão debaixo das palavras, a morfina do prazer começa a se espalhar pelas veias, a respiração vai ficando leve como uma pluma. Havia anos não conseguia relaxar assim, nesse exercício. O corpo quieto, flutuando, totalmente aberto. Por baixo, em algum lugar lá embaixo, as costas dele a sustentam, mas sem exigir nada dela. Ele está lá. Ela, aqui. Eles fazem contato apenas num ponto específico, com cuidado, duas pessoas no Universo, que neste momento estão se tocando para o bem. Pode-se passar uma vida inteira sem conhecer um toque como este. Em geral, é necessária uma vida inteira para ser capaz de oferecer um toque como este. Ela se pergunta de onde vem o conhecimento dele. De que era ele teria vindo para encontrá-la. Sente que não pesa quase nada para ele. Por um instante consegue imaginar que eles se viram no ar e é ela quem o sustenta, com a mesma facilidade. Silêncio. Respirações. Flutuar. A alma dela se enche, gota por gota, do raro néctar da confiança.

Com quem você está estudando?, ela pergunta com voz lenta quando mudo de página.

Quê?, eu enfatizo, quê?

Rotem, ela diz em tom cansado.

Engulo em seco. Pondero com cautela, compreendo que não há sentido: tomei algumas aulas.

Pelo menos com um bom professor?

Sim. Pergunto-me desde quando ela sabe, a partir de que ponto da história. Alguém que Melanie recomendou. Um japonês.

Os japoneses são um tanto secos, ela declara.

E fecha os olhos. Pouco depois, pergunta: você falou de mim para ele.

Sim, um pouco.

E o que ele disse.

Nada. Escutou. Ouviu. Ele geralmente não fala muito.

Sinto-a esquadrinhar minha cabeça. Meus pensamentos saltam para dentro, e eu fecho a porta atrás deles numa fração de segundo. Vi num filme sobre a natureza como peixinhos miúdos se escondem dentro de uma anêmona para escapar de um peixe grande predador, e reconheci seu movimento de subterfúgio, bem como o movimento da própria anêmona — uma mente carnal, sofisticada, que de súbito se dispõe a escondê-los. Meu professor japonês escutou o que contei e disse, a mulher de quem você falou não trabalha corretamente, confia demais nos instintos dela, e ainda não está nesse estágio. Depois, no fim da aula, veio falar comigo de novo, contrito, e disse: essa mulher, ela trabalha como quem não tem professor. Se ela tivesse, ele certamente a censuraria.

Eu queria tanto, ela diz por fim.

Só tomei algumas aulas. Na verdade não é —

E pretende continuar?

Não sei. E forcei uma risada: para mim é mais fácil escrever sobre isso do que fazer.

Não, não, ela suspira, continue, é bom, vai lhe fazer bem.

Ela está simplesmente deitada. Completamente quieta. Por causa de seu estado, ela tem essa capacidade estranha de estar presente sem ser. No vazio que agora se abre entre a minha cadeira e a sua cama, eu me lembro das noites em que Melanie me ensinou a dormir juntas. Não sei por que exatamente isso me vem à cabeça. É como se ela estivesse me reanimando de longe no momento em que começo a fraquejar. Fecho os olhos e me vejo fugindo da cama para o colchão que está no chão, e de lá para a poltrona, e para o tapete, e ela me segue sonolenta de um lugar a outro. Eu grito que não sou capaz de adormecer no campo magnético de outro corpo, e ela, meio dormindo, murmura, venha, tente mais um pouco. E assim, durante algumas semanas de sonambulismo e olhos turvos — e como se não soubesse de nada na manhã seguinte —, ela me aplicou a dose noturna do tratamento de abstinência da solidão, uma noite com uma hora inteira juntas, depois uma noite com duas horas, depois uma semana de crises e regressão — adaptação à idéia assustadora de compartilhar um cobertor —, até que de repente, com base em puro esgotamento, entendi que os corpos já haviam combinado alguma coisa entre eles, e até mesmo o meu, o analfabeto, aparentemente conseguiu entender; pois certa noite acordei de um sono profundo e descobri como era bonito nos virarmos juntas na cama, abraçadas, e agora, quando sorrio, Níli olha para mim, e mais uma vez não consigo fugir a tempo.

Mas ela, como que operando seu instantâneo mecanismo de cicatrização, lembra: há uma coisa a acrescentar.

Onde?

Quando você fala da minha face, do maxilar se soltando quando estou sobre as costas dele.

Acrescentar o quê?

Escreva que, quando estou assim, quer dizer, quando ela está assim, então pensa que essa será sua aparência ao morrer.

Não, não.

E depois escreva: e que então todo mundo verá que ela é realmente uma completa idiota. Escreva. Agora.

A ignorância dele a impressiona. Quando ela lhe conta que viveu três anos na Índia, ele pergunta se é verdade que lá todos são negros. Quando falam de alimentação vegetariana, ele subitamente argumenta, com estranho fervor e quase em tom de provocação, que os elefantes são carnívoros. Os elefantes? Ela não sabe por onde começar a contestar uma bobagem dessas, mas ele se recusa a ser persuadido, mesmo com todas as evidências que ela traz, fecha a cara e se tranca para ela: é isso que ele acha, e pronto. O que é que ensinam lá no internato?, ela se pergunta.

Mais tarde, acontece outra coisa, algo ínfimo, que a deprime pelo resto do dia. Durante os exercícios respiratórios, sentada diante dele, ela pressiona três dedos na região imediatamente abaixo do umbigo, o aquecedor do corpo, como se procurasse algo sem encontrar; ela hesita, e no instante seguinte, por intuição, enfia o polegar com força no umbigo: quando eu apertar, inspire, e me empurre para fora com a expiração. Mas já nas primeiras respirações ele fica pálido, começa a escoar energia. Acho que vou desmaiar. Deite-se, é só uma tontura, ela diz, apoiando o corpo dele, refletindo, espantando-se outra vez com sua facilidade de se derreter e se lamuriar, como se toda a complexa e delicada estrutura que ele mantém oculta dentro de si desmoronasse de súbito com um simples toque de perigo, com o medo. Ele geme, e ela massageia seus ombros distraidamente. Não se contraia, relaxe, relaxe. Já, já vai passar. Mas ela receia outra coisa: que o segredo que ele esconde se encontra ali, bem próximo da superfície da pele, e todo toque, por mais leve que seja, corre o risco de romper o envoltório. E pela centésima vez ela se pergunta como ele veio a se cortar dessa maneira, na mão, e por que motivo, qual teria sido a coisa que o levou a esse ponto. Não resista, ela murmura, você está resistindo, apenas entre nisso, nessa sensação, eu estou aqui, com você, protegendo você. Sob o marrom da face dele se espalha a palidez. Gotas de suor na testa. Que está acontecendo aqui?, pergunta-se Níli, pressionando um dedo com força sob o nariz, pelo jeito fizemos algo não muito bom, ou algo prematuro. Ou talvez eu tenha amedrontado de novo sua barriga delicada. Tenta se lembrar do que subitamente a levou a trocar a pressão dos três dedos pelo apertão do polegar no umbigo. Sua mão paira como a asa de um pássaro ferido. Ele repetidas vezes tenta tirar a mão dela de seu umbigo, mesmo que já não esteja lá. Níli observa esse movimento estranho e compulsivo. Sente que o pavor dele vai se alastrando rapidamente, como um pequeno incêndio. Ele grunhe, começa a sufocar, e Níli por fim se libera, acorda, erguendo depressa as pernas dele sobre a cadeira. Bate suavemente nas bochechas, esfrega suas têmporas, chama seu nome, grita, Kôbi, Kôbi, e pelo visto isso funciona, a cor começa a voltar ao rosto dele, a respiração se acalma, os espasmos musculares aos poucos vão cedendo. Ela acaricia sua testa molhada e, com vaga intuição, repete o nome dele várias vezes, delicada, compassiva, sorrindo, e vê como seus olhos se remexem cada vez que chama, vibrando com estranho entusiasmo contra as pálpebras tensas, ela acha estranho que até agora quase não o tenha chamado pelo nome.

Quando ela quer levantar, ele estica o braço às cegas, agarrando e apertando sua mão, fazendo um sinal para que ela continue. Ela recita o nome dele como um mantra, quase em surdina, uma melodia suave, mas dentro dela algo já está cutucando nas bordas, algo agudo e espinhoso. O que aconteceu foi culpa minha, isso não é profissional, toda essa história não é profissional, eu apressei demais as coisas e fiquei fazendo experiências, esquecendo que ele não passa de um garoto, exagerei mesmo, é sério. Ela continua esfregando seu peito, tentando não infectá-lo com a raiva que sente de si mesma, e outras raivas paralelas, até que percebe que os olhos dele se abrem com uma úmida centelha de sorriso: sabe que você fica o tempo todo falando sozinha?

Eu?

É, com os lábios. Você faz isso o tempo todo.

Ela empurra os ombros dele para baixo com uma força terrível, não conte isso a ninguém; mas um segundo depois não consegue se conter: e então, o que é que você já sabe a meu respeito?

Ele senta, fazendo um pouco de expectativa sobre sua excitante descoberta, depois solta: você vai comprar algo grande. Eu?! Ela dá uma gargalhada estrondosa. É você que está dizendo. É, sim, uma casa ou um carro. Uma coisa impressionante. Um Mercedes? Ele se recusa a ser convencido pelas suas risadas, está curtindo seu papel de sabe-tudo. Uma boa grana. Você faz cálculos com os lábios. As risadas se interrompem de súbito. O coração dela afunda, desaba. Isto é o fim, realmente. Se chego a trazer essas coisas até para o trabalho, ainda mais para o trabalho com ele. Devolva as chaves à administração, vá trabalhar de secretária, ou em telemarketing, vá ser faxineira, coisas de que você é capaz. Ela levanta e vai sentar no canto. Ele permanece no colchonete, olhando para ela, sem entender o que está acontecendo. Ela joga a cabeça para trás e a apóia na parede, boca aberta. Einstein e Rotem que se danem. Recorda-se de como uma vez jurou a si mesma, anos atrás — sim, sim, quando estava na luz —, que no momento em que a ioga se tornasse apenas uma forma de sustento, um ofício, ela se levantaria e iria embora. Não vou comprar casa nenhuma, ela diz a ele para sua própria surpresa, mas, se não falar agora, vai gritar. E, com toda a certeza, nem um Mercedes. Na verdade, estou tentando pensar de onde vou tirar o dinheiro para o aluguel do próximo mês.

Ela lhe conta sobre si. Da expulsão de Jerusalém. Até sobre o pai de Inbal, que sumiu, que deixou para ela a dívida enorme da qual ela era avalista. Conta até mesmo sobre a geladeira quebrada, e sobre o som que não funciona, já faz um ano que não se escuta música em casa. Depois, porque agora já não tem a mínima importância, faz com que participe também das suspeitas que está criando sobre os outros aparelhos, ela desenvolveu toda uma teoria da conspiração referente a eles, e aos sócios deles, os técnicos, e como toda vez que ela liga algum aparelho, até quando aperta um simples interruptor de luz, seu coração pula uma batida.

Em seguida ela lhe conta das filhas. De forma detalhada ou resumida, aparentemente resumida, pois afinal sabe que precisa separar as coisas, pois aqui ela pertence somente a ele. São só ela e ele.

O sol se põe, e uma penumbra agradável toma conta da sala. Ele está deitado, apoiado nos cotovelos, escutando. Está claro que achava que ela se encontrava num lugar totalmente diferente na vida, e que agora está tentando entender o peso que isso tem sobre ela, e também sobre eles dois. Talvez esteja até mesmo reavaliando sua posição em relação a ela, na cadeia alimentar. Níli se levanta. Vai até o espelho e apalpa um pouco a cabeça e os cabelos. Olhos dentro de seus olhos. Será que cometi um erro contando a ele? Não consegue ler a resposta. Nos últimos tempos, nem quando se trata de coisas menos importantes que essa, ela não confia em si própria. Como se cada movimento dela no mundo espalhasse sopros de mágoa, danos e fracasso. O toque de chumbo de Midas.

Ela vai e desaba no seu colchonete, sabendo que alguma coisa não boa está se passando, como se em algum ponto do caminho ela tivesse perdido a segurança mais básica, mais natural e primordial, como se toda escolha implicasse imediatamente um erro, pelo simples fato de ter sido ela a escolher. Vá descobrir o que é certo e o que não é, ela pensa de cabeça baixa, o que se pode dizer a alguém e o que não se pode. E inclusive se é permitido ou não dar conselho a alguém, orientar alguém, Deus me livre, por algum caminho. Para não mencionar a coisa realmente mais incrível — trazer uma criatura humana ao mundo. Como pude me atrever?, ela de repente se assusta, retrai-se e se endireita, como pude, como tive a audácia?

Sua mão se mexe sobre o cobertor, até encostar no meu joelho e segurá-lo. Ela não diz nada, nem eu pergunto. Tenho mil perguntas e não pergunto nada. Não é possível consertar nada do que ficou para trás.

Mais tarde, quando tudo entre eles se assenta, ela diz com voz muito cansada, você ainda não disse o que sentiu antes.

Quando?

Quando não estava se sentindo bem.

Não sei, não sei, ele murmura, e ela tem a sensação de que ele está fugindo, e fica irritada por ser tão transparente aos olhos dele, enquanto ele consegue ocultar, compartimentar.

Não sei, ele exclama, é como se o seu dedo... pensei que estava penetrando na minha barriga, como se estivesse fazendo um furo.

Deitado de costas, relaxado, quieto. A sala está tão silenciosa que ela tem a impressão de ouvir as batidas de seus corações. Passa-se um minuto, e mais um, a respiração dele fica serena. Depois — também a dela. A escuridão se torna mais espessa. Níli envolve os joelhos com os braços. Seus olhos, que estavam embaçados, clareiam. O pavor que chegou a inundá-la vai se dissolvendo. Os pulmões se abrem. Ela expande os órgãos internos. Vez ou outra lança um olhar para ele. Sente que agora se estabeleceu mais uma conexão entre eles, pois ambos, cada um à sua maneira, são pessoas sofridas. Estranho que até agora não tivesse pensado em si dessa forma, mas neste momento, por causa dele, isso a sensibiliza, dá força a ela.

E então, meio cochilando, ele faz uma pergunta: diga, esqueci como é isto: o cordão umbilical, ele é cortado dos dois?

Como, dos dois?

Da criança e dela?

Da mãe, você quer dizer.

É.

Você está perguntando a sério?

Ele se ergue sobre os cotovelos, surpreso com o tom de voz dela, quase magoado. Só depois de uns instantes ela percebe. Vê com dolorosa clareza a imagem impressa dentro dele: um cordão esticado do seu umbigo para o umbigo de sua mãe.

Por um momento, ela hesita. Ele a observa com olhos penetrantes, e uma súbita e decisiva urgência se estabelece entre ambos. Ela dá um sorriso para ele, prós e contras misturados, e, de algum modo, de dentro do sorriso, irrompe a resposta. Jamais acobertaria uma mentira, mas era perita em dar pequenos presentes como esse.

Exatamente na minha última palavra, ela suspira. Não pergunto. Espero. Ocorre-me que na verdade já estamos vivendo separadas por um tempo maior do que aquele que vivemos juntas. Pode-se dizer que já há muito nos conhecemos apenas pelos títulos dos capítulos. Mas como isso é possível, quer dizer — como foi possível as coisas se reduzirem de tal maneira entre nós? Ou, de forma geral, entre uma pessoa e outra? *Reduzir* não é a palavra certa. É mais como se no decorrer dos anos tivéssemos nos tornado duas polidas guias de turismo no sítio histórico de uma desgraça, mas uma desgraça que destruiu a vida delas. Depois do incidente, ela se aposentou. Parou de lecionar. Ele foi, na verdade, seu último aluno, e me parece que ela própria também parou de fazer ioga. Não estou segura disso, e nunca consegui lhe perguntar, e agora já é tarde. Ela passou a ganhar a vida com trabalhos ocasionais. Foi modelo num curso de desenho. Balconista numa loja de utensílios domésticos. Em seguida, vendeu desenhos de um desenhista idoso. Ia de casa em casa e pedia que apenas dessem uma olhada nos retratos. Eu a abandonei no meu décimo sétimo aniversário, foi meu presente para mim mesma. Mais tarde voltei, ou melhor, fui devolvida, com o rabo entre as pernas, e fui embora de novo, e de novo. Uma vez ela disse, com inesquecível lucidez: nosso cordão umbilical já está todo esgarçado. Anos depois, numa das fases de separação, quando eu já estava mergulhada em Londres, fiquei sabendo por uma amiga que ela estava doente. Desenvolvemos uma rotina tolerável: conversar uma vez por semana. Ela me sinalizava deixando tocar duas vezes, e, se eu estivesse com disposição, telefonava de volta. Uma vez vim visitá-la. Cortesia da Walter Tours. A visita não deu certo (maldita seja a progenitora — ela me disse na época, antes de eu dar o fora no meio de uma briga terrível — que pode ser objetiva em relação ao filho). Ao longo desses anos, nos meus raros lampejos de compostura, escrevi os contos da turista e os reuni num livro. E tentei mexer um pouco com cinema, e jornalismo, e minhas limitações ficaram claras para mim, e ficou claro sobretudo que aquela infância teve um preço (não existe nem fome grátis), e que nesse meio-tempo o mundo se enchera de outras crianças que não haviam desperdiçado suas energias apenas para sobreviver, mas simplesmente cresceram e se desenvolveram e se aprofundaram, e que só aos olhos ingênuos dela eu ainda servia para alguma coisa.

Em cada esforço deve haver serenidade. Ela declara: sempre, em qualquer postura, você precisa parar por um momento antes que o esforço se transforme em dor.

Às vezes eu penso, ele diz, um pássaro, por exemplo.

Sei, o que há com ele?

Para voar, ele precisa bater as asas o tempo todo, não é?

Certamente, ela concorda com ar grave.

Não estou falando de planar, ele explicita, e o ouvido dela se abre um pouco ao escutar a nova palavra; há aves que planam sem esforço, mas estou falando do pássaro que precisa fazer esforço para voar para o alto.

Tudo bem, Níli dá de ombros, imaginando por onde ele estaria voando agora.

E um pássaro vive, digamos, um ano? Dois?

Digamos que sim.

E precisa fazer esforço com as asas o tempo todo senão cai?

Sem dúvida.

Mas quem sabe uma vez, uma única vez em toda a sua vida, não acontece de ele conseguir voar alto, bem alto — talvez por um minuto inteiro —, sem ter de fazer o mínimo esforço com as asas?

Ela se debruça para a frente, a ruga entre os olhos mais visível, pressentindo que algo se aproxima: e como é que isso acontece, exatamente?

Ele assume uma expressão misteriosa: é a atmosfera que lhe proporciona isso.

Não entendi.

É como se a atmosfera permitisse, uma vez na vida a cada pássaro, voar para o alto sem fazer esforço.

Ela pisca levemente os olhos. Que são essas teorias aerodinâmicas de repente? Mas ele está sério, muito concentrado: é como... ele procura um exemplo, seus dedos se mexem, puxam algo do ar, é como, digamos... um prêmio, como se a atmosfera lhe desse um prêmio, um presente de festa. Uma oportunidade. Uma vez na vida.

Ah, Níli ri com súbita compreensão, e ele já sabe, o pássaro? Será que está entendendo?

É nisso que penso o tempo todo, ele hesita: pois, se ele não entende, é como se ela estivesse desperdiçando a si mesma, não é? Pelo jeito, sim, ela responde deliciada.

E, se ele entende, então... não, não pode ser... não. Ele precisa não entender, pois o que — afinal, é só um pássaro, cérebro de pássaro. É claro. Ele se agita. Agora, tendo decidido, sua face se ilumina: a atmosfera faz isso para ela própria curtir...

Pelo grande alívio na expressão dele, ela percebe como estava preocupado com a questão: tudo acontece sem que ele saiba! Só que de repente tudo fica fácil, mas é a atmosfera que decide: agora sim. Agora ele. Ela brinca com seus pássaros, entende?

Se eu entendo?, pensa Níli, olhando-o contemplativamente.

E, aliás, ele acrescenta após um instante, compenetrado, acontece a mesma coisa com o mar e os peixes.

Bem, ela suspira, conte-me dela.

Conto. Ela, Melanie, é enorme. Alta e larga, chega a dar um pouco de medo, à primeira vista, mas é muito gente, calorosa e direta e... — por algum motivo, foge-me a palavra em hebraico — consistente, sabe?

Ela fica surpresa. Não era assim que imaginava Melanie. Recusava-se até a olhar uma foto. Então conto mais. Pequenas coisas. Seu trabalho no instituto de reabilitação, Melanie e a bicicleta roxa pelas ruas de Londres, e sua autoconfiança simples e saudável — ah, se eu tivesse apenas um quarto dela, e seu vigor e disposição, que às vezes simplesmente me deixam paralisada —, essa mulher quase não precisa dormir, eu rio; e, em especial, sua absoluta honestidade com toda e qualquer pessoa, sem preconceitos, e um pouco também, aqui e ali, sua dureza, eu digo. Uma espécie de intransigência, acrescento, surpresa pelo ínfimo sopro de traição que me escapou; e princípios definitivos que, às vezes, para dizer a verdade, podem complicar bastante a vida. Melanie na verdade, eu sorrio, poderia facilmente se dar muito bem com aquele seu pessoal, aqueles que catam os pássaros às quatro da manhã...

Níli ouve tudo, inclusive o vacilo no meu sorriso. Intransigência e dureza — me ocorre — de quem ainda nunca desmoronou, nem sequer rachou.

E ela sabe sobre o que é a história?

Ela sabe de tudo o que se passa na minha vida.

Eu não precisava ter dito, por certo não dessa maneira, e sabia por que precisei dizer assim, para corrigir um engano com um erro. E pude realmente ouvir dentro dela um ligeiro ruído, como um fósforo estalando.

Agora, silêncio. O cobertor erguido expõe seus pés. Estão imensos, inchados. Azul-amarelecidos. Observo-os. Os dedos parecem grudados, formando uma massa só.

E o que ela disse?

Seu tom de voz não consegue me enganar. Quero mudar de assunto, mas não consigo desistir totalmente, puxada daqui e dali, e me sinto como um filho de pais separados forçado a levar as mensagens que um manda para o outro. O que Melanie disse? Disse que eu precisava já ter escrito isso anos antes. E disse mais uma coisa, mas isso eu não tenho coragem de contar. Ela achava que, se Níli tivesse lido esse conto anos atrás, talvez não tivesse ficado doente.

Quando sua cabeça cai para o lado, a papada parece enorme, vermelha, coberta de veias, atravessada por minúsculas ondas. O que estará pensando agora? É estranho como é difícil para mim adivinhá-la quando estou a seu lado.

Ela, Melanie, ficou brava por eu esconder de Níli que estava escrevendo sobre ela. No seu mundo translúcido e equilibrado não há lugar para tapeações mesquinhas como essa. Nem para a sensação de alívio por ter mais uma vez conseguido, com a ajuda de um pequeno disfarce ou leve omissão dos fatos, proteger o meu tão disputado nicho de privacidade. Ela não conseguiu entender de jeito nenhum por que continuo escondendo as coisas até hoje, para que eu preciso disso. Nunca brigamos tanto como nos meses em que escrevi sobre Níli. Nunca a senti tão perto de desistir de mim e da minha desgraçada personalidade. Depois de cada telefonema para cá eu me fechava, e xingava a mim mesma, e lhe pedia que acrescentasse, na lista grudada na geladeira, mais uma semana de castigos e punições.

Por um instante furto um rápido mergulho dentro dela. Melanie estuda à noite, enrolada, com seu tamanho todo, na cadeira de balanço que achamos na rua. Ou cozinha para nós às cinco da manhã um divino carneiro ao curry, dançando com os fones de ouvido. Ou fica chorando alto, de boca aberta, babando, diante de uma fotografia numa exposição sobre Kosovo, até ser preciso realmente arrancá-la de lá. Ou seu gesto inconfundível quando banha as mãos numa das loções dela, antes de uma massagem. E sua ginástica assassina toda manhã, com os exercícios que os médicos me proibiriam até mesmo de olhar. E seus rituais pagãos para a lua: se eu me atrevo a sequer sorrir deles, ela me mata. E os jogos de futebol do Tottenham, para os quais ela me arrastava semana após semana — justo eu — até que fui obrigada a reconhecer que ali havia alguma coisa, não sei exatamente o quê, talvez ver Melanie rugindo e enlouquecendo e praguejando em galês. E os momentos em que é impossível saber qual das nossas barrigas está roncando. E o meu lugar no mundo, a casa, e a reserva ambiental destinada a uma única criatura protegida, eu, na concavidade do ombro dela.

E não devem ser desconsiderados o saleiro-pimenteiro que compramos em Portobello, nossa banheira antiga, com pés de metal em forma de garras — aliás, foi por causa dela que alugamos o apartamento. E nossos sessenta e sete CDs, e a bandeja de cobre, e as duas canecas grandes cor de laranja que compramos quando comemoramos um ano —

Quando se olha isso deste modo, penso com cuidado, vê-se que já temos o nosso próprio pequeno lar.

À medida que o tempo se escoa, de hora em hora, ele vai amolecendo. Quando ela lhe recorda como entrou na sala no primeiro dia, todo arqueado, ele dá um pulo para corrigi-la, mostrando-lhe exatamente como tensionava os ombros e curvava o peito para dentro. Níli se espanta: você anda assim de propósito? Ele sorri, orgulhoso, como se tivesse recebido um elogio para sua atuação: eu posso andar como bem entendo. E lhe mostra: como um velho, como um bêbado, como um homem importante, como o rabino do internato. Com dois ou três movimentos, e talento afiado, recorta do ar o personagem inteiro. É especialmente cruel com o pai, com sua postura empolada, olhar preguiçoso e expressão de galo. Níli ri com entusiasmo e, de novo, sente o desconforto que às vezes ele desperta nela. Jamais passaria pela cabeça dela criar um jeito falso de andar.

E eu, como ando?

Você? Ele sorri prudentemente, ponderando consigo mesmo, talvez até desfrutando a inquietação dela. Pois ele tem essa característica, ela já notou, de não resistir à tentação de dar uma cutucada e criar expectativa, como se se tratasse de uma brincadeira.

Isso mesmo, eu. Ela levanta o queixo, preparada.

Ele caminha por um ou dois minutos em torno dela, mãos nas costas, e ela já se arrepende, com medo de que algo se estrague, mas ao mesmo tempo está ansiosa como uma criança para se ver aos olhos dele. Ele não tem a menor pressa, mergulha em si próprio, distancia-se dela, e bem devagar vai se transformando. Ela nem sequer entende como e quando exatamente, mas de súbito sente um arrepio, pois ele é *outro*. Seu corpo brota de dentro, enche-se e fica arredondado. Ele ergue a cabeça num movimento que ela conhece muito bem, caminha na sua frente com elasticidade, o andar de tigresa dela, os dedos dos pés espalhados, agarrando o chão, e sua face assume lentamente uma expressão complexa, assustadoramente exata, a face da mulher que ela é, com seu sorriso, ainda ingênuo, que se abre com generosidade para todos, e a permanente ruga de esforço entre os olhos, a ruga que também é o ponto em que ela se recolhe por dentro, é onde se vê seu rápido encolhimento, os ardis que usa para se esconder, a ignorância, e aí está ela, totalmente exposta, todo mundo vê, pode parar de se esforçar tanto.

Apesar de tudo, algo nela mesma decididamente lhe agrada, algo ainda vivo, ainda atrevido e não derrotado, e seu jeito de andar, e a elasticidade. Eu daria em cima de mim, ela pensa, olharia para mim na rua. E até mesmo o ponto de esforço entre os olhos, um tanto assustado, talvez também acabe desaparecendo com o tempo, quando a situação melhorar. Ela aplaude a imitação dele, agradecendo-lhe por apresentá-la a si própria dessa maneira, sem compaixão, generosamente. Você é tão talentoso, diz maravilhada, poderia ser ator.

Não, não, ele recua, eu vou é ser dono daquele restaurante. Além disso, os atores são todos bichas.

É mesmo? Quem disse?

Todo mundo sabe. E pensa um instante: os supervisores no internato. E meu pai.

É mesmo? E quem mais é bicha segundo seu pai?

Não sei. Bailarinos. Sem dúvida.

E quem mais?

Ele sorri, vestindo novamente o personagem do pai, separa os pés e apóia as mãos nos joelhos curvando-se para a frente como um grosseiro torcedor de futebol. E o brilho maroto aparece no seu olhar: can-to-res.

E quem mais? Ela também se curva para a frente, mãos nos joelhos. Quem mais?!

Es-quer-dis-tas.

E quem mais?

Es-cri-to-res!

E quem mais?, ela ruge uma gargalhada, seus dentes brancos perfeitos brilham. Quem mais?

Garçons!

E quem mais?

Assistentes de escritório! Professores! Asquenazitas! E o time do Hapoel Tel-Aviv! To-dos são bichas!

É seu pai quem diz, ela conclui, ficando ereta.

É meu pai quem diz.

Silêncio.

E você, o que *você* diz?

Ele endireita o corpo aos poucos, e joga um sorriso bem ensaiado para ela, sorriso de personagem bobo num desenho animado. Mas ela tem a impressão de que, no fundo de seus olhos — talvez seja apenas ilusão —, vê-se o movimento rápido de um animal comprido, flexível, que se esgueira entre árvores escuras, enrola a cauda num tronco por um momento, depois puxa de volta, e some.

* * *

Mas quem se preocupa conosco?, ela pergunta no penúltimo dia, depois de inquiri-lo novamente para poder estar com ele mais uma vez naquele lugar do jogo-dos-pássaros-e-da-atmosfera: quem se preocupa com os coitados dos seres humanos? Ele fica um longo tempo pensando, reflete, titubeia, e Níli sabe que ele já tem a resposta, há tempo, e que está apenas pesando se deve ou não compartilhá-la.

Quem se preocupa com as pessoas é...

A terra!, ela dá um salto, ergue um dedo, como boa aluna.

A terra?, ele se admira, por que a terra?

Pensei..., ela está sem graça: a atmosfera se preocupa com seus pássaros, o mar com —

Com as pessoas, ele dá uma olhada rápida, examinando-a, e ela sabe que está prestes a entrar noutro dos labirintos dele, com as pessoas é algo totalmente diferente: com as pessoas é a fala.

A fala?! A voz dela é engolida. Não tem certeza de tê-lo compreendido, mas sem dúvida sente um dedinho fino, morno, tocando por um momento as profundezas de seu ser.

Todo dia, ele expõe hesitantemente seu pensamento, há como se fosse uma palavra —

Que, se eu disser — Níli imediatamente completa.

Então você ganha! Seus olhos negros brilham diante dela, numa fração de segundo ele está totalmente aberto, e ela olha para o seu interior, para dentro das trevas mais profundas, e um minúsculo ponto dourado cintila de lá para ela. Mas o quê? O que é que eu ganho?

Não sei. Ele ri com leveza, insolente, e anda pela sala com os braços estendidos para os lados. Como é que eu vou saber? Quem sabe de repente você não ganha na loteria? Sei lá, uma baboseira dessas.

Ou se apaixona, Níli dá um profundo suspiro por dentro. Mas, diga, quem sabe realmente qual é a palavra vencedora num determinado dia?

E, como ela imaginava, ele dá um sorriso misterioso, e continua a vagar pela sala.

Ela quase cai na gargalhada por causa do ar de importância, ridículo, arrogante, que ele assume. Mas, ao mesmo tempo, está tão exposto e transparente nesse momento, que o coração dela também se abre: egoísta! conte pelo menos qual é a palavra de hoje!

Não.

Então conte apenas se, nos dias que estivemos aqui, eu disse alguma vez a palavra certa.

Ele permanece mudo, ergue os braços para o alto, curtindo a elasticidade de seus membros: não posso dizer, a regra é essa. Mas, se você por acaso disser a palavra durante o dia de hoje, então à noite terei permissão de lhe contar que você disse.

Eles trocam um aperto de mão cerimonioso, olho no olho, o carvão dele se dissolvendo no verde dela. Mas, até a hora de viajar, ele não disse nada a ela. Talvez tenha esquecido, talvez ela realmente não tenha dito a palavra.

Isso aí, ela sorri, todo esse último trecho, não sei de onde você tirou. Mil por cento não combina com ele.

É o que ela diz, e eu fecho os olhos, não de mágoa, mas como se já não conseguisse ver pelo lado de fora, nem quisesse, pois praticamente conseguia senti-lo em mim. De repente aconteceu, afinal. E justamente por causa da sua negação, e da sua segurança absoluta quanto ao que não combina com ele. Por um momento pude senti-lo pairando na minha frente, com existência própria e quase sem nenhuma ligação comigo. E assim, pela primeira vez, ele de súbito estava conosco no quarto, mais vivo do que todas as palavras que escrevi, e do que os pensamentos que tive sobre ele e com os quais me torturei. Da negativa faz-se a afirmação, só porque ela sabe mil por cento o que não combina com ele. E porque dezoito anos depois ela ainda o conhece com tamanha segurança.

Houve tempo em que esse simples pensamento era capaz de me oprimir, mas agora — durante todo um minuto consegui permanecer alheia à mágoa, eu inteira, e nem sequer me importava se o restante das coisas que imaginei também não combinassem com ele, e até consegui não perguntar a ela sobre essas outras coisas, o restaurante chinês, por exemplo; parece-me que não combina. Então que não combine. Simplesmente fiquei sentada ali, curtindo o fato de não me sentir magoada, e consegui até mesmo pensar que tudo o que escrevi, que imaginei, que pensei, nada combina com ele. Que ele era um rapaz diferente desse, totalmente diferente. Mil por cento diferente. Que era do tipo machão, espalhafatoso, exibido e briguento, por exemplo, ou então um bobão grosseiro, ou ainda um velhaco dissimulado e fingido — um babaca que se aproveitou dela, como todos os outros... E, como um baralho, surgiu diante de mim um leque de príncipes e curingas parecidos com ele, com todas as suas imagens, esta e aquela e aquela outra, e com admirável paz de espírito fechei o arco do círculo e escolhi de olhos fechados uma carta, e esta se tornou ele, o meu jovem —

E ousei respirar no local que nem mesmo a minha escrita havia conseguido abrir para mim, costurado com linha de ferro, e ele — o menino, o rapaz — estava na minha frente, vivo e penetrante, e então, sem pressa, foi mudando de forma, como num sonho, e agora era um pássaro jovem, à noite, vindo da escuridão para a luz da minha janela, curioso e atraído pela luz, e nós dois olhamos um para o outro através do vidro e nos vemos mutuamente, e ele de início se assusta e some outra vez, e eu fico com a saudade, mas agora isso não mata, não sei como, não mata mais tanto.

E então, devo excluir todo o trecho? Pergunto num tom que tem a pretensão de parecer seco, e o que sai é um grasnido agudo, e sou atingida igualmente por uma frustração de outro tipo: a verdade é que eu também senti que isso não combina muito com ele, toda a história da palavra vencedora, mas tenho tanta pena de tirar esse trecho.

Deus me livre, ela diz, não tire nada.

Ambas silenciamos. Sossegamos. Comecei a me acostumar com esses silêncios, até mesmo a gostar deles. Tão diferentes do barulho que existia entre nós noutros tempos.

Também presto atenção em como aqui é silencioso. Estranho que praticamente não se ouçam vozes da rua. O prodigioso Walter conseguiu vedar a casa magnificamente. O mundo não existe. Eu umedeço seus lábios. Meus olhos estão muito próximos dos dela. Pergunto baixinho como está se sentindo. Ela força um sorriso: não recomendo. Ela pergunta se para mim está difícil. Digo que não. Que sim. Que isso tudo mexe muito comigo. Mesmo assim não sou capaz de lhe dizer o quanto tudo me comove, de me expor assim a ela, quase inconscientemente, e também de alguma forma, sem poder evitar, numa espécie de auto-anestesia ou auto-abandono, sentir como ela por fim está lendo a minha história.

Diga, eu acabo cedendo, por acaso não há cigarros na casa, há?

E, antes que eu consiga me desculpar pela pergunta idiota, ela, com um sorriso de vendedora, enfia a mão debaixo do colchão e pega um maço amarrotado de Marlboro, nem mesmo light.

Só que depois abra a janela. Só falta ele saber. Ele me mata. Deixa escapar uma risada tossida: é capaz de me afogar em lágrimas.

Acendo um para mim e para ela. Trago e lhe passo o cigarro. Já faz três meses que não fumo, em parte pelo tratamento de reabilitação que me solicitaram a fazer, que me obrigaram a fazer, e já tinha esperança de que houvesse ficado para trás, que eu tivesse superado, e de repente sou tomada de novo por essa necessidade de sugar. Dou uma tragada e olho para ela. Vejo como seus olhos se estreitam enquanto ela traga, como brilha neles o prazer promíscuo de uma caçadora de deleites. Agora, toda a sua vitalidade está contida nos lábios rachados que sugam o brilho avermelhado, por um instante é como se uma cortina se abrisse, e eu a vejo tal como ela é, como ela deve ser, como ficaria feliz, aparentemente, se não estivesse aprisionada na minha pequena ditadura.

Como sempre nessa situação, ocorre-me o pensamento de que talvez eu nunca tenha realmente compreendido o que recebi na cega loteria da vida, o que ganhei. E, em conseqüência, como costuma acontecer em ataques de fraqueza mental dessa espécie, foi um curto atalho para as lamentações tipo coitadinha-de-mim, por exemplo, como é possível que, no mundo inteiro, eu seja a única pessoa que ela não consegue enxergar até o fim? e que rara falta de sorte me colocou justamente no ponto cego dela? Sei que nem isso é exatamente assim — afinal, fui eu quem quis isso, batalhei por isso, e tombei nessa batalha, e, em nome do fortalecimento da minha alma enfraquecida, evoco para mim mesma todas as lembranças de seus delitos, e lembro horrorizada que tenho em seguida uma lista bastante longa deles, um pequeno e seleto campo minado. Eu suspiro e digo, o.k., então você também, não conte a Melanie.

Ela não deixa você fumar?

Ela?

Ambas tragamos com um estranho prazer, meio histérico, enchendo o quarto de nuvens de fumaça e engasgando de tanto rir.

Quando você nasceu, ela diz, afinal você foi prematura e teve de ficar três semanas na incubadora. E eu não permiti que você ficasse lá sozinha.

É? E automaticamente me endireito na cadeira, já ouvindo a secura da impaciência na minha voz. Que merda você é, penso, por que brigar com ela? Agora, agora dê a ela o prazer da acolhida familiar.

E durante três semanas — ela prossegue — praticamente acampei ali, e de nada adiantaram os gritos das enfermeiras e as ameaças dos médicos. Vinte e um dias fiquei atormentando a vida deles, do nascer do sol até o poente. Bem, o senhor seu pai sempre estava ocupado demais, sempre, e eu, de qualquer maneira, não confiava nele para uma coisa dessas.

A sombra de um sorriso cheio de satisfação, quase gaiato, toma conta de sua face. Eu deveria tirar uma foto dela assim, absorvendo a fumaça, fazendo-a passar pela traquéia e pelos brônquios corroídos, fustigando-os com ar de felicidade.

E de noite ficava sentada entre as incubadoras com os bebês, conversando com você, cantando para você, e contando histórias sobre Sidarta e Vishnu e Parvati, todas as histórias que sabia, eu lhe contei. Achavam que eu era louca. Ali também, acrescentou com um risinho. Diziam-me, o que uma coisinha dessas pode entender? Havia uma enfermeira, acho que era curda, bem espertinha, já naquela época ela disse, sua filha vai crescer e virar escritora.

Ah, eu digo, então descobrimos o porquê.

Até massagens eu lhe fazia.

Massagens? Mas como... aquilo precisa ficar esterilizado...

E daí?, você não cresceu direitinho?

Seus dedos grossos se esticam e mexem um pouco, sozinhos: eu enfiava as mãos pelas aberturas de borracha laterais. Você parecia um pintinho, era quase transparente, eu conseguia ver todas as suas veias.

Sinto uma comichão na barriga: eu? transparente?

Quando ele se curva para trás, ela indaga novamente, em tom casual, se o pai lhe pergunta o que ele está fazendo aqui todos esses dias. Ele dá um sorriso maroto: meu pai pode ficar perguntando até amanhã. Ela tenta entender com cuidado a natureza da relação, buscando traçar um esboço do seu mundo, adivinhar o que poderá nutri-lo quando voltar para lá. O que você faz, por exemplo, quando vai para casa no Shabat? Você tem alguns amigos que — nenhum amigo, ele a interrompe e perde a postura, e Níli sente como o chacra do coração se contrai com um rápido espasmo. Então o que faz? Nada. Ele senta e cruza as pernas, apóia a cabeça nas mãos e olha para os ladrilhos no chão. No máximo vamos almoçar no Burger Ranch, e só. "Ele", no quarto "dele", escuta o programa *Músicas e Gols*, e eu, no meu quarto, com fones de ouvido para não escutar. E vocês não conversam? Conversar sobre o quê? Vocês não têm — sei lá — assuntos para conversar? Ele a perfura com os olhos. Às vezes ele tem um olhar, parece que a está observando através de óculos de lentes finas. Afinal, você viu meu pai, diz o olhar. Sim, ela responde, claro que vi. Ela tenta lhe explicar com delicadeza, sem empregar explicitamente a palavra *repolho*, que de alguma maneira também somos nós que escolhemos nossos pais. Quer dizer, escolhemos pais com cuja ajuda podemos crescer, ficar fortes, e às vezes até mesmo superar prejuízos que eles possam nos causar... E os filhos?, ele pergunta com amarga ironia, e ela fica confusa, até compreender que ele se refere exclusivamente a seu pai e ele. E absorve com vagar a dor dele, até o fim: sim, os filhos também.

E imediatamente recomeça a martelar: mas ele ama você, você ainda não consegue entender isso, mas, quando tiver os seus filhos — ela vai se inflamando, lembrando-se das inesperadas lágrimas de vergonha do pai dele quando veio lhe fazer propostas; só agora ela reconhece a tão conhecida combinação, mistura de compaixão e crueldade imensuráveis, que apenas, aparentemente, o fato de ser pai ou mãe pode gerar — e fique sabendo, talvez ele não saiba direito como lhe dizer isso, mas tenho certeza de que para ele você é a pessoa mais importante do mundo!

Ele me odeia, me odeia!, sua voz se eleva e se transforma num lamento. Se ele pudesse fazer com que eu morresse, que não o fizesse passar vergonha, sabe como ele me chama? Ela fica em silêncio. Aflita. Por um momento quase consegue ler dentro dos seus olhos o apelido, e a palavra se apaga rapidamente antes que ela tenha tempo — e de novo aquela cauda, pontilhada, enrolada no tronco, demora-se e some.

Ele se levanta, anda pela sala e ergue a camiseta. Pela primeira vez desde que começaram, ela vê suas costas, marrons, aveludadas, riscadas de cima a baixo, de um lado para outro, por longas e estranhas faixas rosadas: ele só parou quando fiquei mais alto que ele.

E, como se estivesse escutando a conversa, o pai chega no fim da aula para pegá-lo. Insinua-se para dentro da sala. Todo o corpo dela se arrepia com sua presença. Ele pára, o peito de galo estufado, um sorriso seboso nos lábios indecentes. Ao ver a expressão dela, fica confuso: achou que ela ficaria contente, que lhe contaria alguma coisa sobre o filho. Em todo caso, faz uma tentativa: o que se passa? desde que ele está com você, não o vejo mais, ele é uma potência, não é? Os olhos dela fazem suas palavras secarem na garganta: dê o fora daqui imediatamente! Ele tenta aparar o golpe, o que é isto? Você ouviu? Fora daqui! Mas o que você tem... de novo... eu disse alguma coisa? Saia, ou eu — ela começa a se mover na sua direção. Ele desaparece porta afora. Níli tropeça para dentro. Bate a porta. Apóia-se na pequena pia, o corpo inteiro tremendo: eu seria capaz de matá-lo.

As mãos dela sempre foram atraídas para tocar. Sempre que o corpo de alguém fazia algum movimento ou expressão de dor, imediatamente a mão dela era atraída para tocar, esfregar. Com todo mundo: estranhos, conhecidos, minha colega de classe que me trazia as matérias quando fiquei doente, uma vizinha solitária, um cachorro sem pêlos que sofria de escoliose e que a adotou e ficou viciado em suas massagens. Suas mãos eram a continuação natural do olhar, da fala. E uma vez também a diretora da minha escola: no meio de uma conversa disciplinar no escritório, nós duas sentadas, inocentemente, e de repente a tirana põe a mão na nuca, mexe o pescoço de um lado para outro, solta um suspiro, e Níli num piscar de olhos está atrás dela com seus dez dedos, e eu meço a distância até a janela para um salto redentor, mas, aí, ocorre um estranho combate entre as expressões faciais da diretora, e, numa fração inacreditável de tempo, Níli sozinha quase consegue vencer todo o sistema.

O tempo passa, está se escoando, ambos sentem isso e pensam nisso, e ele, fervoroso, vai lhe contando mais e mais: os estudos no internato, os rapazes perturbados que vivem ali com ele, que já foram expulsos de todas as outras instituições, o amigo que teve lá — amigo?, ela se agita, quê?, você não falou dele, quem era? Mas ele a ignora —, e o árabe que se converteu e agora é seu companheiro de quarto. E as fugas noturnas, para jogar sinuca, e os castigos que sofrem, e as surras dos supervisores, cada um com seu próprio método, e os dias de jejum obrigatórios, e os reforços espirituais, e os jogos de cartas no abrigo antiaéreo, e quem perde tem de dar uma chupada.

E você participa?

Disso, não. Mas ele lança um olhar direto para ela, um olhar horizontal e congelado demais, e ela se mobiliza: e do que você participa?

Ele quer e não quer contar. Ela sente como uma súbita tensão se instala nas articulações dos dedos dele, nos músculos dos ombros... há um velho, ele finalmente dá um pequeno sorriso, olhando para ela com ar desconfiado, um velho muito baixinho, iraquiano, mais ou menos uns cinqüenta anos, que mora ao lado do mercado, que paga.

Paga o quê?

Ele se levanta e anda pela sala rapidamente. Em seguida pára, assume a postura do guerreiro, estendendo os braços para os lados: coisas de todo tipo. Ele me veste com umas roupas, assim, roupas de menina. Não encosta em mim. Ele só olha e bate uma.

E você, faz o quê?

Não faço nada, vou fazer o quê?

E você gosta disso?

O que é que você acha? É pelo dinheiro. Vinte shekels a cada vez.

Mas ela já conhece as mudanças de tom na voz dele, e sente o couro cabeludo tensionando, e o coração apertado. Ele troca o pé de apoio, os olhos focados nas pontas dos dedos. Ele lança olhares. Por algum motivo, isso não a surpreende. Pensa em si mesma, na idade dele. O que seu pai sabia sobre o que se passava com ela? E o que sabe ela, hoje, sobre o que realmente se passa com Rotem (tomara, meu Deus, tomara que Rotem esteja escondendo de mim alguma tempestuosa história de amor, tomara que o mundo inteiro esteja sabendo e só eu não. Mesmo que não seja uma história tempestuosa, basta que haja amor, afeto, amizade, e uma gota escorre sob as camadas de carne, por trás do olhar antibiótico).

Mas desta vez ela não desiste, não o deixa escapar, não há tempo, volta atrás e exige, aquele amigo que você mencionou.

Nada especial, ele diz, e a sombra detrás de seus olhos já escurece um pouco.

É bom ter um amigo, ela insiste, sabendo que ele pressente muito bem toda vez que a voz dela oculta uma ambigüidade, é bom ter alguém com quem abrir o coração, não é?

Vou tomar um banho, já fui, ele diz, e sai às pressas, e ela fica com uma sensação na ponta dos dedos, sensação de ter tocado numa brasa.

Mais tarde, duas horas depois, no fim de uma aula extenuante em que ela pareceu tentar deixá-lo polido e descascado; no relaxamento, ele já exausto e reluzindo de suor, ela senta ao lado dele, procurando se concentrar no que é mais necessário para ele (recordando que, quando menina, sempre se admirava de como o remédio que ela tomava sabia chegar direitinho à parte do corpo que doía). Se ele simplesmente explicitasse suas necessidades, mas ele pega, ela pensa, decerto pega algo, não está claro exatamente o quê, mas ela sente que algo é tirado dela, sua exaustão de hoje lhe diz isso, um pouco como quando fica menstruada. E tem a impressão de que desde ontem, desde que a imitou, ele começou de fato a tirar algo dela, mas à sua maneira, tratando de manter o conteúdo em absoluto segredo, incrivelmente treinado, treinado para esconder, e ela às vezes se sente diante dele como uma grande cidade, abundante, serena, inocente, e ele um pequeno guerrilheiro, ardente, ressecado, que vez ou outra se esgueira de sua floresta, agarra algo de que necessita para sobreviver, e desaparece. E se essa coisa que ele leva talvez não tenha nada a ver com o caráter iogue dela? Ela abre os olhos, estarrecida: e tem a ver com quê?

Talvez haja algo que você queira dizer ao seu corpo?, a pergunta lhe escapa, deixando-a surpresa, ao mesmo tempo que ele endurece um pouco. Você pode lhe dizer agora, ela sugere, lembrando muito bem como, mais ou menos dois dias antes, ele quase tinha chorado quando ela lhe falou do corpo dele, e, apesar de tudo, sentiu que alguma coisa nele se abriu desde então, diga consigo mesmo ou em voz alta, diga a ele o que tem a dizer. Ela vê sua testa se franzir levemente, e silêncio. Depois, ele veste um sorrisinho muito sutil.

Ela se contém, e a aula prossegue, mas, antes de ele sair para a refeição, pára perto da porta: sabe o que eu disse antes... para o corpo?

Que foi que você disse?

Ele solta uma risada, dando pequenos chutes nos ladrilhos do chão com os dedos dos pés: nada especial, perguntei se ele estava satisfeito comigo.

Ela não entende, e ele explica de boa vontade: sempre pensei nisso ao contrário: se eu estava satisfeito com ele, e de repente, quando você disse que eu lhe perguntasse alguma coisa, foi como se eu ficasse com pena dele, de que ele seja obrigado a ser meu como se...

Ela sorri junto, ainda sem entender: ele tem um corpo tão bonito, ágil, bem esculpido, e também se move com flexibilidade e harmonia... Por um momento — sem ao menos sentir — ela distensiona todo o seu saudável e gloriosamente belo corpo, como quem toma ar depois de sair da casa de um enfermo. Mais tarde, quando está novamente sozinha, ela se dedica à limpeza semanal da sala — sua pequena manifestação de liberdade contra a gerente e a equipe de limpeza —, e algo a incomoda: a idéia fixa, humilhante, de que ela, como dizer, é pouco complicada demais. E, ao que parece, tampouco atrapalhada o bastante. Existem clubes, ela sabe, que não permitiriam sua entrada; as pessoas mais próximas e mais queridas possuem áreas inteiras proibidas a ela, e ela, com toda a sua capacidade de vidência, não consegue nem mesmo imaginar o que se passa nos seus vãos mais recônditos, tortuosos e intrincados, e jamais saberá o que realmente pensam dela, e lá — ela tem uma incômoda e permanente suspeita —, lá ela está sendo traída.

E agora, tendo chegado até aqui, os pensamentos já sabem sozinhos o caminho para casa: talvez algum dia, daqui a anos, as filhas poderão finalmente lhe dar seu devido valor. Elas vão crescer —

Rotem.

Quê? Ela me assustou ao me interromper desse jeito, no meio da frase.

Tenho um pedido para lhe fazer.

Estou ouvindo.

Não leia agora. Fale comigo sobre isso.

Sobre o quê?

Sobre o que você escreveu.

Não entendi. O que —

Não diga "ela", diga "você". Fale comigo.

Dou de ombros, passo rapidamente os olhos pelas linhas seguintes. Não consigo entender de onde lhe veio tal idéia, e me pergunto se devo objetar em nome da liberdade de criação artística, decido conceder a ela o "você", mas de maneira nenhuma fazer concessões em relação aos outros protagonistas.

Talvez algum dia, daqui a anos — leio para ela, um pouco hesitante no início, experimentando cada pedra antes de pisar, e depois a coisa flui —, as filhas poderão finalmente dar a você seu devido valor. Elas vão crescer, e também serão mães, seus olhos vão se abrir... está bem assim? Foi isso que você quis dizer?

Foi, ela responde de olhos fechados, continue.

Você está apoiada no rodo, sonhando com imagens da futura maternidade delas, invocando para elas um homem tranqüilo e sorridente de ombros largos, e uma casa de brinquedo com telhado vermelho, e dois ou três filhos, até mesmo quatro, por que não? E haverá momentos felizes no parquinho de diversões, e nas refeições, e haverá também discussões sobre o que vestir no jardim-de-infância e sobre a hora de dormir, e mais tarde discutirão sobre que horas voltar para casa depois da festa, e se fumar ou não, e o que fumar, e quando começar a transar, e com quem, e uma nova compreensão emergirá de dentro delas, e subitamente compreenderão a dádiva da maternidade que você lhes proporcionou. A liberdade interior que você lhes concedeu com sua anarquia ostensiva, e com a absoluta eqüidade entre mãe e filha transmitida a elas. E você suspira calmamente: também é certo que às vezes, a um olhar não simpático, a um olhar externo e estranho, corre o risco de parecer que você e elas são na verdade moças da mesma idade, pessoas desprovidas de recursos e aterrorizadas pelo incompreensível e arbitrário mundo adulto...

Sim, ela murmura, olhos fechados, seus lábios se movendo junto com os meus.

Mas então, de dentro do seu lamaçal de abençoado esquecimento, apresenta-se a você uma fileira de nódulos, ilhas de memória de diversos tamanhos, intangíveis e fatais, as lancheiras que levavam para a escola e que se revelavam vazias na hora do lanche, as poças de urina acumulada diante da porta da frente quando você voltava tarde para casa. E as brigas furiosas que explodiam toda vez que você tentava ajudá-las com a lição de casa, e o tédio e a sufocação que você sentia quando era obrigada a sentar junto com elas, nem que fosse por dez minutos apenas, e estudar para algum exame. Cada minuto lhe parecia uma eternidade. E o tapa que uma vez você deu em Rotem por causa do Teorema de Pitágoras. E sua teimosia em tratá-la apenas com remédios homeopáticos, apesar do *Streptococcus*, e o terrível comentário da médica de plantão, que por acaso havia sido sua colega de classe, de modo que tinha uma perspectiva bastante ampla da sua personalidade —

Continuo a ler. Uma lista longa e bastante enfadonha. Na época em que escrevi, gostei; e também me senti justa e forte e toda-cheia-de-autopiedade, e também disse, que bom que tudo ficou lá atrás, e tive a possibilidade de me amargurar alegremente com cada item, como se tivessem acabado de acontecer. Agora as entranhas se revolvem de tanta frivolidade e vergonha de perceber que essas são as bolhas do ar que tenho respirado nos últimos vinte e cinco anos. Apesar de tudo, continuo lendo para ela, fazendo explodir na sua cara uma bomba depois da outra, mas conservando o mesmo tom de voz comportado de puro staccato que usei para ler durante toda a noite, sem enfatizar nenhuma palavra, sem culpar nem desculpar, sem influenciar nem corromper; apresento-lhe o meu texto sem a minha interferência, e tenho uma experiência não desprezível em fazer isso, pois num certo sentido tem sido esse nosso jeito de falar nos últimos anos — o método que desenvolvi para não me inflamar quando ela invadia uma conversa e pairava com sua criminosa ingenuidade nas minhas áreas alérgicas. Mas, quando vou chegando quase ao final da lista, minha boca começa a ficar seca, e dou uma rápida olhada no relógio. Em Londres agora são dez horas. Melanie me deu uma instrução inequívoca sobre as próximas linhas, falou da necessidade de eu ser absolutamente sincera, mesmo agora, justamente agora, servirá para purificar, ela disse, para liberar vocês duas, mas eu não sou Melanie, e fixo bem o olhar no canto escuro da mentira, e vergonhosamente pulo o início do trecho seguinte, e Níli, de olhos fechados, segura o meu pulso com uma força que ela não tem mais, e diz, até o fim, Rotem, leia até a última linha.

... e homens ficando à noite, presos em armadilha diante de dilacerados olhos infantis ao saírem nus e relaxados do chuveiro, olhando constrangidos, e as noites em que Rotem batia em prantos na porta trancada do seu quarto protestando contra tudo o que se passava lá dentro, e aquela maldita semana, que deveria ser enterrada num lugar de onde jamais pudesse ser arrancada, com nenhum tipo de análise, que você ficou no apartamento com dois, duas bestas, enchendo a cabeça de fumo, meu Deus, o que você fez com ela?

Silêncio. Ela por fim solta minha mão, e eu estou encolhida, do tamanho de uma criança enjeitada. Assusta-me ver o que ela pode saber, basta que queira. Foi exatamente isso que aconteceu quando, de repente, no meio de uma conversa telefônica como outra qualquer, dois meses atrás, ela disse, você está escrevendo aquela história, certo? E eu engasguei e tentei mudar de assunto, e ela perguntou, por que justamente essa, não tem outras histórias para contar? E eu disse que simplesmente preciso, e ela perguntou, justo agora? E eu disse, sim, e quis gritar, você não consegue entender que é a minha última chance, enquanto você ainda está comigo, depois não vou mais ser capaz? Mas tudo o que saiu foi um ganido constrangedor, por favor, Níli, só não me diga não. E Melanie, atrás de mim preparando uma salada, interrompeu o que estava fazendo e ficou imóvel, entendeu pela minha voz sobre o que era a conversa, e Níli se calou, e em seguida respirou tão profundamente que parecia estar me sugando pelo fio do telefone, e disse, mas depois disso venha a Israel para ler para mim, um presente de despedida.

E agora, com voz baixa porém aflita, ela suspira, que bom que você disse.

O quê?

Quando você começou a lista, fiquei com medo de que não dissesse isso.

Então, aí está, encolho os ombros de fraqueza, acabei dizendo isso.

Obrigada, ela diz. Ambas silenciamos, e eu penso em Melanie, toco nela, reabasteço-me e retorno.

De repente, sem nenhuma relação com nada, penso que já basta, até que ponto se pode arrastar uma infância dessas? até que ponto se pode ser escravizado por ela? É preciso seguir adiante, é preciso começar a deixar isso para trás de alguma maneira, e Níli diz secamente, e aquelas duas, as suas irmãs na história, Tico e Teco, você já não precisa delas.

Então você pode ficar tranqüila, ela acalma Liora, que telefona outra vez pela manhã, numa hora inacreditável, não estou apaixonada por ele, e nem ele está exatamente apaixonado por mim, não é por aí, mas talvez eu o ajude a amar um pouco mais a si mesmo. Liora não responde, fica em silêncio, constrangida por alguma razão; afinal, prometera a si própria que não ligaria mais, e não está muito claro para ela como acabou telefonando, e o que de fato está acontecendo com ela, e o que a está afligindo tanto durante esses dias em que Níli está lá com ele.

Níli se força a falar, quebrar o silêncio: talvez eu precise tentar influenciá-lo um pouco mais, direcioná-lo um pouco, aconselhá-lo a, digamos, sei lá... Que procure guardar bem esse presente que ganhou de Deus, que vá estudar ioga, ali, no norte, ou procure algum grupo de dança, de movimento, que você acha, Lilush?, ela está quase gritando, novamente assustada, que inferno, como uma menininha, por causa do silêncio de maus presságios de Liora.

Mas no fundo por que não?, Liora finalmente se manifesta, curvando-se com um laivo de ressentimento: se é para criar um ser humano, crie direito, banque Deus até o fim, e não esqueça o sexto dia. Não, não, diz Níli com absoluta seriedade e gravidade, eu não o estou criando, ele sabe muito bem sozinho do que precisa. Ele sempre tem alguma coisa em vista. Você vai ver, mesmo que ele não saiba disso agora, e mesmo que passe anos cometendo erros, e mesmo que esqueça tudo pelo caminho, inclusive toda esta semana — no final ele vai chegar naquilo que está destinado a ser. Você vai ver. Mas o que, o que ele está destinado a ser?, Liora exclama, iogue? guru? Hare Krishna? Não, não, admite Níli, acho que ele está procurando um lugar totalmente diferente. Um lugar até mais profundo que isso. Você — Liora baixa a cabeça, e subitamente é inundada, para sua absoluta surpresa, de uma ardente inveja daquele rapaz bobo e superficial, com a sorte maravilhosa que teve —, você parece estar esquecendo outra vez que estamos falando de um menino. Ele tem quinze anos! (Níli, com as forças que lhe restam, consegue não murmurar "e meio".) E você atribui tanta coisa a ele, e o carrega com toneladas de — e diante de Liora se desenha por um instante a figura de um jovem inseguro, magro e encurvado, e alguém lhe enfiando goela abaixo, por um tubo grosso, todo o conteúdo das cataratas de Victoria —, agora escute com atenção e procure me responder honestamente, não lhe parece que está exagerando um pouco em relação a ele com essas suas interpretações, me desculpe, um tanto dissimuladas?

Faz-se um longo silêncio. Liora repete sua pergunta, desta vez num tom mais humilde, quase trêmulo. Não, Níli enfim sorri, e pela enésima vez, mas sempre como se fosse a primeira, consegue perceber com clareza o enorme esforço de que deve se investir para não permitir que Liora a invada eternamente. Não é absolutamente algo em que eu possa me enganar, ela diz em voz baixa, com nitidez, eliminando qualquer possibilidade de discussão: é algo, ou que eu conheço muito bem, por inteiro, ou para o qual não tenho a mínima sensibilidade. Sabe, é isso que acontece comigo quando estou fértil — ao menos quando ficava fértil, ela se corrige intimamente — e é o que acontece quando estou apaixonada, e é algo imediato, na hora, bingo!

Pausa, silêncio. Liora, em casa, ergue acima dos olhos dois arcos bem definidos, finos e irônicos, e tiquetaqueia silenciosamente como uma bomba-relógio. Tudo bem, tudo bem, Níli se rende, cometi alguns erros aqui e ali, quem não comete? — eu não, Liora pensa com azedume, e uma dor de cabeça repentina irrompe em suas têmporas e depressa vai tomando conta de toda a cabeça, e ela sente uma pontada na garganta subindo e descendo como um minúsculo diabinho que bate furiosamente os pés, eu não! eu não! —, mas com ele não estou errando, prossegue Níli, e vou lhe dizer mais uma coisa, e num instante seus olhos brilham e seu peito incha de orgulho, e Liora sabe muito bem como ela está bonita nesse seu ardor, nas suas súbitas mudanças de estação, com todas as emoções dela estampadas na face, com sua sinceridade, simples e ingênua — e por mim você pode rir quanto quiser, mas eu sinto que precisei trabalhar duro ao longo desses vinte anos, nem um segundo a menos, para estar absolutamente pronta quando ele viesse.

Aos poucos ela vai virando a cabeça pesada na minha direção. Seus olhos estão injetados de sangue, mas a face está suave. Lembro-me da reação dela — cinco anos atrás? quatro? — quando lhe contei pela primeira vez que estava escrevendo. Que foi que deu em você para de repente virar escritora, na sua idade?, ela perguntou ingenuamente: quando você ficar velha, como Agnon ou Bialik, então escreva! E eu quase uivei de dor, por causa da enorme distância, intransponível, perdida. Por causa da fome dos órfãos. Agora estou lhe contando, com um alívio incomum nas nossas tragédias, sobre a sensação que tive nas últimas semanas de escrita. Foi como se alguém me pegasse à força pelo pescoço e me levantasse; sinceramente, eu rio: realmente me obrigando a me erguer para fora da minha pele —

Seus olhos cintilam: isso é a felicidade, não é?

Sim, eu reconheço, é demais.

Por um instante ela se enche de luz, pode-se realmente sentir como seu espírito desperta e se move livre e iluminado dentro do tecido obstruído de sua carne. E eu, também, imediatamente me abro por fora e por dentro, e todas as minhas partículas começam a girar, e nós nos aproximamos e nos afastamos e nos absorvemos uma dentro da outra, e não é permitido olhar nos olhos, e a garganta é tomada pela conhecida e ardida dor, que uma vez, num dos contos da turista, chamei de "grito do recém-nascido frustrado". Rotem, ela murmura, Rotem, Rotem, e ambas, imóveis, estamos atraídas e reunidas no mesmo lugar exato, e eu fecho os olhos, e por um instante estamos juntas, num imenso abraço que é o abraço da — por mais que isso soe loucura — mãe.

Quer dizer, a mãe que nós nunca tivemos.

E aquele amigo que você mencionou?, ela pergunta logo depois, quando se encontram de novo, disposta a ouvir o que não quer mas se sentindo realmente na obrigação de achar alguém próximo para ele, pelo menos uma pessoa no mundo com quem possa mitigar um pouco sua solidão.

Seus ombros imediatamente se arqueiam. Os olhos escurecem, espiando-a de dentro de uma caverna. Mas desta vez, para sua surpresa: ele já saiu do internato. Foi embora.

Por quê?

Por quê? De novo aquele sorrisinho, que subitamente toma conta do rosto dele, sempre revelando um objeto estranho, afiado e agressivo, cravado em seu interior. Porque disseram que eu não fazia bem a ele. Que o estava prejudicando. Foi por isso.

Que você não...? — algo a atinge: a gota de saliva que escapou dele e pousou na sua face. E como ele correu para limpar: mas por quê?

E eu sei? Pergunte a eles.

Estou perguntando a você.

Sei lá. Os pais dele vieram e o levaram embora. Besteiras.

Ele também era meio doido.

Por que também? Que mais ele era?

Não..., ele ri, intimidado, eu quis dizer, eu também sou um pouco. Não é?

Não, você não é. Deus me livre. Não meta essas coisas na cabeça. Mas onde ele está agora?

Não sei. Talvez na França. Não disseram onde. Ele tem uma irmã na França, e uma tia no Canadá, também. Talvez esteja lá. Talvez esteja por aqui mesmo. Que importa?

E você não tem o endereço dele, o telefone, alguma coisa?

Ele revira atentamente seus longos dedos.

E ele não escreveu para você, não deu nenhum sinal?

Eu..., ele silencia. Respirações breves. Lábios ligeiramente pálidos. Com certeza lhe disseram que era proibido mantermos contato. Sei lá, é o que me parece. E encolhe o ombro esquerdo, num gesto sinuoso, melancólico.

Subitamente ela sente um peso muito grande. Apóia-se com as costas na porta e o observa, e ele lhe implora que entenda de uma vez por todas, que o libere da obrigação de relatar. Com muito esforço, ela consegue abrir caminho em meio a tudo o que gira à sua volta e faz uma pergunta, já sabendo a resposta, e quando, diga-me, quando foi que isso aconteceu, quando ele foi embora, quando o levaram?

Não sei. Acho que faz um ano. E furtivamente leva os braços às costas, e percebe o olhar dela, e os traz de volta para a frente, submisso, e ela vê através do relógio a cicatriz na sua carne dilacerada. Sete meses, ele diz baixinho, e alguns dias. Uns vinte. Vinte e dois.

Níli não se mexe. Está louca para sentar. Fraqueja sob sua dor, sua humilhação, sua saudade.

E como, ela pergunta após um silêncio prolongado, como ele se chama? Pois de súbito lhe ocorre uma idéia maluca, inquietante — Níli, a salvadora, a todo-poderosa —, de encontrar o rapaz para ele. Vai investigar, detectar, utilizar todos os seus contatos, todos os doidos que conheceu nas suas andanças, para localizá-lo, e reconstituir o laço entre um e outro. Já consegue ver sua caixa de correio quebrada se transformando no ninho secreto do encontro e da relação deles —

Mas ele hesita. Seus olhos se voltam para baixo. Níli implora com o olhar. Quê, até o nome dele é segredo?

Não, não é segredo.

E então?

Kôbi.

O nome dele também é Kôbi?, ela dá uma risada: dois Kôbis?

Não, ele é o Kôbi.

E você?, o riso fica suspenso, vazio, na sua face.

Eu não.

Por que... como assim?

Eu sou o Tsáchi.

Isso é demais para ela. Ela senta no chão. Uma náusea esquisita acomete sua garganta, uma massa de sentimentos não digeridos e regurgitados garganta acima por um diafragma obstinado. Como, Tsáchi, assim, sem mais nem menos? Tsáchi não combina com ele. Ela recorda como ele lhe disse o nome da primeira vez. Lembra-se do segundo de hesitação. Pergunta-se como, num piscar de olhos, ele resolveu mentir, e já não entende mais nada, e não quer entender, e pensa como é enganada facilmente, e que porcaria ela tem, inferno!, que desperta nas pessoas o desejo de brincar com ela?, e amaldiçoa as brechas retorcidas que sempre permitem que ela seja traída, e apesar de tudo, por meio de uma linha de pensamento final e esgarçada, ela lembra — como ele me levou a chamá-lo de Kôbi. Como seus olhos se reviraram quando o chamei por esse nome.

Escute, hã — ela se recusa a forçar a passagem entre os dentes do nome falso combinado entre eles —, quem sabe, agora pelo menos, você não me conta alguma coisa sobre ele?

Agora não, ele diz, talvez depois. Mas ele está alerta ao que se passa dentro dela, à sua expressão humilhada, e se levanta irritado e anda até a porta, que ele não se vá agora, não posso ficar sozinha agora. E parece que ele sente. Pois pára, vira-se para o ar-condicionado pesado e barulhento, e fica ali, brincando com os botões. Liga, desliga.

Deixei você puta da vida.

Você acha que é legal para mim que — e ela se lamuria, por que não me disse logo, no começo?! Por que precisou me enganar desse jeito?

Ele vira meio corpo para ela: quer saber como falávamos?

E aí, como? Ela quer e não quer. Já conhece de antemão todas as suas manhas. Os trejeitos sinuosos de um embusteiro que tira um coelho da cartola no meio da conversa, contando com a curiosidade infantil dela.

Com perguntas. Só é permitido perguntar.

Ela relaxa os ombros, o que é que ele quer dela agora? Que diga diretamente. Ela não tem energia para suas charadas.

Desde o começo foi assim, ele passa a narrar e vai se entusiasmando, foi assim que começamos, não, a idéia foi primeiro dele, ele, ele tem idéias o tempo todo — um sorriso nostálgico se acende no canto dos olhos —, e como foi que ele me viu ali no pátio? logo que cheguei lá? Ele já estava lá fazia dois anos, é mais velho que eu, eu tinha dez anos quando fui para lá, e no início ele falava comigo desse jeito, com perguntas — sua voz fica mais alta e mais aguda, e Níli também tem a impressão de que passa sozinho para um tipo de dialeto diferente, de outros lugares —, e eu imediatamente respondi, tudo bem, que eu captei o jeito dele rapidinho, e, até eu chegar, achavam que ele era maluco, e ninguém respondia o que ele perguntava, só o enchiam de porrada o dia inteiro, mas eu, assim que desci do ônibus e ele me viu, veio falar comigo, bom, não importa — importa, sim, ela sabe, ouvindo a evidente entonação de orgulho, e uma bolha grande e morna estoura e escorre dentro dela —, e eu tinha dez anos, e daí em diante foi assim o tempo todo, inclusive no quarto, nas aulas e, digamos, quando ele estava num dos seus ataques. Ele caía no chão, ele tem aquela doença que faz a gente cair, e como é que ele voltava? Continuava do mesmo jeito, uma pergunta ele, uma pergunta eu... os olhos dele brilham, ele passa a mão pelo cabelo curto, e Níli sente a delicadeza do toque, e com seus olhos de vidente vê a imagem de um jovem mais alto que ele, esguio, elástico e inquieto, com expressão aguçada e olhar tenso e torturado, movendo-se com passos de pantera pela jaula; e assim, sempre, só com perguntas, o tempo todo só com perguntas, todo o resto é proibido! Ele toma fôlego, e lhe dá um sorriso melancólico: talvez uns cinco anos, acho, não erramos quase nenhuma vez.

Mas quanto se consegue falar desse jeito? e o que se consegue dizer?, ela pergunta, emergindo por entre as lágrimas, grande e pegajosa, com seu sorriso inocente de joão bobo.

Ele de repente se anima: quer experimentar?

Você acha que eu consigo?

Não percebeu que já está falando assim?

Eu?

Ela sorri com seus lábios rachados e olha para mim, e o olhar dela diz, como você sabe inventar bem. Em seguida, diz, que mundo inteiro você criou aí, e indica minha cabeça com suas sobrancelhas quase sem pêlos. Só depois ela dá um suspiro profundo, e eu, meu primeiro pensamento, é que de alguma maneira, apesar de tudo, a minha história tocou a história dela, beijando alguma lembrança adormecida. E imediatamente também me assusto, não quero que ela sofra por isso. Olhe, digo depressa, afinal nós não sabemos quais foram realmente seus motivos, e às vezes se pode morrer também de súbito excesso de abundância, como, por exemplo, os sobreviventes dos campos, eu explico (como se fosse preciso explicar), os sobreviventes que se fartaram até a morte após anos passando fome, ou pelo menos se pode querer morrer; como, por exemplo, eu, eu penso, como eu, por exemplo, nos primeiros tempos com Melanie, e até mesmo hoje, às vezes, nos momentos de insuportável comoção, dá mesmo vontade de morrer, pois como é possível suportar todo esse bom sem razão de ser, esse bom escandalosamente bom —

Faz-se um silêncio pesado, pleno de palavras, palavras que realmente pingam dele. Fico sentada, exposta, necessitando com urgência de algum chão. De um determinado corpo.

E então ela suspira de novo, um longo suspiro, horrível. Deitada de costas, partida em duas bem na minha frente, e eu de súbito compreendo, não é só o sofrimento, o pesar e a culpa; ela também sentiu saudade dele todos esses anos, saudade de uma pessoa que tocou sua vida num ponto em que ninguém mais tocou.

Três dias depois de ela voltar do mar Morto, ele desapareceu. Saiu do internato na segunda-feira ao anoitecer através de um buraco na cerca. E foi isso. Nunca mais o viram. E agora isso me volta como um pesadelo, como ela chorou na época, semanas a fio, falando sozinha, gritando enquanto dormia, batendo a cabeça na parede, na mesa, nas portas, dez, vinte vezes seguidas, irredutível como um pistão, arrancando as palavras de dentro de si feito faíscas. E de repente Liora e Dovik apareceram em casa, a primeira vez que vieram a Rishon, para entender o que estava acontecendo, e aproveitaram para levá-la a uma corte marcial na nossa cozinha, por todos os seus delitos e sem direito de prescrição. E eu fiquei andando lá embaixo em volta do prédio até que não agüentei mais e irrompi porta adentro gritando que a deixassem em paz e fossem embora de uma vez por todas da nossa casa e da nossa vida. Que voltassem para a civilização correndo. E eles de fato se foram, carregando uma expressão ofendida como dois cardeais cheios de razão. Níli sentou, completamente exausta, no canto da cozinha e olhou para mim com um ar de gratidão ilimitada, totalmente sem forças para falar, mas não vou me esquecer daquele olhar jamais. Em seguida veio a viagem, sua viagem particular à procura dele, pelo país inteiro, de carona. Isso foi bem depois que se encerraram as buscas oficiais, durante três ou quatro dias procuraram por ele, a polícia e o exército e voluntários. Por fim desistiram, agregando-o às estatísticas dos desaparecidos, afinal quanto se pode investir num garoto de internato como esse, um garoto barato? Nesse momento ela finalmente acordou do choque, e resolveu que todo mundo estava errado, pois não o conheciam, e que ele não caíra em nenhum poço, nem pulara de um penhasco, nem fora seqüestrado, nem se afogara. Ele entrou na clandestinidade, ela determinou com uma espécie de autopersuasão frenética, e seus olhos brilhavam maravilhados com a sagacidade dele. Ele está se escondendo sob outra identidade, explicou, como se tivesse livre acesso ao seu centro de consciência: esse rapaz tem um talento imenso para a camuflagem e a representação, ela me disse, ele simplesmente sumiu consigo mesmo, e, quando lhe for conveniente voltar, ele voltará. E com um olhar dissimulado de Miss Moneypenny decretou que, se por acaso a visse em algum lugar, ele se aproximaria. Dela, ele se aproximaria. Na época ela chegou a se superar e veio com a brilhante idéia de que eu fosse junto com ela procurar por ele. Que eu — com ela — por ele. E eu obviamente ri na cara dela e lhe virei as costas, e, quando ela entendeu que não havia possibilidade, implorou que ao menos a ajudasse a fazer a mala, pois sempre fui a campeã de fazer malas (ninguém se compara a mim quando se trata de enfiar um infinito num espaço pequeno). E eu, ardendo de tão psicótica, fui e empacotei um monte de xales. Arranquei do armário as dezenas de xales e echarpes dela, e meti na mochila surrada, e não coloquei ali nem um par de calcinhas, nem um sutiã, nem uma saia ou material de higiene, fechei e enfiei na mão dela, e agora vá. E, quando ela voltou uma semana depois, no meio da noite, acordei no mesmo instante, senti o cheiro dela na escada, o espaço todo inundado por um cheiro que ela nunca havia tido, um cheiro quase inumano, cheiro de um animal que percebe que desta vez realmente cometeu o erro da sua vida. Ela não teve força nem para chegar até o banho ou até a cama. Desabou na poltrona cor de laranja e dormiu acho que umas vinte horas seguidas. De vez em quando murmurava alguma coisa dormindo, que a tinham jogado de um lugar para outro, que riram na cara dela, que a trataram como louca. Nos dias seguintes ficou sem falar, parecia ter secado. Perdido todo o sumo. Até se tornou uma pessoa prática. Tentou agitar as coisas na casa. Limpar a sujeira de anos, arrumar os armários, roupas, utensílios de cozinha... se na ocasião eu pudesse me permitir sentir alguma coisa, se isso não estivesse tão

acima das minhas capacidades, talvez tivesse sentido pena
dela, pois até eu pude ver o quanto ela estava sofrendo em
seus exercícios de recém-adquirida maternidade. Mas para-
mos totalmente de nos falar. Não havia palavras para a história dela com ele, e depois tampouco para todo o resto, e
depois fui embora. Não pude continuar vivendo no luto de
uma desgraça que aconteceu com ela, desgraça com que eu
não tinha nenhuma relação nem queria ter. E, desde então,
nunca mais falamos nisso, e mesmo nos últimos meses, quando ela já sabia que eu estava escrevendo a história, e implorei que ela me desse alguma pista, contasse alguma coisa,
ela alegou que tudo se apagara na sua cabeça, que da sua
perspectiva tudo se acabara. Ela, que era incapaz de guardar um segredo por mais de um minuto, conseguiu muito bem
guardar essa história; esse segredo único, dele e dela, ela
não traiu. De modo que tudo o que tenho são fragmentos, não
mais que isso, fragmentos normais de um mosaico com o qual
os filhos sempre conseguem montar, de alguma forma, o mistério da vida dos pais, mas basta, acabou-se, digo a ela, como se uma de nós duas não estivesse de todo convencida,
basta, basta, já terminou, e pense só no preço pago por você.
Talvez a doença — isso eu não digo, é óbvio, mas estou segura de que também passou pela cabeça dela —, pois como é
possível conceber que ela, justamente ela, e ainda tão jovem.

Na última noite lhe ocorre — que idiota, só agora! — suge-
rir a ele que trabalhem também à noite. Ele se alegra: oba!
Dança em torno dela. Ela nunca o tinha visto assim. Pergunta
se não está cansado, e ele ri — é capaz de continuar até de manhã, até a hora da viagem.

O andar do spa costuma ficar trancado à noite, então ela o

convida para seu quarto, e começa a arrumá-lo ansiosamente até ouvir bater baixinho na porta; ele entra hesitante. E mais uma vez, como ao entrar pela primeira vez na sala de ioga, insinua-se mais três ou quatro passos até estar exatamente no local correto para ela, no plexo solar de sua esteira dura e redonda, fica ali parado por um momento absorvendo inconscientemente, e só depois desperta e se surpreende de ver como o quarto é pequeno, e mais — que não parece de modo algum um quarto de hotel, com as coisas indianas penduradas na parede, que ela acha de súbito patéticas, e o colchonete estendido no chão, e os saquinhos plásticos contendo todo tipo de comidas que ele não conhece — os grãos dela —, e os recipientes de especiarias arrumados sobre a cômoda. Ele vai passando devagar, observando. Pois não, que olhe, tudo faz parte da aprendizagem. Olha até mesmo no cinzeiro, descobre a ponta do cigarro do almoço, olha para ela ligeiramente confuso: quê, é permitido fumar cigarros na ioga?

Ela dá de ombros. Que é que eu posso fazer? Não precisa ficar falando. É só um por dia. Mas nessa hora — ela ergue o dedo, soltando uma faísca mágica — quero que a fumaça preencha cada célula dos meus pulmões!

Eles trabalham com entusiasmo, com uma espécie de euforia que precede a despedida. Revêem coisas que ela ensinou. Ela descobre que ele não esqueceu nenhuma das posturas, nem as mais complicadas, e que seu corpo de certa forma registrou cada movimento em seu interior, e quando respirar e quando sustar a respiração, e para onde virar a planta do pé quando os dedos da mão oposta se esticam. E, não pela primeira vez, uma reflexão a toma, de que talvez não tenha lhe ensinado nada, apenas tirou um pouco o pó de cima de um antigo manuscrito que já estava dentro dele.

Uma hora se passa, e mais uma. Eles se movimentam quietos, quase em total silêncio. Sentem-se como o coração do enorme e incircunciso hotel. De vez em quando descansam, conversam por alguns momentos, mergulham num relaxamento, dizem um ao outro que não faz mal se adormecerem por alguns minutos, mas após o relaxamento o corpo volta a se movimentar sozinho, puxado de postura em postura, escolhendo os asanas prediletos. Níli pede a ele que não se esforce demais. Amanhã terá um longo dia de viagem. Ele volta a dizer que está disposto a prosseguir assim a noite inteira, aliás, ela também. Ela quer supri-lo com o máximo, o melhor suprimento possível, um banquete real, e já percebe que não vai conseguir tocar nem a ponta do iceberg, e se lamenta disso, e está feliz e triste e um pouco como bêbada.

Numa das sonolentas conversas noturnas ele conta que toda semana manda uma carta para um país diferente, em ordem alfabética, com o nome do amigo, sem endereço, só o nome do país, e fica esperando, e sabe que não há chance, mas talvez sim, às vezes milagres acontecem, não é? Ela silencia, olha para o relógio dele, imaginando intimamente suas andanças secretas e persistentes pelos vários países, e vê agora com seus olhos espirituais um rapaz totalmente diferente, baixinho, de cabelo castanho encaracolado, um rapaz terno e um tanto perdido, com cara de passarinho, olhos enormes e lábios que parecem sempre prestes a fazer uma pergunta.

Subitamente ele se enche de vigor, até mesmo de vontade de falar, e lhe conta sobre o restaurante que terá. Vai construí-lo no local mais distante do mundo, no alto de um rochedo no deserto, ou até mesmo em Eilat, o importante é que não haja muita gente. Mas em Eilat há gente, muita gente, ela faz questão de lembrar. Não, ele diz com firmeza, qual é?, lá não há ninguém, Eilat é um lugar ermo. Errado, ela retruca, do que você está falando? Ele se cala por um instante — deitado de costas, mantém o braço esquerdo esticado no ar. Ele gosta de pensar, nessa posição. É até capaz de adormecer assim. No internato já se acostumaram com isso, mas em casa o pai, é isso que lhe dá nos nervos, ele vem e dobra o braço com uma batida — então mais longe que Eilat, ele enfim se rende, até no monte Sinai. Ou no planeta Vênus. Mas em Vênus não há gente alguma, ela pensa mas não diz. Há gente, sim, ele afirma em tom de provocação, como se ela tivesse tentado contrariá-lo, mandaram astronaves e há gente. Ela escuta a voz dele e se pergunta o que estará ouvindo agora, e se apesar de tudo não precisa resgatá-lo um pouco de sua constrangedora ignorância — quem melhor do que você para saber? Mas de repente, num momento de iluminação, ela exclama, é claro que há gente em Vênus, como é que fui esquecer, afinal mandaram uma espaçonave da Índia; exato, ele logo responde, e ela ouve seu esforço para apagar qualquer vestígio de sorriso na voz, e eles são negros, esses indianos, ele aproveita a linha que ela lhe passou, porque Vênus está perto do Sol; isso, obviamente, se os elefantes não os devorarem, ela conclui radiante, e percebe o riso contido dele, como o de um menino que faz bagunça debaixo do cobertor; ela sente um arrepio de prazer com a pequena descoberta que se permitiu sobre a vida secreta dele, e sobre sua luta clandestina, anárquica, contra os secos e odiosos fatos —

Por que você parou, ela pergunta.

Achei que você tinha adormecido.

Por que você parou.

Porque..., eu digo, e de repente meus olhos se enchem de água.

Ela me olha, e compreende. Não foi realmente assim, ela suspira, e eu sinto que agora está sendo cuidadosa comigo, e isso machuca ainda mais. Afinal, foi você que inventou toda essa história de espaçonaves, e elefantes, e fatos — ela me explica como se eu fosse criança, tentando me consolar, consertar o passado.

Sim, claro, não sei, eu digo, e me levanto e volto a sentar em seguida, lutando com todas as forças contra um choro idiota que de repente pegou meu nariz, um choro totalmente fora de hora. Só o fato de você ter dado risada junto com ele, não importa qual a razão, mas sem dúvida riram juntos de alguma coisa, é isso que é o mais —

Sim, ela diz baixinho, olhando para mim, como se fotografasse algo para levar consigo, e em seguida fecha os olhos, tensionando sua enorme face, e eu não sei onde ela está, e talvez esteja vendo por um momento o meu lado da história, vendo uma vez apenas o meu lado. O que é que eu sei? o que é que se pode saber sobre outra pessoa, mesmo sendo ela a sua mãe?, no fim das contas o cordão umbilical se rompe, ou se enrola, e essa solidão gelada está por toda parte. Essa imersão dela se prolonga por bastante tempo, e eu subitamente me assusto com a possibilidade de ser agora o momento em que a doença de fato vai derrotá-la, e rapidamente digo, basta, Níli, mãe, vamos continuar.

Então quem virá ao seu restaurante?, ela indaga com um sorriso, e ele ergue o tronco apoiando-se nos cotovelos, aí é que está, não me importa que só venha alguém uma vez por ano, mas aí abro uma mesa de vinte metros e trago o banquete da vida dele, com todos os pratos preparados só para ele, e todos os acompanhamentos e sobremesas, ofereço a ele o cardápio inteiro —

Um momento, e o que você vai fazer o resto do tempo?

Ele reflete. Ela tem a impressão de que o sonho é um tanto vago.

Não é assim. Você não entendeu. Eu preparo a refeição dele todo dia, diariamente. Mas ele vem só uma vez por ano. E os outros dias? Ela não compreende. Os outros dias eu fico esperando por ele.

Ela se cala, pensa que, se tiver sorte, algum dia chegará ao restaurante dele para ser agraciada com o banquete da sua vida. E pondera novamente, talvez apesar de tudo possa lhe dar seu número de telefone, e novamente decide que não fará isso, e lembra a si própria seu grande talento, a arte da separação, e o coração dela se tinge da dor da desistência. Eu não devo, ela recita consigo, ele tem um destino tão nítido e único, e, da mesma forma que chegou a mim, haverá de continuar e achar seu caminho. Pois já está claro para ela que esse é o grande talento dele, achar o caminho certo, prestar atenção em si mesmo e saber. Ela dá um suspiro forte, e ele pergunta o que aconteceu, e ela, nada, nada de especial, e olha para ele, e sabe que foi apenas uma parada no longo caminho dele, e que cabe a ela abençoar sua própria boa sorte e não esperar nada mais, e uma voz maldosa cochicha dentro dela, "como sempre". E ela é tomada por um acesso nada iogue de nua e crua hostilidade contra qualquer um que o encontre depois, na continuação do caminho.

Diga, ele murmura virando as costas para ela, ioga também é massagem?

Quê? Ela abre os olhos. Que foi que você disse? Os braços dela se erguem para o alto, para em seguida abraçar seu próprio corpo. De repente sente frio.

Ele não diz nada.

Sim, ela diz, pelo menos para mim, na minha ioga.

Silêncio.

Então — você sabe fazer?

Sei, ela diz, em Jerusalém fiz muito. Inclusive no hospital onde trabalhei. E também nos meus alunos. Interessante pensar que está se fechando agora o círculo que o pai abriu. Ela sabe que consentirá com tudo o que ele pedir. Senta-se. O olhar dele não se dirige a ela.

Você... alguma vez já lhe fizeram massagem?

Não.

Porque você não quis ou porque não teve chance?

As duas coisas.

Pode ser muito gostoso.

É como nas... sabe, aqueles lugares?

Tem de todos os tipos. Está falando daqueles lugares com garotas?

Tem uma lá no bairro. Uma casa de massagem. Uns caras já foram.

Você também foi?

Não. Mas diga — ele passa rapidamente a língua no lábio superior —, não. Nada.

O quê, o que você queria?

É que eu pensei, ele observa atentamente as pontas dos dedos, o ar à sua volta se torna mais espesso: sei lá, tem diferença de como se faz massagem num homem e numa mulher?

Ela dá uma risadinha, constrangida. Não tem certeza se entendeu: claro que há diferença, mas é difícil explicar com palavras... ela sente que está se complicando um pouco. Veja, na verdade eu nunca fiz massagem "para homem", faço massagem para uma determinada pessoa que —

E silencia, e começa a se ajeitar diante dele. Ele responde com um olhar assustado e ansioso, que aos poucos vai se firmando e se tornando claro. Então ele faz um único meneio, um movimento quase imperceptível, como um espião fazendo um sinal numa floresta escura.

Deite-se, ela diz; e se levanta. Deite-se no colchonete e tire a roupa, deixe apenas o que for confortável para você. Volto já.

Ela vai até o banheiro e escolhe alguns frascos em sua coleção de óleos, apóia-se pesadamente por um instante, com os dois punhos, sobre a bancada diante do espelho e se pergunta o que teria realmente acontecido com ele em relação a ela nestes dias, e o que a sua ioga teria ativado, amaciado e liberado dentro dele a ponto de ele ser capaz de lhe fazer essa pergunta, de fazê-la em voz alta. E pensa, meu Deus, como ele chegou longe, muito mais longe do que imaginei, muito mais *iogue* do que pensei. Ela dirige o ouvido para o quarto, apenas silêncio. Eu bem que gostaria de saber o que dei a ele, ela murmura com súbito cansaço, talvez desse um pouco disso a mim mesma. Enche os pulmões de ar e observa o espelho, embaçado com sua respiração, e por um momento não enxerga nada.

Quando ela retorna do banheiro com a sacola de massagem, ele ainda está sentado exatamente como o deixou. Ela pergunta se está arrependido, e ele diz que não. Ela arruma sobre a cadeira os frascos com os vários óleos, os potes de creme e loção, e duas toalhas limpas. Dá meia-volta e se ocupa um pouco com os frascos, para não deixá-lo envergonhado, acende alguns bastões de incenso e algumas velas com aroma de baunilha, colocando-as em pontos diversos do quarto; quando volta e se vira para ele, ele já está deitado de bruços, vestindo apenas as bermudas, a testa apoiada nas palmas das mãos.

Rotem.
Sim.
Se for muito difícil, você não precisa.
É difícil, e eu preciso.

Ambas tomamos fôlego, mas ela ainda tem força para me dar um pequeno sorriso, um sorriso de apoio, penso. Olho para ela mais uma vez, antes de mergulhar nas páginas finais. Suas mãos descansam sobre o peito. A face, sob a franja de cabelo branco, agora está serena, quase bonita, a face de Simone Signoret que ela sempre teve. Penso, talvez seja o momento de lhe contar coisas que não contei. Não segredos sombrios, apenas coisas triviais que talvez a confortem, facilitem as coisas para ela, ou talvez até a façam rir. Por exemplo, que eu sou muito mais parecida com ela do que ela imagina, e justamente nas coisas pelas quais sempre atormentei a vida dela. Que não sou mais esperta que ela, por exemplo. Que minha cabeça também é fraca, que esqueço muita coisa, talvez até mais do que ela quando tinha a minha idade. Talvez seja por causa das pílulas que tomei na minha época de "turismo", e também porque me falta a proteína que conecta umas às outras as moléculas dos fatos. Talvez seja a hora de lhe contar que minha força lendária, que ela tanto temia, e também a famosa determinação, são agora manteiga derretida. Que saiba, simplesmente, que o tempo corre e nos torna iguais.

Rotem?, ela pergunta com delicadeza, desembaraçando-me.

Eu arrumo as folhas, e esse movimento me organiza, e de repente sou banhada numa onda de alegria por ela, por minha pequena história, pois ela é um local, até mesmo um lar, e eu posso retornar a ela, retornar a ela de onde estiver. Essa é a realidade, ela própria disse isso pouco antes quando perguntei, "é exatamente a realidade que eu quero escutar". A minha realidade. De primeira mão.

Ela senta ao lado dele e toca sua nuca, e sente como ele se arrepia. Durante longos instantes, com vagar, ela passa sua mão pelo corpo dele, equilibrando os chacras e lendo-os de olhos fechados. Em seguida, derrama um pouco de óleo espesso nas palmas das mãos, esfrega-as para aquecer levemente o óleo, de modo que ele não sinta frio, e começa a massagear lentamente as laterais do pescoço. Que loção é essa?, ele pergunta, é óleo de semente de uva, sinta, e lhe dá a palma da mão para cheirar, não é um cheiro muito forte, é? Não queria que ficasse um cheiro muito forte aqui, com o cheiro das velas, para não nos distrair.

Ela se concentra nas costas dele, no ponto onde ele se curva, inicialmente pressionando com força e soltando, depois passa a fazer movimentos mais delicados, beliscando sua carne entre os dedos, extraindo nós de dureza, raiva e confronto, e devolvendo-os macios, apaziguados. Em seguida, com as articulações dos dedos dobradas, ela penetra na carne dos dois lados da coluna vertebral, de cima para baixo, de baixo para cima, e durante um longo tempo procura amolecer os teimosos músculos em torno do pescoço. Só depois de fazer amizade com as costas ela se atreve a tocar em suas cicatrizes, untando-as e massageando ao redor, sem conseguir entender o que o pai havia utilizado para bater, perguntando-se o que ele sabe sobre o pai e o quanto é capaz de adivinhar.

A coluna ainda se parece com um fio, e ela se distancia dela rumo às bordas do corpo, trazendo a carne do centro para os lados com rotações das palmas das mãos, vendo com prazer como ela salta de volta, ondulando, ficando vermelha e escura; e já anota para si mesma os locais onde os músculos estão travados, sem entender como ele é capaz de tanta elasticidade com tamanha tensão, especialmente entre as escápulas, que torcem como tendões a armação da curvatura de suas costas. À medida que ela vai trabalhando, o corpo dele fica mais desperto e alerta, ao contrário do de outras pessoas, que às vezes adormecem quando ela as toca e passam o resto da massagem cochilando e acordando; agora ela tem a impressão de sentir que a pergunta dele acerca de homens e mulheres reverbera por todo o seu corpo, e hesita um pouco sobre por onde começar. Agarra os ombros dele, e se põe a amassar com força, primeiro um ombro depois o outro, erguendo-os e puxando-os para trás até que ele quase sinta dor, apertando e amassando com a força máxima das mãos, enchendo-os aos poucos de amplidão e prazer; enfia seus dedos exigentes sob as escápulas e músculos, vira os braços dele para trás, e com a ajuda dos cotovelos pressiona os numerosos focos de tensão, levando-os a se dissolver na carne. Ela pára um instante para enxugar o suor da testa com as costas da mão, ela, que jamais sua durante uma massagem, e aqui — já desde o começo sentiu um suor concentrado, agudo, e sorri consigo, pois lhe ocorre que os homens, se ela não fizer a massagem com força, não sentem que o dinheiro pago valeu a pena, e por um momento já não tem certeza se apenas pensou isso ou disse em voz alta, pois com a boca meio enfiada no colchonete ele grunhe pedindo a ela que aperte com força, mas logo em seguida, do outro lado, ela espia e vê também um meio sorriso, fino, zombeteiro, dirigido aos homens ou a si mesmo, ela não sabe e se enche de alegria e de novas energias, e cochicha na sua nuca, preste atenção, lá vai, e banha as costas e os ombros dele de uma seqüência de socos rápidos, de cima a baixo, de um lado para outro, e seus músculos tensionam diante dela, surpresos, e do fundo da sua garganta escapa um gemido de vontade e permissão, e ela acha que ele está respondendo à força dela, ao entusiasmo galopante de suas mãos, e ele grunhe espremido debaixo dela, retraindo, esticando e curvando, querendo que ela o machuque, que o escave, que traga algo de dentro dele, e ela também vai ficando mais forte e vigorosa a cada instante, os músculos de sua barriga sobem e afundam, e os dentes se cerram de tanto esforço, e durante longos minutos ela trabalha dessa maneira, sem intervalo, em certos momentos nem consegue distinguir entre seu corpo e o corpo dele, tudo nela extravasa, esparrama-se para ele, e ela deixa escapar gemidos, rouca e suada, os dedos parecendo que subitamente ficaram mais grossos e ásperos; ela esculpe os bíceps dos braços dele e as extensas cadeias de músculos ao longo das costas, e delineia seu pescoço e seus braços, assim, assim —

Até sentir que o corpo dele está relaxado, como se tivesse se desligado de alguma coisa, e por um ou dois minutos ele se esparrama debaixo dela, respirando pesadamente, e ela ergue as mãos acima dele, sem tocá-lo, esperando para saber seu desejo. Aos poucos ele se acalma, fica imóvel mas não adormece, pois ela pousa a mão nas suas costas, elas correm macias por entre os dedos dela, arqueando-se e fluindo em ondas sob a pele, e suas mãos indagam, espalhando-se inquisidoras sobre a pele, o que você quer agora? o que me diz? O corpo dele se apega e encaixa nas palmas das mãos dela e começa a se esfregar entre elas, e sua pele é formada de milhares de minúsculas bocas, as quais estremecem e se estendem em direção a ela com a avidez desesperada de filhotes que ouvem o bater das asas da mãe, mas o que você realmente quer?, ela murmura, diga-me, você diz todo tipo de coisas, e eu não quero errar.

Repentinamente ele pára e enfia o rosto no colchonete, e ela se pergunta se ele já não sabe a resposta mas quer ouvi-la da sua boca, é preciso que ela adivinhe seus anseios mais profundos sem que ele tenha de dizê-los; um medo familiar desperta dentro dela, um medo de vida-ou-morte, pois quem como ela sabe quão fundo se pode chegar por meio dos toques, até lugares absolutamente desamparados que nem sequer têm nomes ou palavras para protegê-los, isolá-los ou obstruir o caminho que leva a eles. E talvez, ela de súbito pensa, talvez por isso Rotem tenha resistido, impedindo-me e não me permitindo por todos esses anos. Por um instante ela fraqueja, observa o jovem deitado, e sabe que ele também é daqueles que são criados por um toque. E tem medo de que, se cometer um mínimo erro, se não souber fazer a escolha certa entre todas as escolhas possíveis, ele estará perdido para ela, e este momento de graça também se perderá, e quem sabe se haverá outros nos lugares por onde ele for.

Ela recompõe seu corpo e fecha os olhos, tentando pensar, mas os pensamentos se dispersam, e o corpo se ergue por si só, conduzindo-a para a janela. Ela fica em pé observando as luzes avermelhadas que demarcam a linha da margem do lago, respira silenciosamente por alguns momentos, e convoca todas as suas forças ancestrais a retornar, ainda que pela última vez, para estarem com ela aqui. E, quando vira o rosto, vê que ele tirou as bermudas e está novamente deitado de bruços, e que o traseiro dele parece uma linda mancha sobre seu corpo, uma mancha em forma de coração.

A despeito de si mesma, ela pára e olha a beleza do movimento dos tornozelos dele, cruzados um sobre o outro, e a qualidade fluida da pele. Seu olhar o percorre, e ela lê nele, signo por signo, a solidão e a nostalgia, e seu inconformismo, a fragilidade, a transparência, a bravura.

Então, ele se vira lentamente, mantendo-se deitado de olhos fechados, o corpo muito tenso e o fino membro enrolado num chumaço de penugem, e agora ele parece tão jovem, suave e desamparado.

Ela senta à cabeceira dele, as pernas uma ao lado de cada ombro, a cabeça pesada e densa em suas mãos. Delicadamente ela alisa seu cabelo e massageia as orelhas, a imagem do feto enrolado nelas, apertando-as e esfregando-as até se aquecerem, e sente o calor que flui delas para todo o corpo dele. Afaga sua face, acima dos olhos, e sabe que, do seu jeito quieto e misterioso, ele logrou penetrar bem fundo nela, no lugar de onde emanam suas energias, e que ele lá usufrui dessas energias sem limitação alguma; ela pode senti-las jorrando, mas não deve impedi-las, pois, se alguém consegue ser tão corajoso ou desesperado, a ponto de chegar lá, tudo lhe é permitido.

Ela coloca a mão sobre o alto de sua cabeça, repleta de pensamentos e segredos e inocência e subterfúgios, e traça círculos em torno do terceiro olho, que fica entre os outros dois, o olho aberto para o Universo, o olho que para mim — ela pensa — está se tapando de catarata, mas, assim mesmo, a você eu consegui ver.

As bochechas estão macias entre suas mãos, e os lábios, que ela agora toca pela primeira vez, são dois rolinhos de veludo. Ela jamais tocou lábios de homem ou rapaz tão expostos, e lhe ocorre que a boca dele já está pronta, e ela fica contente como se tivesse conseguido algo com facilidade, e agora o caminho está aberto.

Ela baixa a cabeça e esfrega o cabelo curto no cabelo dele, primeiro com delicadeza depois com força, furiosamente, grunhindo como um animal, como um animal que esfrega o corpo no corpo do filhote, de modo a passar para ele a essência de seu conhecimento. E, ao afastar o rosto do dele, depara com o olhar que observou quando ele desceu da parada de mãos pela primeira vez. Seu coração bate forte, e ela já sabe o que deve fazer, e sabe também que desta vez não vai errar.

E ela nunca esqueceu, ela, com seu cérebro de drogada, durante os anos e anos seguintes, tanto nos tempos bons como nos ruins, especialmente nos ruins, voltava sempre a se recordar do turbilhão de sensações e imagens, o pescoço, por exemplo, como o fez escorregar por entre seus dedos, e mais uma vez, e mais uma, subindo e descendo ao longo de seu eixo, alongando, afinando, tocando vez ou outra na sua artéria com toques etéreos como gotas de perfume. Depois o peito, a beleza escura do peito dele, como circulou com milhares de movimentos pacientes os montículos de seus mamilos juvenis, elevando-os, moldando-os, nivelando-os um ao outro, e a carne agora estava macia e flexível, respondendo ávida às suas mãos, com a alegria de uma criatura inocente. Em seguida, virou-o de bruços para massagear e esparramar suas nádegas salientes, revitalizando as elevações tensas em torno das duas pequenas manchas que ele tinha, uma em cada nádega, até que cederam e se entregaram ao seu toque. E nesse meio-tempo ela esculpiu os quadris, arqueando-os mais e mais, amaciando com movimentos lentos e movimentos ligeiros as massas de carne reluzentes, em forma de violino; e pensou nas mãos que um dia iriam segurá-lo naquele ponto, rezando para que fossem mãos boas e corretas, e pensou nos homens que a haviam segurado daquela maneira, e nas mulheres cujos quadris chegara a conhecer. E sem dificuldade se lembrou — para essas coisas, ela justamente tem uma memória prodigiosa — do toque dos corpos amados, do cheiro e do calor deles, e da melodia de seus movimentos no corpo dela, e foi inundada de um prazer doce e estonteante, e se esvaziou para dentro dele fundindo seu corpo nos corpos de incontáveis amantes, de todas as cores, de todos os idiomas, continentes e sexos, como se quisesse facilitar a partida dele para o mundo, e a dor de traduzir seu corpo único em todos os modelos de corpos que iria encontrar. Depois, esfregou as mãos no seu querido óleo de jasmim, o mais prazeroso e penetrante de todos os óleos, e pediu a ele que se virasse de novo, e ele o fez, bem devagar, e ela desceu até as plantas do pés e redesenhou, com meticulosidade, seus finos tornozelos e, abençoando intimamente cada um dos dedos, untou-os de óleo e os esfregou por entre as articulações, e esfregou com força os calcanhares duros e os tensos músculos do arco do pé, desejando a esses pés que caminhassem por lugares bonitos, e dançassem com pessoas amadas; e amoleceu, com movimentos ascendentes rápidos, suas finas canelas cobertas de pêlos claros, friccionou um pouco os joelhos infantis, desejando-lhes que jamais fossem obrigados a se dobrar ou se prostrar, e que fossem fortes para carregar com coragem e orgulho aquele ser maravilhoso e — ela pensou — único.

Com suas mãos potentes esfregou, arredondou e fez crescer as coxas finas, alegrando-se por ele abandonar o corpo nas mãos dela tão por inteiro, como se houvesse se esvaziado com imenso alívio de todas as suas vontades, conhecimentos, segredos e astúcias, como se tivesse se recolhido para as raízes de seu ser inocente. E ela começa a ser tomada por uma plenitude, como se todo o seu coração se enchesse de leite, e, em meio à respiração, ocorre-lhe que nunca tinha feito algo assim para ninguém, e no seu interior lampeja o fragmento de uma visão espetacular, ela e Rotem assim desse jeito, uma massagem dessas para Rotem, extraindo de Rotem a menina que ela foi um dia e revelando de dentro dela, finalmente, a moça, a mulher, a pessoa que está destinada a ser. Pois talvez não seja tarde, pensou, para tentar direcionar o receptáculo que ela é, aquela barriguinha resmungona, que parece tocar sempre pertinho da nota certa e, por que não, por que não poupar a ela alguns anos ruins de infelicidade, solidão e caminhadas inúteis, por que não lutar por ela, diabos, obrigá-la a se colocar nas mãos da mãe, uma vez na vida superar seu medo infantil, afinal quem ela é?, olhe bem, ela não passa de um filhote, uma gatinha endurecida, melancólica, perdida. E como é possível que nunca...

Imediatamente ela repele o pensamento, sabendo que neste instante deve existir apenas para ele, lutar apenas por ele, inteiro, e depressa apaga a imagem dentro de si; com movimentos breves, de cima para baixo, mãos abertas, fez como se a tirasse também do corpo, para no final envolver os artelhos com os dedos. Sentiu que estava com calor, um calor de enlouquecer, e quase tirou a roupa, mas se lembrou do que havia jurado no primeiro dia, dar a ele apenas aquilo de que ele necessitava. Parou e se recompôs, deixando a sensação assentar, enquanto ele ainda está lá, deitado de costas, fantasiando, sonhador, murmurando consigo fragmentos de palavras. Passou as mãos sobre a barriga dele, que desta vez não se retraiu ao toque, mas se espalhou como um pequeno vale, esticado, também à espera da sua bênção. Ela tocou de novo a barriga, os dedos etéreos logo se excitaram, e ele começou a grunhir, bom, bom, bom; ela escutou maravilhada, não era como os gemidos que ouvira milhares de vezes, mas como os de quem subitamente reconhece algo de que até então apenas ouvira falar, como, talvez, uma criança que vê pela primeira vez um avião no céu, não num livro de figuras, e fica parada gritando, avião! avião! Ao olhar para ele, deixou escapar um suspiro, ele estava tão lindo nesse momento, como se um rapaz e uma moça estivessem se remexendo dentro dele, como duas cordas ou duas tranças entrelaçadas, como algo que vemos apenas em sonho, ela pensou, ou nos templos indianos, e lá também não é bem assim, não é tão puro, pleno e cintilante. E ela lhe sussurrou com fervor, você pode tudo, veja, nada será obstáculo diante da sua coragem, e o viu murmurando entre os lábios, repetindo as palavras, mexendo-se com movimentos lentos, sonhadores, pálpebras cerradas, como se estivesse nadando dentro de uma bolha, dentro de uma gota gigantesca. E ela, sem pensar (pois esta talvez seja a melhor coisa que posso dar a ele, supôs, o meu não-pensar), falou com ele internamente, talvez também em voz alta, não importa homem, não importa mulher, não importa o que lhe disseram, do que riram ou zombaram, não importa como seu pai o chama, com que nomes, e por que ele bate em você, e por que afastaram o Kôbi de você, eles não entendem nada, eles estão só do lado de fora, no meio do barulho, não podem ouvir o que você ouve, e você ouve maravilhosamente bem, fique sabendo, não encontrei muita gente capaz de ouvir como você, só não desista, não se renda a eles. E se assustou, que bobagens são essas que estou dizendo?, que direito eu tenho?, você vai ter um caminho difícil, muito difícil, tomara que você consiga, você tem de ser realmente um hércules para conseguir sair de lá, livrar-se de tudo isso e continuar a ser quem você é. E, ao dizer isso, sentiu algo acontecendo dentro dele, seu corpo começou a se contorcer e estremecer ao toque dela, sua face retorcida como em estranhas dores de parto, e sem demora ele retirou a mão, e ela viu como ele massageou dentro de si, intensa e dolorosamente, o núcleo oculto, encoberto, que ela pressentiu já na primeira aula, como se agora estivesse inchando de minuto em minuto, aquecendo-se e amadurecendo e ficando dourado e robusto para enfim arrebentar com um amargo e fragmentado suspiro, que passou por todo o corpo dele como um calafrio enorme da cabeça aos pés. Os dedos dela foram imediatamente puxados pelo suspiro, espalhando-o ao longo de todo o corpo com toques rápidos, como se ela quisesse tocar outra vez para ele a nova melodia, tal como soa fora dele e do seu corpo. Por um momento, ela voltou a ver na sua frente os chuveiros imundos do internato, com as estranhas manchas de ferrugem pingando no chão, e a cara tola e maliciosa do pai, o qual lhe pedira que fizesse dele um homem.

Com uma raiva feroz, ela se lamentou: esqueça-se deles, seja você, só você — e seguiu falando como num devaneio, massageando todo o corpo dele, mas quase sem tocá-lo, com fragmentos mentais, com as ondas de calor que irrompiam dela, e somente após longos minutos conseguiu se acalmar, e sentou a seu lado, grande, tempestuosa, ofegante. E viu que ele já estava deitado absolutamente quieto, os joelhos dobrados sobre o peito, os olhos abertos fitando-a com olhar concentrado e um pouco de espanto, como se só agora tivesse por fim apreendido algo até então oculto para ele, que jamais se revelara e se esclarecera tanto, como uma terra prometida, ou um juízo final, quem poderia saber o que se passa dentro dele, na sua escura concha; e talvez estivesse apenas pensando inocentemente: o caminho para casa será bem longo, e amanhã é sábado, e eu e "ele" estaremos sozinhos em casa, e depois preciso voltar para o internato, e Níli deu um sorriso de felicidade e compaixão, e pegou a mão frouxa dele, com os dedos longos, e a colocou por um instante sobre sua blusa, sobre seu seio, o seio esquerdo, o mais bonito segundo ela, o seio que deu mais leite quando ela amamentou, para que ele sentisse o toque e o calor e a força, toque nele, sussurrou ela, como é doce o nosso corpo, quanta alegria ele pode nos trazer.

Em seguida, deitou-se no chão ao lado dele. Estava tão exausta, tão cheia e empanturrada, que não conseguia abrir os olhos e absorver imagem nenhuma. Ele se levantou, vestiu-se com estranha rapidez, assustado. Depois, parado na porta, demorou-se por um último segundo, como se já então soubesse de algo e temesse sair dali, do lugar onde tudo é possível. Ela se admirou de ele não lhe dizer nada, e pensou vagamente que talvez ele precisasse se isolar um pouco, ficar sozinho. E ouviu o ruído da porta se fechando atrás dele, e sorriu, e sua vidência lhe disse que em breve ele voltaria, e nesse momento se despediriam direito, como deveria ser. E, embora não tivesse um pingo de imaginação, fantasiou que um ficaria diante do outro, e que constrangidos quase chegariam a apertar-se as mãos, e então ela o seguraria entre os braços e eles se abraçariam, e por um instante ela sentiria o roçar dos lábios dele no seu pescoço. Assim pensou, assim sonhou e fantasiou, e foi assim que se atormentou depois nos anos seguintes, anos de aridez, anos de saudade, num mundo onde talvez não houvesse outro garoto como aquele. E, quando abriu os olhos, descobriu que o hotel já fervia com a agitação cotidiana, e que os trabalhadores dos armazéns do norte já tinham partido havia tempo, e ficou deitada de costas ainda por longos minutos, muito quieta, chorando intimamente por algo raro e transparente que passou na frente dela, ali pairou por alguns instantes, e desapareceu.

Solto a última folha. Meu pescoço e meus ombros estão duros como pedra. Só depois de respirar diversas vezes ouso erguer a cabeça. Seus lábios estão contraídos. Ela está concentrada em alguma coisa.

Você e Melanie, ela diz por fim, de forma totalmente inesperada e até me deixando um pouco tonta, vocês estão bem juntas.

Ela não pergunta. Ela determina. Tenho dificuldade de falar, digo que sim com a cabeça.

Você e ela, ela diz, fazem bem uma à outra. Olha para o teto, olhos bem abertos, e eu completamente atordoada: como é possível que ela não esteja falando dele? Ou dele e dela. Como não diz uma única palavra sobre o fim que dei a ela e ele. Como se não tivesse a mínima importância para ela, como se agora a história não fosse essa.

De repente senti tanto isso enquanto você lia, ela suspira, na massagem, no final, em tudo eu senti o que existe entre vocês.

É mesmo?, digo, atenta.

Ambas silenciamos. Mergulhamos cada uma dentro de si. Meu coração de súbito salta duas vezes. Um salto para a frente e um salto para trás.

Diga-lhe, ela diz, que tome conta de você. Diga que fui eu que falei.

Vou dizer a ela que você falou.

Ela estende a mão. Aproximo o rosto. Ela passa o dedo na minha testa. Nos meus olhos, no meu nariz. Na boca.

Esta boca, ela sorri.

Que está um pouco inchada de amargura, cito a mim mesma. Sua mão sobe. Eu abaixo a cabeça. Ela desenha linhas redondas sobre a parte de trás do meu crânio. Com o que lhe resta de forças, ela pressiona os meus pontos salientes e doloridos. Até mesmo agora seu dedo é mais sábio que todo o meu cérebro. Então, durante um tempo infinito, praticamente toda a minha infância, eu simplesmente sentada ali, curvada, sugando o toque. Seu dedo se move com delicadeza angelical, passeando sobre as sinuosas dobras do meu cérebro, pelas regiões frias e tristes, por locais que sempre estiveram fechados para ela, e onde ela sempre soube, sem guardar raiva nem ressentimento, que estava sendo traída.

Estou tão feliz, diz ela, que finalmente nos falamos.

Junho de 2001

ESTA OBRA FOI COMPOSTA PELO GRUPO DE CRIAÇÃO EM ELECTRA E
IMPRESSA PELA GRÁFICA BARTIRA EM OFSETE SOBRE PAPEL PÓLEN SOFT
DA SUZANO PAPEL E CELULOSE PARA A EDITORA SCHWARCZ
EM AGOSTO DE 2008